U0164036

《仿古字版》

詩經集註

朱　熹　集註

詩經傳序

或有問於予曰。詩何爲而作也。予應之曰。人生而靜。天之性也。感於物而動。性之欲也。夫既有欲矣。則不能無思。既有思矣。則不能無言。既有言矣。則言之所不能盡。而發於咨嗟詠歎之餘者。必有自然之音響節族（音奏）而不能已焉。此詩之所以作也。曰。然則其所以教者何也。曰。詩者。人心之感物而形於言之餘也。心之所感有邪正。故言之所形有是非。惟聖人在上。則其所感者無不正。而其言皆足以爲教。其或感之之雜。而所發不能無可擇者。則上之人必思所以自反。而因有以勸懲之。是亦所以爲教也。昔周盛時。上自郊廟朝廷。而下達於鄉黨閭巷。其言粹然無不出於正者。聖人固已協之聲律。而用之鄉人。用之邦國。以化天下。至於列國之詩。則天子巡守。亦必陳而觀之。以行黜陟之典。降自昭穆而後。寖以陵夷。至於東遷。而遂廢不講矣。孔子生於其時。既不得位。無以行勸懲黜陟之政。於是特舉其籍而討論之。去其重複。正其紛亂。而其善之不足以爲法。惡之不足以爲戒者。則亦刊而去之。以從簡約。示久遠。使夫學者即是而有以考其得失。善者師之。而惡者改焉。是以其政雖不足以行於一時。而其教實被於萬世。是則詩之所以爲教者然也。曰。然則國風雅頌之體。其不同若是何也。曰。吾聞之。凡詩之所謂風者。多出於里巷歌謠之作。所謂男女相與詠歌。各言其情者也。惟周南召南。親被文王之化以成德。而人皆有以得其性情之正。故其發於言者。樂而不過於淫。哀而不及於傷。是以二篇獨爲風詩之正經。自邶而下。則其國之治亂不同。人之賢否亦異。其所感而發者。有邪正是非之不齊。而所謂先王之風者。於此焉變矣。若夫雅頌之篇。則皆成周之世。朝廷郊廟樂歌之辭。其語和而莊。其義寬而密。其作者往往聖人之徒。固所以爲萬世法程。而不可易者也。至於雅之變者。亦皆一時賢人君子。閔時病俗之所爲。而聖人取之。其忠厚惻怛之心。陳善閉邪之意。尤非後世能言之士所能及之。此詩之爲經。所以人事浹於下。天道備於上。而無一理之不具也。曰。然則其學之也當奈何。曰。本之二南以求其端。參之列國以盡其變。正之於雅以大其規。和之於頌以要其止。此學詩之大旨也。於是乎章句以綱之。訓詁以紀之。諷詠以昌之。涵濡以體之。察之情性隱微之間。審之言行樞機之始。則脩身及家。平均天下之道。其亦不待他求而得之於此矣。問者唯唯而退。余時方輯詩傳。因悉次是語以冠其篇云。

淳熙四年丁酉冬十月戊子新安朱熹序

詩經篇目

第一卷

國風

第二卷

第三卷

第四卷

小雅

第五卷

第六卷

大雅

第七卷

第八卷

頌

詩經卷之一

朱熹集傳

國風一

國者諸侯所封之域而風者民俗歌謠之詩也謂之風者以其被上之化以有言而其言又足以感人如物因風之動以有聲而其聲又足以動物也是以諸侯采之以貢於天子天子受之而列於樂官於以考其俗尚之美惡而知其政治之得失焉舊說二南爲正風所以用之閨門鄉黨邦國而化天下也十三國爲變風則亦領在樂官以時存肄備觀省而垂監戒耳合之凡十五國云

周南一之一

周國名南南方諸侯之國也周國本在禹貢雍州境內岐山之陽后稷十三世孫古公亶父始居其地傳子王季歷至孫文王昌辟國寖廣於是徙都于豐而分岐周故地以爲周公旦召公奭之采邑且使周公爲政於國中而召公宣布於諸侯於是德化大成於內而南方諸侯之國江沱汝漢之間莫不從化蓋三分天下而有其二焉至子武王發又遷于鎬遂克商而有天下武王崩子成王誦立周公相之制作禮樂乃采文王之世風化所及民俗之詩被之筦弦以爲房中之樂而又推之以及於鄉黨邦國所以著明先王風俗之盛而使天下後世之脩身齊家治國平天下者皆得以取法焉蓋其得之國中者雜以南國之詩而謂之周南言自天子之國而被於諸侯不但國中而已也其得之南國者則直謂之召南言自方伯之國被於南方而不敢以繫于天子也岐周在今鳳翔府岐山縣豐在今京兆府鄠縣終南山北南方之國即今興元府京西湖北等路諸州鎬在豐東二十五里小序曰關雎麟趾之化王者之風故繫之周公南言化自北而南也鵲巢騶虞之德諸侯之風也先王之所以教故繫之召公斯言得之矣

關關雎音疽鳩。在河之洲。窈音杳窕徒了反淑女。君子好逑。音求。

興也關關雌雄相應之和聲也雎鳩水鳥一名王雎狀類鳧鷖今江淮間有之生有定偶而不相亂偶常並遊而不相狎故毛傳以爲摯而有別列女傳以爲人未嘗見其乘居而匹處者蓋其性然也河北方流水之通名洲水中可居之地也窈窕幽閒之意淑善也女者未嫁之稱蓋指文王之妃大姒爲處子時而言也君子則指文王也好亦善也逑匹也毛傳云摯字與至通言其情意深至也○興者先言他物以引起所詠之辭也周之文王生有聖德又得聖女姒氏以爲之配宮中之人於其始至見其有幽閒貞靜之德故作是詩言彼關關然之雎鳩則相與和鳴於河洲之上矣此窈窕之淑女則豈非君子之善匹乎言其相與和樂而恭敬亦若雎鳩之情摯而有別也後凡言興者其文意皆放此云漢匡衡曰窈窕淑女君子好逑言能致其貞淑不貳其操情欲之感無介乎容儀宴私之意不形乎動靜夫然後可以配至尊而爲宗廟主此綱紀之首王化之端也可謂善說詩矣

○參初金反差初宜反荇音杏菜。左右流之。窈窕淑女。寤寐求之。求之不得。寤寐思服。叶蒲北反悠哉悠哉。輾音展轉反側。興也參差長短不齊之貌荇接余也根生水底莖如釵股上青下白葉紫赤圓徑寸餘浮在水面或左或右言無方也流順水之流而取之也或寤或寐言無時也服猶懷也悠長也輾者轉之半轉者輾之周反者輾之過側者轉之留皆臥不安席之意○此章本其未得而言彼參差之荇菜則當左右無方以流之矣此窈窕之淑女則當寤寐不忘以求之矣蓋此人此德世不常有求之不得則無以配君子而成其內治之美故其憂思之深不能自已至於如此也

○參差荇菜。左右采叶此禮反之。窈窕淑女。琴瑟友叶羽已反之。參差荇菜。左右芼音帽叶音邈之。窈窕淑女。鐘鼓樂音洛之。興也采取而擇之也芼熟而薦之也琴五弦或七弦瑟二十五弦皆絲屬樂之小者也友者親愛之意也鐘金屬鼓革屬樂之大者也樂則和平之極也○此章據今始得而言彼參差之荇菜既得之則當采擇而芼之矣此窈窕之淑女既得之則當親愛而娛樂之矣蓋此人此德世不常有幸而得之則有以配君子而成內治故其喜樂尊奉之意不能自已又如此云

關雎三章。一章四句。二章章八句。孔子曰關雎樂而不淫哀而不傷愚謂此言為此詩者得其性情之正聲氣之和也蓋德如雎鳩摯而有別則后妃性情之正固可以見其一端矣至於寤寐反側琴瑟鐘鼓極其哀樂而皆不過其則焉則詩人性情之正又可以見其全體也獨其聲氣之和有不可得而聞者雖若可恨然學者姑即其辭而玩其理以養心焉則亦可以得學詩之本矣○匡衡曰妃匹之際生民之始萬福之原婚姻之禮正然後品物遂而天命全孔子論詩以關雎為始言大上者民之父母后夫人之行不侔乎天地則無以奉神靈之統而理萬物之宜自上世以來三代興廢未有不由此者也

葛之覃兮。施音異于中谷。維葉萋萋。黃鳥于飛。集于灌木。其鳴喈喈。叶居奚反。賦也葛草名蔓生可為絺綌者覃延施移也中谷谷中也萋萋盛貌黃鳥鸝也灌木叢木也喈喈和聲之遠聞也○賦者敷陳其事而直言之者也蓋后妃既成絺綌而賦其事追敘初夏之時葛葉方盛而有黃鳥鳴於其上也後凡言賦者放此

○葛之覃兮。施于中谷。維葉莫莫。是刈音乂是濩。音鑊為絺音癡為綌。音隙叶去略反服之無斁。音亦叶弋灼反○賦也莫莫茂密貌刈斬濩煮也精曰絺麤曰綌斁厭也○此言盛夏之時葛既成矣於是治以為布而服之無厭蓋親執其勞而知其成之不易所以心誠愛之雖極垢弊而不忍厭棄也

○言告師氏。言告言歸。薄污我私。薄澣音緩我衣。害音曷澣害否。如字歸寧父母。賦也言辭也師女師也薄猶少也污煩撋之以去其污猶治亂而曰亂也澣則濯之而已私燕服也衣禮服也害何也寧安也謂問安也○上章既成絺綌之服矣此章遂告其師氏使告于君子以將歸寧之意且曰盍治其私服之

汚而澣其禮服之衣乎何者當澣而何者可以未澣乎我將服之以歸寧於父母矣

葛覃三章章六句。（此詩后妃所自作故無贊美之辭然於此可以見其已貴而能勤已富而能儉已長而敬不弛於師傅已嫁而孝不衰於父母是皆德之厚而人所難也）

小序以爲后妃之本庶幾近之

采采卷（上聲）耳。不盈頃（音傾）筐。嗟我懷人。寘彼周行。（叶戶郎反○賦也采采非一采也卷耳枲耳葉如鼠耳叢生如盤頃欹也筐竹器懷思也人蓋謂文王也寘舍也周行大道也○后妃以君子不在而思念之故賦此詩託言方采卷耳未滿頃筐而心適念其君子故不能復采而寘之大道之旁也）

○陟彼崔（音摧）嵬。（音巍）我馬虺（音灰）隤。（音頹）我姑酌彼金罍。維以不永懷。（叶胡隈反○賦也陟升也崔嵬土山之戴石者虺隤馬罷不能升高之病姑且也罍酒器刻爲雲雷之象以黃金飾之永長也○此又託言欲登此崔嵬之山以望所懷之人而往從之則馬罷病而不能進於是且酌金罍之酒而欲其不至於長以爲念也）

○陟彼高岡。我馬玄黃。我姑酌彼兕（音似）觥。（音肱叶古黃反）維以不永傷。（賦也山脊曰岡玄黃玄馬而黃病極而變色也兕野牛一角青色重千斤觥爵也以兕角爲爵也）

○陟彼砠（音疽）矣。我馬瘏（音塗）矣。我僕痡（音敷）矣。云何吁矣。（賦也石山戴土曰砠瘏馬病不能進也痡人病不能行也吁憂歎也爾雅注引此作盱張目望遠也詳見何人斯篇）

卷耳四章章四句。（此亦后妃所自作可以見其貞靜專一之至矣豈當文王朝會征伐之時羑里拘幽之日而作歟然不可考矣）

南有樛（音鳩）木。葛藟（音壘）纍（音雷）之。樂（音洛）只（音紙）君子。福履綏之。（興也南南山也木下曲曰樛藟葛類纍猶繫也只語助辭君子自衆妾而指后妃猶言小君內子也履祿綏安也○后妃能逮下而無嫉妒之心故衆妾樂其德而稱願之曰南有樛木則葛藟纍之矣樂只君子則福履綏之矣）

○南有樛木。葛藟荒之。樂只君子。福履將之。（興也荒奄也將猶扶助也）

○南有樛木。葛藟縈（烏營反）之。樂只君子。福履成之。（興也縈旋成就也）

樛木三章章四句。

螽音終斯羽。詵詵音莘兮。宜爾子孫。振振音眞兮。比也螽斯蝗屬長而青長角長股能以股相切作聲一生九十九子詵詵和集貌爾指螽斯也振振盛貌○比者以彼物比此物也后妃不妒忌而子孫衆多故衆妾以螽斯之羣處和集而子孫衆多比之言其有是德而宜有是福也後凡言比者放此 ○螽斯羽。薨薨兮。宜爾子孫。繩繩兮。比也薨薨羣飛聲繩繩不絕貌 ○螽斯羽。揖揖音緝兮。宜爾子孫。蟄蟄兮。比也揖揖會聚也蟄蟄亦多意

螽斯三章。章四句。

桃之夭夭。音腰灼灼其華。音花之子于歸。宜其室家。興也桃木名華紅實可食夭夭少好之貌灼灼華之盛也木少則華盛之子是子也此指嫁者而言也婦人謂嫁曰歸周禮仲春令會男女然則桃之有華正婚姻之時也宜者和順之意室謂夫婦所居家謂一門之內○文王之化自家而國男女以正婚姻以時故詩人因所見以起興而歎其女子之賢知其必有以宜其室家也 ○桃之夭夭。有蕡音文其實。之子于歸。宜其家室。興也蕡實之盛也家室猶室家也 ○桃之夭夭。其葉蓁蓁。音臻之子于歸。宜其家人。興也蓁蓁葉之盛也家人一家之人也

桃夭三章。章四句。

肅肅兔罝。音嗟又子余反與夫叶椓之丁丁。音爭赳赳武夫。公侯干城。興也肅肅整飭貌罝罟也丁丁椓杙聲也赳赳武貌干盾也干城皆所以扞外而衛內者○化行俗美賢才衆多雖罝兔之野人而其才之可用猶如此故詩人因其所事以起興而美之而文王德化之盛因可見矣 ○肅肅兔罝。施于中逵。赳赳武夫。公侯好仇。叶渠之反。興也逵九達之道仇與逑同匡衡引關雎亦作仇字公侯善匹猶曰聖人之耦則非特干城而已歎美之無已也下章放此 ○肅肅兔罝。施于中林。赳赳武夫。公侯腹心。興也中林林中腹心同心同德之謂則又非特好仇而已也

兔罝三章。章四句。

采采芣音浮苢。音以薄言采叶此禮反之。采采芣苢。薄言有叶羽已反之。賦也芣苢車前也大葉長穗好生道旁采始求之也有既得之

也○化行俗美家室和平婦人無事相與采此芣苢而賦其事以相樂也采之未詳何用或曰其子治產難

○采采芣苢。薄言掇都奪反之。采采芣苢。薄言捋力活反之。賦也掇拾也捋取其子也

○采采芣苢。薄言袺音結之。采采芣苢。薄言襭音纈之。賦也袺以衣貯之而執其衽也襭以衣貯之而扱其衽於帶間也

芣苢三章。章四句。

南有喬木。不可休息。漢有游女。不可求思。漢之廣叶古曠反矣。不可泳叶于誑反思。江之永叶弋亮反矣。不可方叶甫妄反思。興而比也上竦無枝曰喬思語辭也篇內同漢水出興元府嶓冢山至漢陽軍大別山入江江漢之俗其女好游漢魏以後猶然如大堤之曲可見也泳潛行也江水出永康軍岷山東流與漢水合東北入海永長也方桴也○文王之化自近而遠先及於江漢之間而有以變其淫亂之俗故其出游之女人望見之而知其端莊靜一非復前日之可求矣因以喬木起興江漢為比而反復詠歎之也

○翹翹音喬錯薪。言刈其楚。之子于歸。言秣其馬叶滿補反。漢之廣矣。不可泳思。江之永矣。不可方思。興而比也翹翹秀起之貌錯雜也楚木名荊屬之子指游女也秣飼也○以錯薪起興而欲秣其馬則悅之至以江漢為比而歎其終不可求則敬之深

○翹翹錯薪。言刈其蔞音閭。之子于歸。言秣其駒。漢之廣矣。不可泳思。江之永矣。不可方思。興而比也蔞蔞蒿也葉似艾青白色長數寸生水澤中駒馬之小者

漢廣三章。章八句。

遵彼汝墳。伐其條枚音梅。未見君子。惄音溺如調音周飢。賦也遵循也汝水出汝州天息山經蔡潁州入淮墳大防也枝曰條榦曰枚惄飢意也調一作輖重也○汝旁之國亦先被文王之化者故婦人喜其君子行役而歸因記其未歸之時思望之情如此而追賦之也

○遵彼汝墳。伐其條肄音異。既見君子。不我遐棄。賦也斬而復生曰肄遐遠也○伐其枚而又伐其肄則踰年矣至是乃見其君子之歸而喜其不遠棄我也

○魴音房魚赬音蟶尾。王室如燬音毀下同。雖則如燬。父母孔邇。比也魴魚名身廣而薄少力細鱗赬赤也魚勞則尾赤魴尾本白而今赤則勞甚矣王室指紂所都也燬焚也父母

指文王也孔甚邇近也○是時文王三分天下有其二而率商之叛國以事紂故汝墳之人猶以文王之命供紂之役其家人見其勤苦而勞之曰汝之勞既如此而王室之政方酷烈而未已雖其酷烈而未已然文王之德如父母然望之甚近亦可以忘其勞矣此序所謂婦人能閔其君子猶勉之以正者蓋曰雖其別離之久思念之深而其所以相告語者猶有尊君親上之意而無情愛狎昵之私則其德澤之深風化之美皆可見矣一說父母甚近不可以懈於王事而貽其憂亦通

汝墳三章章四句。

麟之趾。振振音眞公子。叶獎里反于音吁嗟麟兮。興也麟麕身牛尾馬蹄毛蟲之長也趾足也麟之足不踐生草不履生蟲振振仁厚貌于嗟歎辭○文王后妃德脩于身而子孫宗族皆化於善故詩人以麟之趾興公之子言麟性仁厚故其趾亦仁厚文王后妃仁厚故其子亦仁厚然言之不足故又嗟歎之言是乃麟也何必麕身牛尾而馬蹄然後爲王者之瑞哉

○麟之定。音訂振振公姓。于嗟麟兮。興也定額也麟之額未聞或曰有額而不以抵也公姓公孫也姓之爲言生也

○麟之角。叶盧谷反振振公族。于嗟麟兮。興也麟一角角端有肉公族公同高祖祖廟未毀有服之親

麟之趾三章章三句。序以爲關雎之應得之

周南之國十一篇。三十四章。百五十九句。按此篇首五詩皆言后妃之德關雎舉其全體而言也葛覃卷耳言其志行之在己樛木螽斯美其德惠之及人皆指其一事而言也其辭雖主於后妃然其實則皆所以著明文王身脩家齊之效也至於桃夭兔罝芣苢則家齊而國治之效漢廣汝墳則以南國之詩附焉而見天下已有可平之漸矣若麟之趾則又王者之瑞有非人力所致而自至者故復以是終焉而序者以爲關雎之應也夫其所以至此后妃之德固不爲無所助矣然妻道無成則亦豈得而專之哉今言詩者或乃專美后妃而不本於文王其亦誤矣

召南一之二

召地名召公奭之采邑也舊說扶風雍縣南有召亭卽其地今雍縣析爲岐山天興二縣未知召亭的在何縣餘已見周南篇

維鵲有巢。維鳩居叶姬御反之。之子于歸。百兩如字又音亮御音迓叶魚據反之。興也鵲鳩皆鳥名鵲善爲巢其巢最爲完固鳩性拙不能爲巢或有居鵲之成巢者之子指夫人也兩一車也一車兩輪故謂之兩御迎也諸侯之子嫁於諸侯送御皆百兩也○南國諸侯被文王之化能正心脩身以齊其家其女子亦被后妃之化而有專靜純一之德故嫁、

諸侯而其家人美之曰維鵲有巢則鳩來居之是以之子于歸而百兩迎之也此詩之意猶周南之有關雎也 ○維鵲有巢。維鳩方之。之子于歸。百兩將之。興也方有之也將送也 ○維鵲有巢。維鳩盈之。之子于歸。百兩成之。興也盈滿也謂衆媵姪娣之多成成其禮也

鵲巢三章。章四句。

于以采蘩。于沼于沚。于以用之。公侯之事。叶上止反○賦也于於也蘩白蒿也沼池也沚渚也事祭事也○南國被文王之化諸侯夫人能盡誠敬以奉祭祀而其家人敘其事以美之也或曰蘩所以生蠶蓋古者后夫人有親蠶之禮此詩亦猶周南之有葛覃也 ○于以采蘩。于澗之中。于以用之。公侯之宮。賦也山夾水曰澗宮廟也或曰即記所謂公桑蠶室也 ○被音備之僮僮。音同夙夜在公。被之祁祁。薄言還音旋歸。賦也被首飾也編髮爲之僮僮竦敬也夙早也公公所也祁祁舒遲貌去事有儀也祭義曰及祭之後陶陶遂遂如將復入然不欲遽去愛敬之無已也或曰公即所謂公桑也

采蘩三章。章四句。

喓喓音腰草蟲。趯趯阜螽。未見君子。憂心忡忡。音充亦既見止。亦既覯止。我心則降。音杭叶乎攻反○賦也喓喓聲也草蟲蝗屬奇音青色趯趯躍貌阜螽蠜也忡忡猶衝衝也止語辭覯遇降下也○南國被文王之化諸侯大夫行役在外其妻獨居感時物之變而思其君子如此亦若周南之卷耳也 ○陟彼南山。言采其蕨。未見君子。憂心惙惙。音拙亦既見止。亦既覯止。我心則說。音悅○賦也登山蓋託以望君子蕨鼈也初生無葉時可食亦感時物之變也惙憂貌 ○陟彼南山。言采其薇。未見君子。我心傷悲。亦既見止。亦既覯止。我心則夷。賦也薇似蕨而差大有芒而味苦山間人食之謂之迷蕨胡氏曰疑即莊子所謂迷陽者夷平也

草蟲三章。章七句。

于以采蘋。南澗之濱。于以采藻。于彼行潦。音老○賦也蘋水上浮萍也江東人謂之薸濱厓也藻聚藻也生水底莖如釵股葉如蓬蒿行

潦流潦也○南國被文王之化大夫妻能奉祭祀而其家人敘其事以美之也

○于以盛音成之。維筐及筥。音舉于以湘之。維錡音蟻及釜。音父○賦也方曰筐圓曰筥湘烹也蓋粗熟而淹以爲菹也錡釜屬有足曰錡無足曰釜○此足以見其循序有常嚴敬整飭之意

○于以奠之。宗室牖下。叶後五反誰其尸之。有齊音齋季女。賦也奠置也宗室大宗之廟也大夫士祭於宗室牖下室西南隅所謂奧也尸主也齊敬貌季少也祭祀之禮主婦主薦豆實以葅醢少而能敬尤見其質之美而化之所從來者遠矣

采蘋三章。章四句。

蔽芾音廢甘棠。勿翦勿伐。召伯所茇。音鈸○賦也蔽芾盛貌甘棠杜梨也白者爲棠赤者爲杜翦翦其枝葉也伐伐其條榦也伯方伯也茇草舍也○召伯循行南國以布文王之政或舍甘棠之下其後人思其德故愛其樹而不忍傷也

○蔽芾甘棠。勿翦勿敗。叶蒲寐反召伯所憩。音器○賦也敗折憩息也勿敗則非特勿伐而已愛之愈久而愈深也下章放此

○蔽芾甘棠。勿翦勿拜。叶變制反召伯所說。音稅○賦也拜屈說舍也勿拜則非特勿敗而已

甘棠三章。章三句。

厭入聲浥音邑行露。豈不夙夜。叶羊茹反謂行多露。賦也厭浥濕意行道夙早也○南國之人遵召伯之教服文王之化有以革其前日淫亂之俗故女子有能以禮自守而不爲強暴所汚者自述己志作此詩以絕其人言道間之露方濕我豈不欲早夜而行乎畏多露之霑濡而不敢爾蓋以女子早夜獨行或有強暴侵陵之患故託以行多露而畏其霑濡也

○誰謂雀無角。叶盧谷反何以穿我屋。誰謂女音汝無家。叶音谷何以速我獄。雖速我獄。室家不足。興也家謂以媒聘求爲室家之禮也速召致也○貞女之自守如此然猶或見訟而召致於獄因自訴而言人皆謂雀有角故能穿我屋以興人皆謂汝於我嘗有求爲室家之禮故能致我於獄然不知汝雖能致我於獄而求爲室家之禮初未嘗備如雀雖能穿屋而實未嘗有角也

○誰謂鼠無牙。叶五紅反何以穿我墉。誰謂女無家。叶各空反何以速我訟。叶祥容反雖速我訟。亦不女從。興也牙牡齒也墉牆也○言汝雖能致我於訟然其求爲室家之禮有所不足則我亦終不汝從矣

行露三章一章三句二章章六句。

羔羊之皮。叶蒲何反 素絲五紽。音駝 退食自公。委音威蛇。音移叶唐何反 委蛇。賦也小曰羔大曰羊皮所以為裘大夫燕居之服素白也紽未詳蓋以絲飾裘之名也退食退朝而食於家也自公從公門而出也委蛇自得之貌○南國化文王之政在位皆節儉正直故詩人美其衣服有常而從容自得如此也 ○羔羊之革。叶訖力反 素絲五緎。音域 委蛇委蛇。自公退食。賦也革猶皮也緎裘之縫界也 ○羔羊之縫。音逢 素絲五總。音宗 委蛇委蛇。退食自公。賦也縫縫皮合之以為裘也總亦未詳

羔羊三章章四句。

殷音隱其靁。在南山之陽。何斯違斯。莫敢或遑。振振音真 君子。歸哉歸哉。興也殷靁聲也山南曰陽何斯斯此人也違斯斯此所也遑暇也振振信厚也○南國被文王之化婦人以其君子從役在外而思念之故作此詩言殷殷然靁聲則在南山之陽矣何此君子獨去此而不敢少暇乎於是又美其德且冀其早畢事而還歸也 ○殷其靁。在南山之側。叶莊力反 何斯違斯。莫敢遑息。振振君子。歸哉歸哉。興也息止也 ○殷其靁。在南山之下。叶後五反 何斯違斯。莫或遑處。上聲 振振君子。歸哉歸哉。興也

殷其靁三章章六句。

摽音殍有梅。其實七兮。求我庶士。迨其吉兮。賦也摽落也梅木名華白實似杏而酢庶衆迨及也吉吉日也○南國被文王之化女子知以貞信自守懼其嫁不及時而有強暴之辱也故言梅落而在樹者少以見時過而太晚矣求我之衆士其必有及此吉日而來者乎 ○摽有梅。其實三兮。叶疏簪反 求我庶士。迨其今兮。賦也梅在樹者三則落者又多矣今今日也蓋不待吉矣 ○摽有梅。頃音傾筐塈許器反之。求我庶士。迨其謂之。賦也塈取也頃筐取之則落之盡矣謂之則但相告語而約可定矣

嘒彼小星三章章四句。

嘒音嘒彼小星。三五在東。肅肅宵征。夙夜在公。寔命不同。興也。嘒微貌。三五言其稀。蓋初昏或將旦時也。肅肅齊遬貌。宵夜。征行也。寔與實同。命謂天所賦之分也。○南國夫人承后妃之化。能不妒忌以惠其下。故其衆妾美之如此。蓋衆妾進御於君。不敢當夕。見星而往。見星而還。故因所見以起興。其於義無所取。特取在東在公兩字之相應耳。遂言其所以如此者。由其所賦之分不同於貴者。是以深以得御於君爲夫人之惠。而不敢致怨於往來之勤也。○嘒彼小星。維參所森反與昴。叶力求反肅肅宵征。抱衾與裯。音儔寔命不猶。興也。參昴西方二宿之名。衾被也。裯禪被也。與亦取與昴與裯二字相應。猶亦同也。

小星二章章五句。呂氏曰。夫人無妒忌之行。而賤妾安於其命。所謂上好仁而下必好義者也。

江有汜。音祀叶羊里反之子歸。不我以。不我以。其後也悔。叶虎洧反○興也。水決復入爲汜。今江陵漢陽安復之間蓋多有之。之子媵妾指嫡妻而言也。婦人謂嫁曰歸。我媵自我也。能左右之曰以。謂挾已而偕行也。○是時汜水之旁。媵有待年於國而嫡不與之偕行者。其後嫡被后妃夫人之化。乃能自悔而迎之。故媵見江水之有汜。而因以起興。言江猶有汜。而之子之歸。乃不我以。雖不我以。然其後也亦悔矣。○江有渚。之子歸。不我與。不我與。其後也處。興也。渚小洲也。水岐成渚。與猶以也。處安也。得其所安也。○江有沱。音跎之子歸。不我過。音戈不我過。其嘯也歌。興也。沱江之別者。過謂過我而與俱也。嘯蹙口出聲以舒憤懣之氣。言其悔時也。歌則得其所處而樂也。

江有汜三章章五句。陳氏曰。小星之夫人惠及媵妾。而媵妾盡其心。江沱之嫡惠不及媵妾。而媵妾不怨。蓋父雖不慈。子不可以不孝。各盡其道而已矣。

野有死麕。俱倫反與春叶白茅包叶補苟反之。有女懷春。吉士誘之。興也。麕獐也。鹿屬無角。懷春當春而有懷也。吉士猶美士也。○南國被文王之化。女子有貞潔自守。不爲強暴所汚者。故詩人因所見以興其事而美之。或曰賦也。言美士以白茅包其死麕。而誘懷春之女也。○林有樸蒲木反樕。音速野有死鹿。白茅純音豚束。有女如玉。興也。樸樕小木也。鹿獸名。有角。純束猶包之也。如玉者美其色也。上三句興下一句也。或曰賦也。言以樸樕藉死鹿。束以白茅而誘此如玉之女也。○舒而脫脫音兌兮。無感我帨音稅兮。無使尨美邦反也吠。符廢反○賦也。舒遲緩也。脫脫舒緩貌。感動。帨巾。尨犬也。○此章乃

述女子拒之之辭言姑徐徐而來毋動我之帨毋驚我之犬以甚言其不能相及也其懍然不可犯之意蓋可見矣

野有死麕三章二章章四句。一章三句。

何彼襛音濃與雝叶矣。唐棣音第之華。曷不肅雝。王姬之車。興也襛盛也猶曰戎戎也唐棣移也似白楊肅敬雝和也周王之女姬姓故曰王姬○王姬下嫁於諸侯車服之盛如此而不敢挾貴以驕其夫家故見其車者知其能敬且和以執婦道於是作詩以美之曰何彼戎戎而盛乎乃唐棣之華也此何不肅肅而敬雝雝而和乎乃王姬之車也此乃武王以後之詩不可的知其何王之世然文王大姒之敎久而不衰亦可見矣 ○何彼襛矣。華如桃李。平王之孫。齊侯之子。叶奬里反○興也李木名華白實可食舊說平正也武王女文王孫適齊侯之子或曰平王卽平王宜臼齊侯卽襄公諸兒事見春秋未知孰是○以桃李二物與男女二人也 ○其釣維何。維絲伊緡。齊侯之子。平王之孫。叶須倫反○興也伊亦維也緡綸也絲之合而爲綸猶男女之合而爲昏也

何彼襛矣三章章四句。

彼茁音拙者葭。音加壹發五豝。音巴于音吁嗟乎騶虞。叶音牙○賦也茁生出壯盛之貌葭蘆也亦名葦發發矢豝牡豕也一發五豝猶言中必疊雙也騶虞獸名白虎黑文不食生物者也○南國諸侯承文王之化脩身齊家以治其國而其仁民之餘恩又有以及於庶類故其春田之際草木之茂禽獸之多至於如此而詩人述其事以美之且歎之曰此其仁心自然不由勉強是卽眞所謂騶虞矣 ○彼茁者蓬。壹發五豵。音宗于嗟乎騶虞。叶五紅反○賦也蓬草名一歲曰豵亦小豕也

騶虞二章章三句。文王之化始於關雎而至於麟趾則其化之入人者深矣形於鵲巢而及於騶虞則其澤之及物者廣矣蓋意誠心正之功不息而久則其熏蒸透徹融液周徧自有不能已者非智力之私所能及也故序以騶虞爲鵲巢之應而見王道之成其必有所傳矣

召南之國十四篇。四十章。百七十七句。愚按鵲巢至采蘋言夫人大夫妻以見當時國君大夫被文王之化而能修身以正其家也甘棠以下又見由方伯能布文王之化而國君能脩之家以及其國也其辭雖無及於文王者然文王明德新民之功至是而其所施者溥矣抑所謂其民皞皞而不知爲之者與唯何彼襛矣之詩爲不可曉當闕所疑耳○周南召南二國凡二十五篇先儒以爲正風今姑從之○孔子謂伯魚曰女爲周南召南矣乎人而不爲周南召南其猶正牆面而立也與○儀禮鄉飲酒鄉射燕禮皆合樂周南

關雎葛覃卷耳召南鵲巢采蘩采蘋燕禮又有房中之樂鄭氏注曰弦歌周南召南之詩而不用鐘磬云房中者后夫人之所諷誦以事其君子○程子曰天下之治正家爲先天下之家正則天下治矣二南正家之道也陳后妃夫人大夫妻之德推之士庶人之家一也故使邦國至於鄉黨皆用之自朝廷至於委巷莫不謳吟諷誦所以風化天下

詩經卷之二

朱熹集傳

邶一之三

邶鄘衛三國名在禹貢冀州西阻太行北逾衡漳東南跨河以及兗州桑土之野及商之季而紂都焉武王克商分自紂城朝歌而北謂之邶南謂之鄘東謂之衛以封諸侯邶鄘不詳其始封衛則武王弟康叔之國也衛本都河北朝歌之東淇水之北百泉之南其後不知何時并得邶鄘之地至懿公爲狄所滅戴公東徙渡河野處漕邑文公又徙居于楚丘朝歌故城在今衛州衛縣西二十二里所謂殷墟衛故都即今衛縣漕楚丘皆在滑州大抵今懷衛澶相滑濮等州開封大名府界皆衛境也但邶鄘地既入衛其詩皆爲衛事而猶繫其故國之名則不可曉而舊說以此下十三國皆爲變風焉

汎芳梵反彼柏舟。亦汎其流。耿耿古幸反不寐。如有隱憂。微我無酒。以敖音翺以遊。比也汎流貌柏木名耿耿小明憂之貌也隱痛也微猶非也○婦人不得於其夫故以柏舟自比言以柏爲舟堅緻牢實而不以乘載無所依薄但汎然於水中而已故其隱憂之深如此非爲無酒可以敖遊而解之也列女傳以此爲婦人之詩今考其辭氣卑順柔弱且居變風之首而與下篇相類豈亦莊姜之詩也歟

○我心匪鑒。不可以茹。音孺亦有兄弟。不可以據。薄言往愬。逢彼之怒。賦也鑒鏡茹度據依愬告也○言我心既匪鑒而不能度物雖有兄弟而又不可依以爲重故往告之而反遭其怒也

○我心匪石。不可轉也。我心匪席。不可卷音捲也。威儀棣棣。不可選也。賦也棣棣富而閑習之貌選簡擇也○言石可轉而我心不可轉席可卷而我心不可卷威儀無一不善又不可得而簡擇取舍皆自反而無闕之意

○憂心悄悄。七小反慍于羣小。覯音垢閔既多。受侮不少。靜言思之。寤辟音闢有摽。音殍○賦也悄悄憂貌慍怒意羣小衆妾也言見怒於衆妾也覯見閔病也辟拊心也摽拊心貌

○日居月諸。胡迭音垤而微。心之憂矣。如匪澣音緩衣。靜言思之。不能奮飛。比也居諸語辭迭更微虧也匪澣衣謂垢汚不濯之衣奮飛如鳥奮翼而飛去也○言日當常明月則有時而虧猶正嫡當尊衆妾當卑今衆妾反勝正嫡是日月更迭而虧是以憂之至於煩冤憒眊如衣不澣之衣恨不能奮起而飛去也

柏舟五章章六句。

綠兮衣兮。綠衣黃裏。心之憂矣。曷維其已。比也綠蒼勝黃之閒色黃中央土之正色閒色賤而以爲衣正色貴而以爲裏言皆失其所也已止也○莊公惑於嬖妾夫人莊姜賢而失位故作此詩言綠衣黃裏以比賤妾尊顯而正嫡幽微使我憂之不能自已也

○綠兮衣兮。綠衣黃裳。心之憂矣。曷維其亡。比也上曰衣下曰裳記曰衣正色裳閒色今以綠爲衣而黃者自裏轉而爲裳其失所益甚矣亡之爲言忘也

○綠兮絲兮。女音汝所治兮。平聲我思古人。俾無訧音尤叶于其反兮。比也女指其君子而言也治謂理而織之也俾使訧過也○言綠方爲絲而女又治之以比妾方少艾而女又嬖之也然則我將如之何哉亦思古人有嘗遭此而善處之者以自勵焉使不至於有過而已

○絺兮綌兮。淒音妻其以風。叶孚愔反我思古人。實獲我心。比也淒寒風也○絺綌而遇寒風猶己之遇時而見棄也故思古人之善處此者眞能先得我心之所求也

綠衣四章章四句。莊姜事見春秋傳此詩無所考姑從序說下三篇同

燕燕于飛。差初宜反池其羽。之子于歸。遠送于野。瞻望弗及。泣涕如雨。興也燕鳦也謂之燕燕者重言之也差池不齊之貌之子指戴嬀也歸大歸也○莊姜無子以陳女戴嬀之子完爲己子莊公卒完卽位嬖人之子州吁弑之故戴嬀大歸于陳而莊姜送之作此詩也

○燕燕于飛。頡與絜同之頏與杭同之。之子于歸。遠于將之。瞻望弗及。佇立以泣。興也飛而上曰頡飛而下曰頏將送也佇立久立也

○燕燕于飛。下上上聲其音。之子于歸。遠送于南。瞻望弗及。實勞我心。興也鳴而上曰上音鳴而下曰下音送于南者陳在衛南

○仲氏任平聲只。音紙其心塞淵。叶一均反終溫且惠。淑愼其身。先君之思。以勗寡人。賦也仲氏戴嬀字也以恩相信曰任只語辭塞實淵深終竟溫和惠順淑善也先君謂莊公也勗勉也寡人寡德之人莊姜自稱也○言戴嬀之賢如此又以先君之思勉我使我常念之而不失其守也楊氏曰州吁之暴桓公之死戴嬀之去皆夫人失位不見答於先君所致也而戴嬀猶以先君之思勉其夫人眞可謂溫且惠矣

燕燕四章章六句。

日居月諸。照臨下土。乃如之人兮。逝不古處。胡能有定。寧不我顧。叶果五反○賦也日居月

諸呼而訴之也之人指莊公也逝發語辭古處未詳或云以古道相處也胡寧皆何也○莊姜不見答於莊公故呼日月而訴之言日月之照臨下土久矣今乃有如是之人而不以古道相處是其心志回惑亦何能有定哉而何爲其獨不我顧也見棄如此而猶有望之之意者此詩之所以爲厚也

○日居月諸。下土是冒。乃如之人兮。逝不相好。呼報反胡能有定。寧不我報。賦也冒覆也報答也

○日居月諸。出自東方。乃如之人兮。德音無良。胡能有定。俾也可忘。賦也日旦必出東方月望亦出東方德音美其辭無良醜其實也俾也可忘言何獨使我爲可忘者邪

○日居月諸。東方自出。父兮母兮。畜我不卒。胡能有定。報我不述。賦也畜養卒終也不得其夫而歎父母養我之不終蓋憂患疾痛之極必呼父母人之至情也述循也言不循義理也

日月四章。章六句。此詩當在燕燕之前下篇放此

終風且暴。顧我則笑。叶音燥謔許約反浪笑敖。音傲中心是悼。比也終風終日風也暴疾也謔戲言也浪放蕩也悼傷也○莊公之爲人狂蕩暴疾莊姜蓋不忍斥言之故但以終風且暴爲比言雖其狂暴如此然亦有顧我則笑之時但皆出於戲慢之意而無愛敬之誠則又使我不敢言而心獨傷之耳蓋莊公暴慢無常而莊姜正靜自守所以忤其意而不見答也

○終風且霾。與埋同惠然肯來。莫往莫來。悠悠我思。比也霾雨土蒙霧也惠順也悠悠思之長也○終風且霾以比莊公之狂惑也雖云狂惑然亦或惠然而肯來但又有莫往莫來之時則使我悠悠而思之望其君子之深厚之至也

○終風且曀。與縊同不日有曀。寤言不寐。願言則嚏。音帝同○比也陰而風曰曀有又也不日有曀言既曀矣不旋日而又曀也亦比人之狂惑暫開而復蔽也願思也嚏鼽嚏也人氣感傷閉鬱又爲風霧所襲則有是疾也

○曀曀其陰。虺虺其靁。寤言不寐。願言則懷。比也曀曀陰貌虺虺靁將發而未震之聲以比人之狂惑愈深而未已也懷思也

終風四章。章四句。

擊鼓其鏜。與湯同踊躍用兵。土國城漕。我獨南行。賦也鏜擊鼓聲也踊躍坐作擊刺之狀也兵謂戈戟之屬土土功也國國中也漕衛邑名○衛人從軍者自言其所爲因言衛國之民或役土功於國或築城於漕而我獨南行有鋒鏑死亡之憂危苦尤甚也

○從孫子仲。平陳與宋。不我以

歸。憂心有忡。與充同○賦也孫氏子仲字時軍帥也平和也合二國之好也舊說以此爲春秋隱公四年州吁自立之時宋衛陳蔡伐鄭之事恐或然也以猶與也言不與我而歸也

○爰居爰處。爰喪息浪反其馬。于以求之。于林之下。賦也爰於也於是居於是處於是喪其馬而求之於林下見其失伍離次無鬭志也

○死生契與挈同闊。與子成說。執子之手。與子偕老。賦也契闊隔遠之意成說謂成其約誓之言○從役者念其室家因言始爲室家之時期以死生契闊不相忘棄又相與執手而期以偕老也

○于音吁下同嗟闊兮。不我活兮。于嗟洵音荀兮。不我信師人反兮。賦也于嗟歎辭也闊契闊也活生洵信也信與申同○言昔者契闊之約如此而今不得活偕老之信如此而今不得伸意必死亡不復得與其室家遂前約之信也

擊鼓五章。章四句。

凱風自南。吹彼棘心。棘心夭夭。與腰同母氏劬勞。叶音僚○比也南風謂之凱風長養萬物者也棘小木叢生多刺難長而心又其稚弱而未成者也夭夭少好貌劬勞病苦也○衛之淫風流行雖有七子之母猶不能安其室故其子作此詩以凱風比母棘心比子之幼時蓋曰母生衆子幼而育之其劬勞甚矣本其始而言以起自責之端也

○凱風自南。吹彼棘薪。母氏聖善。我無令人。興也聖叡令善也○棘可以爲薪則成矣然非美材故以興子之壯大而無善也復以聖善稱其母而自謂無令人其自責也深矣

○爰有寒泉。在浚之下。叶後五反有子七人。母氏勞苦。興也浚衛邑○諸子自責言寒泉在浚之下猶能有所滋益於浚而有子七人反不能事母而使母至於勞苦乎於是乃若微指其事而痛自刻責以感動其母心也母以淫風流行不能自守而諸子自責但以不能事母使母勞苦爲辭婉辭幾諫不顯其親之惡可謂孝矣下章放此

○睍與演同睆與莞同黃鳥。載好其音。有子七人。莫慰母心。興也睍睆清和圓轉之意○言黃鳥猶能好其音以悅人而我七子獨不能慰悅母心哉

凱風四章。章四句。

雄雉于飛。泄泄與異同其羽。我之懷矣。自詒伊阻。興也雉野雞雄者有冠長尾身有文采善鬭泄泄飛之緩也懷思詒遺阻隔也○婦人以其君子從役于外故言雄雉之飛舒緩自得如此而我之所思者乃從役于外而自遺阻隔也

○雄雉于飛。下上時掌反其音。展矣君子。實

勞我心。興也下上其音言其飛鳴自得也展誠也言誠又言實所以甚言此君子之勞我心也 ○瞻彼日月。悠悠我思。叶新齋反 道之云遠。曷云能來。叶陵之反○賦也悠悠思之長也見日月之往來而思其君子從役之久也 ○百爾君子。不知德行。下孟反叶戶郎反 不忮與至同 不求。何用不臧。賦也百猶凡也忮害求貪臧善也○言凡爾君子豈不知德行乎若能不忮害又不貪求則何所爲而不善哉憂其遠行之犯患冀其善處而得全也

雄雉四章。章四句。

匏有苦葉。濟有深涉。深則厲。淺則揭。與器同○比也匏瓠也匏之苦者不可食特可佩以渡水而已然今尚有葉則亦未可用之時也濟渡處也行渡水曰涉以衣而涉曰厲褰衣而涉曰揭○此刺淫亂之詩言匏未可用而渡處方深行者當量其淺深而後可渡以比男女之際亦當量度禮義而行也 ○有瀰與米同 濟盈。有鷕以小反 雉鳴。濟盈不濡軌。與晷同叶居有反 雉鳴求其牡。比也瀰水滿貌鷕雌雉聲軌車轍也飛曰雌雄走曰牝牡○夫濟盈必濡其轍雉鳴當求其雄此常理也今濟盈而曰不濡軌雉鳴而反求其牡以比淫亂之人不度禮義非其配耦而犯禮以相求也 ○雝雝鳴鴈。叶魚旰反 旭許玉反 日始旦。士如歸妻。迨冰未泮。賦也雝雝聲之和也鴈鳥名似鵝畏寒秋南春北旭日初出貌昏禮納采用鴈親迎以昏而納采請期以旦歸妻以冰泮而納采請期迨冰未泮之時○言古人之於婚姻其求之不暴而節之以禮如此以深刺淫亂之人也 ○招招音韶 舟子。叶獎里反 人涉卬與昂同 否。叶補美反 人涉卬否。卬須我友。叶羽軌反○比也招招號召之貌舟子舟人主濟渡者卬我也○舟人招人以渡人皆從之而我獨否者待我友之招而後從之也以比男女必待其配耦而相從而刺此人之不然也

匏有苦葉四章。章四句。

習習谷風。以陰以雨。黽勉同心。不宜有怒。叶暖五反 采葑與封同 采菲。與匪同 無以下體。叶想止反○比也習習和舒也東風謂之谷風葑蔓菁也菲似葍莖麤葉厚而長有毛下體根也葑菲根莖皆可食而其根則有時而美惡德音美譽也○婦人爲夫所棄故作此詩以敘其悲怨之情言陰陽和而後雨澤降如夫婦和而後家道成故爲夫婦者當黽勉以同心而不宜至於有怒又言采葑菲者不可以其根之惡而棄其莖之美如爲夫婦者不可以其顏色之衰而棄其德音之善但德音之不違則可以與爾同死矣 ○行道遲遲。中心有違。不遠伊邇。薄送我畿。音祈 誰謂荼音徒

苦。其甘如薺。音泚宴爾新昏。如兄如弟。待禮反○賦而比也遲遲舒行貌違相背也畿門內也荼苦菜蓼屬也詳見良耜薺甘菜宴樂也新昏夫所更娶之妻也○言我之被棄行於道路遲遲不進蓋其足欲前而心有所不忍如相背然而故夫之送我乃不遠而甚邇亦至其門內而止耳又言荼雖甚苦反甘如薺以比己之見棄其苦有甚於荼而其夫方且宴樂其新昏如兄如弟而不見恤蓋婦人從一而終今雖見棄猶有望夫之情厚之至也 ○ 涇以渭濁。湜湜音殖其沚。音止宴爾新昏。不我屑以。毋逝我梁。毋發我笱。與苟同我躬不閱。遑恤我後。胡口反○比也涇渭二水名涇水出今原州百泉縣笄頭山東南至永興軍高陵入渭渭水出渭州渭源縣鳥鼠山至同州馮翊縣入河湜湜清貌沚水渚也屑潔以與逝之也梁堰石障水而空其中以通魚之往來者也笱以竹為器而承梁之空以取魚者也閱容也○涇濁渭清然涇未屬渭之時雖濁而未甚見由二水既合而清濁益分然其別出之渚流或稍緩則猶有清處婦人以自比其容貌之衰久矣又以新昏形之益見憔悴然其心則固猶有可取者但以故夫之安於新昏故不以我為潔而與之耳又言毋逝我之梁毋發我之笱以比欲戒新昏毋居我之處毋行我之事而又自思我身且不見容何暇恤我已去之後哉知不能禁而絕意之辭也 ○ 就其深矣。方之舟之。就其淺矣。泳之游之。何有何亡。黽勉求之。凡民有喪。匍音蒲匐蒲卜反救叶居尤反之。興也方桴舟船也潛行曰泳浮水曰游匍匐手足並行急遽之甚也○婦人自陳其治家勤勞之事言我隨事盡其心力而為之深則方舟淺則泳游不計其有與亡而勉強以求之又周睦其鄰里鄉黨莫不盡其道也 ○ 不我能慉。與畜同反以我為讎。既阻我德。賈音古用不售。與讎同叶市周反昔育恐育鞫。與菊同及爾顛覆。與福同既生既育。比予于毒。賦也慉養阻卻鞫窮也○承上章言我於女家勤勞如此而女既不我養而反以我為仇讎惟其心既拒卻我之善故雖勤勞如此而不見取如賈之不見售也因念其昔時相與為生惟恐其生理窮盡而及爾皆至於顛覆今既遂其生矣乃反比我於毒而棄之乎張子曰育恐謂生於恐懼之中育鞫謂生於困窮之際亦通 ○ 我有旨蓄。勅六反亦以御音語冬。宴爾新昏。以我御窮。有洸音光有潰。音繢既詒我肄。音異不念昔者。伊余來塈。興也旨美蓄聚御當也洸武貌潰怒色也肄勞塈息也○又言我之所以蓄聚美菜者蓋欲以禦冬月乏無之時至於春夏則不食之矣今君子安於新昏而厭棄我是但使我禦其窮苦之時至於安樂則棄之也又言於我極其武怒而盡遺我以勤勞之事曾不念昔者我之來息時也追言其始見君子之時接禮之厚怨之深也

谷風六章章八句。

式微式微胡不歸微君之故胡爲乎中露。賦也式發語辭微猶衰也再言之者言衰之甚也微猶非也中露露中也言有霑濡之辱而無所芘覆也○舊說以爲黎侯失國而寓於衛其臣勸之曰衰微甚矣何不歸哉我若非以君之故則亦胡爲而辱於此哉 ○式微式微胡不歸微君之躬胡爲乎泥中。賦也泥中言有陷溺之難而不見拯救也

式微二章章四句。此無所考姑從序說

旄丘之葛兮叶居謁反何誕之節兮音僤叔兮伯叶音逼兮何多日也。興也前高後下曰旄丘誕闊也叔伯衛之諸臣也○舊說黎之臣子自言久寓於衛時物變矣故登旄丘之上見其葛長大而節疏闊因託以起興曰旄丘之葛何其節之闊也衛之諸臣何其多日而不見救也此詩本責衛君而但斥其臣可見其優柔而不迫也 ○何其處也必有與也何其久也叶舉里反必有以也。賦也處安處也與與國也以他故也○因上章何多日也而言何其安處而不來意必有與國相俟而俱來耳又言何其久而不來意其或有他故而不得來耳詩之曲盡人情如此 ○狐裘蒙戎匪車不東叔兮伯兮靡所與同。賦也大夫狐蒼裘蒙戎亂貌言弊也○又自言客久而裘弊矣豈我之車不東告於女乎但叔兮伯兮不與我同心雖往告之而不肯來耳至是始微諷切之或曰狐裘蒙戎指衛大夫而譏其憒亂之意匪車不東言非其車不肯東來救我也但其人不肯與俱來耳今按黎國在衛西前說近是 ○瑣音鎖兮尾兮流離之子。叶獎里反叔兮伯兮褎音又如充耳。賦也瑣細尾末也流離漂散也褎多笑貌充耳塞耳也耳聾之人恒多笑○言黎之君臣流離瑣尾若此其可憐也而衛之諸臣褎然如塞耳而無聞何哉至是然後盡其辭焉流離患難之餘而其言之有序而不迫如此其人亦可知矣

旄丘四章章四句。說同上篇

簡兮簡兮方將萬舞日之方中在前上處。上聲○賦也簡簡易不恭之意萬者舞之總名武用干戚文用羽籥也日之方中在前上處言當明顯之處○賢者不得志而仕於伶官有輕世肆志之心焉故其言如此若自譽而實自嘲也 ○碩人俁俁音語公庭萬舞有力如虎執轡如組。音祖○賦也碩大也俁俁大貌轡今之韁也組織絲爲之言其柔也御能使馬則轡柔如組矣○又自譽其才之無所不備亦上章之意也 ○左手執籥音藥右手

秉翟。音笛叶直角反　赫如渥音握赭。音者叶陟略反　公言錫爵。

賦也執籥秉翟者文舞也籥如笛而六孔或曰三孔翟雉羽也赫赤貌渥厚漬也赭赤色也言其顏色之充盛也公言錫爵卽儀禮燕飲而獻工之禮也以碩人而得此則亦辱矣乃反以其賚予之親洽爲榮而誇美之亦玩世不恭之意也

○山有榛。音臻　隰有苓。音零　云誰之思。西方美人。彼美人兮。西方之人兮。

興也榛似栗而小下濕曰隰苓一名大苦葉似地黃卽今甘草也西方美人託言以指西周之盛王如離騷亦以美人目其君也又曰西方之人者歎其遠而不得見之辭也○賢者不得志於衰世之下國而思盛際之顯王故其言如此而意遠矣

簡兮四章。三章章四句。一章六句。

舊三章章六句今改定○張子曰爲祿仕而抱關擊柝則猶恭其職也爲伶官則雜於侏儒俳優之間不恭甚矣其得謂之賢者雖其迹如此而其中固有以過人又能卷而懷之是亦可以爲賢矣東方朔似之

毖音祕　彼泉水。亦流于淇。有懷于衛。靡日不思。叶新齋反　孌音攣　彼諸姬。聊與之謀。叶謨悲反

○興也毖泉始出之貌泉水卽今衛州共城之百泉也淇水出相州林慮縣東流泉水自西北而東南來注之孌好貌諸姬謂姪娣也○衛女嫁於諸侯父母終思歸寧而不得故作此詩言毖然之泉水亦流于淇矣我之有懷于衛則亦無日而不思矣是以卽諸姬而與之謀爲歸衛之計如下兩章之云也

○出宿于泲。音濟　飲餞音踐　于禰。音你　女子有行。遠去聲　父母兄弟。問我諸姑。遂及伯姊。叶獎里反

○賦也泲地名飲餞者古之行者必有祖道之祭祭畢處者送之飲於其側而後行也禰亦地名皆自衛來時所經之處也諸姑伯姊卽所謂諸姬也○言始嫁來時則固已遠其父母兄弟矣況今父母旣終而復可歸哉是以問於諸姑伯姊而謀其可否云耳鄭氏曰國君夫人父母在則歸寧沒則使大夫寧於兄弟

○出宿于干。叶居焉反　飲餞于言。載脂載舝。音轄叶下介反　還音旋　車言邁。遄市專反　臻于衛。不瑕有害。

賦也干言地名適衛所經之地也脂以脂膏塗其舝使滑澤也舝車軸也不駕則脫之設之而後行也還回旋也旋其嫁來之車也遄疾臻至也瑕何古音相近通用○言如是則其至衛疾矣然豈不害於義理乎疑之而不敢遂之辭也

○我思肥泉。茲之永歎。叶它涓反　思須與漕。叶徂侯反　我心悠悠。駕言出遊。以寫我憂。

賦也肥泉水名須漕衛邑也悠悠思之長也寫除也○旣不敢歸然其思衛地不能忘也安得出遊於彼而寫其憂哉

泉水四章。章六句。

楊氏曰衛女思歸發乎情也其卒也不歸止乎禮義也聖人著之於經以示後世使知適異國者父母終無歸寧之義則能自克者知所處矣

出自北門。叶眉貧反憂心殷殷。終窶音巨且貧。莫知我艱。叶居銀反已焉哉。叶將其反下同天實爲之。謂之何哉。比也北門背陽向陰殷殷憂也窶者貧而無以爲禮也○衞之賢者處亂世事暗君不得其志故因出北門而賦以自比又歎其貧窶人莫知之而歸之於天也

○王事適我。政事一埤音琵益我。我入自外。室人交徧讁音責叶竹棘反我。已焉哉。天實爲之。謂之何哉。賦也王事王命使爲之事也適之也政事其國之政事也一猶皆也埤厚室家讁責也○王事既適我矣政事又一切以埤益我其勞如此而窶貧又甚室人至無以自安而交徧讁我則其困於內外極矣

○王事敦叶都回反我。政事一埤遺去聲叶夷回反我。我入自外。室人交徧摧徂回反我。已焉哉。天實爲之。謂之何哉。賦也敦猶投擲也遺加摧沮也

北門三章。章七句。楊氏曰忠信重祿所以勸士也衞之忠臣至於窶貧而莫知其艱則無勸士之道矣仕之所以不得志也先王視臣如手足豈有以事投遺之而不知其艱哉然不擇事而安之無懟憾之辭知其無可奈何而歸之於天所以爲忠臣也

北風其涼。雨去聲雪其雱。音滂惠而好去聲我。攜手同行。叶戶郎反其虛其邪。音徐下同既亟只音紙且。音疽下同○比也北風寒涼之風也涼寒氣也雱雪盛貌惠愛行去也虛寬貌邪一作徐緩也亟急也只且語助辭○言北風雨雪以比國家危亂將至而氣象愁慘也故欲與其相好之人去而避之且曰是尙可以寬徐乎彼其禍亂之迫已甚而去不可不速矣

○北風其喈。音皆叶居奚反雨雪其霏。音非惠而好我。攜手同歸。其虛其邪。既亟只且。比也喈疾聲也霏雨雪分散之狀歸者去而不反之辭也

○莫赤匪狐。莫黑匪烏。惠而好我。攜手同車。其虛其邪。既亟只且。比也狐獸名似犬黃赤色烏鵶黑色皆不祥之物人所惡見者也所見無非此物則國將危亂可知同行同歸猶賤者也同車則貴者亦去矣

北風三章。章六句。

靜女其姝。音樞俟我於城隅。愛而不見。搔音騷首踟音池躕。音廚○賦也靜者閒雅之意姝美色也城隅幽僻之處不見者期而不至也踟躕猶躑躅也此淫奔期會之詩也

○靜女其孌。貽我彤音同管。叶古筦反彤管有煒。音偉說音悅懌音亦女美。賦也孌好

貌於是則見之矣彤管未詳何物蓋相贈以結殷勤之意耳煒赤貌言既得此物而又悅懌此女之美也 ○自牧歸荑。洵美且異。匪女音汝之為美。美人之貽。與異同○賦也牧外野也歸亦貽也荑茅之始生者洵信也女指荑而言也○言靜女又贈我以荑而其荑亦美且異然非此荑之為美特以美人之所贈故其物亦美耳

靜女三章章四句。

新臺有泚。音此河水瀰瀰。音米燕婉之求。籧音蕖篨音除不鮮。斯淺反叶想止反○賦也泚鮮明也瀰瀰盛也燕安婉順也籧篨不能俯疾之醜者也蓋籧篨本竹席之名人或編以為囷其狀如人之擁腫而不能俯者故又因以名此疾也鮮少也○舊說以為衛宣公為其子伋娶於齊而聞其美欲自娶之乃作新臺於河上而要之國人惡之而作此詩以刺之言齊女本求與伋為燕婉之好而反得宣公醜惡之人也 ○新臺有洒。音璀叶先典反河水浼浼。音每叶美辨反燕婉之求。籧篨不殄。賦也洒高峻也浼浼平也殄絕也言其病不已也 ○魚網之設。鴻則離之。燕婉之求。得此戚施。興也鴻鴈之大者離麗也戚施不能仰亦醜疾也○言設魚網而反得鴻以興求燕婉而反得醜疾之人所得非所求也

新臺三章章四句。凡宣姜事首末見春秋傳然於詩則皆未有考也諸篇放此

二子乘舟。汎汎芳劍反其景。叶舉兩反願言思子。中心養養。賦也二子謂伋壽也乘舟渡河如齊也景古影字養養猶漾漾憂不知所定之貌○舊說以為宣公納伋之妻是為宣姜生壽及朔朔與宣姜愬伋於公公令伋之齊使賊先待於隘而殺之壽知之以告伋伋曰君命也不可以逃壽竊其節而先往賊殺之伋至曰君命殺我壽有何罪賊又殺之國人傷之而作是詩也 ○二子乘舟。汎汎其逝。願言思子。不瑕有害。賦也逝往也不瑕疑辭義見泉水此則見其不歸而疑之也

二子乘舟二章章四句。太史公曰余讀世家言至於宣公之子以婦見誅弟壽爭死以相讓此與晉太子申生不敢明驪姬之過同俱惡傷父之志然卒死亡何其悲也或父子相殺兄弟相戮亦獨何哉

邶十九篇七十二章三百六十三句。

鄘一之四。說見上篇

汎彼柏舟。在彼中河。髧音萏彼兩髦。實維我儀。叶牛何反之死矢靡它。音拖母也天叶鐵因反只。音紙下同不諒人只。興也。中河，中於河也。髧，髮垂貌。兩髦者，翦髮夾囟，子事父母之飾。親死然後去之。此蓋指共伯也。我，共姜自我也。儀，匹。之，至。矢，誓。靡，無也。只，語助辭。諒，信也。○舊說以爲衞世子共伯蚤死，其妻共姜守義。父母欲奪而嫁之，故共姜作此以自誓。言柏舟則在彼中河，兩髦則實我之匹。雖至於死，誓無它心。母之於我，覆育之恩，如天罔極，而何其不諒我之心乎。不及父者，疑時獨母在，或非父意耳。

○汎彼柏舟。在彼河側。髧彼兩髦。實維我特。之死矢靡慝。音忒母也天只。不諒人只。興也。特，亦匹也。慝，邪也。以是爲慝，則其絕之甚矣。

柏舟二章。章七句。

牆有茨。不可埽叶蘇后反也。中冓音姤之言。不可道叶徒厚反也。所可道也。言之醜也。興也。茨，蒺藜也。蔓生，細葉，子有三角刺人。中冓，謂舍之交積材木也。道，言。醜，惡也。○舊說以爲宣公卒，惠公幼，其庶兄頑烝於宣姜，故詩人作此詩以刺之。言其閨中之事皆醜惡，而不可言。理或然也。

○牆有茨。不可襄也。中冓之言。不可詳也。所可詳也。言之長也。興也。襄，除也。詳，詳言之也。言之長者，不欲言而託以語長難竟也。

○牆有茨。不可束也。中冓之言。不可讀也。所可讀也。言之辱也。興也。束，束而去之也。讀，誦言也。辱，猶醜也。

牆有茨三章。章六句。楊氏曰：公子頑通乎君母，閨中之言，至不可讀，其汙甚矣。聖人何取焉，而著之於經也。蓋自古淫亂之君，自以爲密於閨門之中，世無得而知者，故自肆而不反。聖人所以著之於經，使後世爲惡者知雖閨門之言，亦無隱而不彰也。其爲訓戒深矣。

君子偕老。副笄六珈。音加，叶居河反委委音威佗佗。音駝如山如河。象服是宜。叶牛何反子之不淑。云如之何。賦也。君子，夫也。偕老，言偕生而偕死也。女子之生，以身事人，則當與之同生，與之同死。故夫死稱未亡人，言亦待死而已，不當復有他適之志也。副，祭服之首飾，編髮爲之。笄，衡笄也。垂于副之兩旁當耳，其下以紞懸瑱。珈之言加也，以玉加於笄而爲飾也。委委佗佗，雍容自得之貌。如山，安重也。如河，弘廣也。象服，法度之服也。淑，善也。○言夫人當與君子偕老，故其服飾之盛如此，而雍容自得，安重寬廣，又有

以宜其象服今宜妄之不善乃如此雖有是服亦將如之何哉言不稱也

○玼（音此）兮玼兮。其之翟（叶去聲）也。鬒（音軫）髮如雲。不屑髢（音第）也。玉之瑱（吐殿反）也。象之揥（敕帝反）也。揚且（音疽）之皙（音錫叶征例反）也。胡然而天也。胡然而帝也。賦也玼鮮盛貌翟衣祭服刻繒為翟雉之形而彩畫之以為飾也鬒黑也如雲言多而美也屑潔也髢髲鬄也人少髮則以髢益之髮自美則不潔於髢而用之也瑱塞耳也象象骨也揥所以摘髮也揚眉上廣也且助語辭皙白也胡然而天胡然而帝言其服飾容貌之美見者驚猶鬼神也

○瑳（上聲）兮瑳兮。其之展（音戰叶諸延反）也。蒙彼縐（音皺）絺。是紲（音屑）袢（音半叶汾乾反）也。子之清揚。揚且之顏（叶魚堅反）也。展如之人兮。邦之媛（音院叶于權反）也。賦也瑳亦鮮盛貌展衣也以禮見於君及見賓客之服也蒙覆也縐絺絺之蹙蹙者當暑之服也紲袢束縛意以展衣蒙絺綌而為之紲袢所以自斂飭也或曰蒙謂加絺綌於褻衣之上所謂表而出之也清視清明也揚眉上廣也顏額角豐滿也展誠也美女曰媛見其徒有美色而無人君之德也

君子偕老三章。一章七句。一章九句。一章八句。東萊呂氏曰首章之末云子之不淑云如之何責之也二章之末云胡然而天也胡然而帝也問之也三章之末云展如之人兮邦之媛也惜之也辭益婉而意益深矣

爰采唐矣。沬（音妹）之鄉矣。云誰之思。美孟姜矣。期我乎桑中（叶諸良反）。要（音腰）我乎上宮（叶居王反）。送我乎淇之上（叶辰羊反）矣。賦也唐蒙菜也一名兔絲沬衛邑也書所謂妹邦者也孟長也姜齊女言貴族也桑中上宮淇上又沬鄉之中小地名也要猶迎也○衛俗淫亂世族在位相竊妻妾故此人自言將采唐於沬而與其所思之人相期會迎送如此也

○爰采麥（叶訖力反）矣。沬之北矣。云誰之思。美孟弋矣。期我乎桑中。要我乎上宮。送我乎淇之上矣。賦也麥穀名秋種夏熟者弋春秋或作姒蓋杞女夏后氏之後亦貴族也

○爰采葑矣。沬之東矣。云誰之思。美孟庸矣。期我乎桑中。要我乎上宮。送我乎淇之上矣。賦也葑蔓菁也庸未聞疑亦貴族也

桑中三章。章七句。樂記曰鄭衛之音亂世之音也比於慢矣桑間濮上之音亡國之音也其政散其民流誣上行私而不可止也接桑間即此篇故小序亦用樂記之語

鶉音純之奔奔。鵲之彊彊。音姜人之無良。我以爲兄。叶虛王反○興也鶉鵲屬奔奔彊彊居有常匹飛則相隨之貌人謂公子頑良善也

○衛人刺宣姜與頑非匹耦而相從也故爲惠公之言以刺之曰人之無良鶉鵲之不若而我反以爲兄何哉 ○鵲之彊彊。鶉之奔奔。叶逋珉反人之無良。我以爲君。興也人謂宣姜君小君也

鶉之奔奔二章章四句。范氏曰宣姜之惡不可勝道也國人疾而刺之或遠言焉或切言焉遠言之者君子偕老是也切言之者鶉之奔奔是也衛詩至此而人道盡天理滅矣中國無以異於夷狄人類無以異於禽獸而國隨以亡矣胡氏曰楊時有言詩載此篇以見衛爲狄所滅之因也故在定之方中之前因以是說考於歷代凡淫亂者未有不至於殺身敗國而亡其家者然後知古詩垂戒之大而近世有獻議乞於經筵不以國風進講者殊失聖經之旨矣

定音訂之方中。作于楚宮。揆之以日。作于楚室。樹之榛栗。椅音醫桐梓漆。爰伐琴瑟。賦也定北方之宿營室星也此星昏而正中夏正十月也於是時可以營制宮室故謂之營室楚宮楚丘之宮也揆度也樹八尺之臬而度其日之出入之景以定東西又參日中之景以正南北也楚室猶楚宮互文以協韻耳榛栗二木其實榛小栗大皆可供籩實椅梓實桐皮桐梧桐也梓楸之疎理白色而生子者漆木有液黏黑可飾器物四木皆琴瑟之材也爰於也○衛爲狄所滅文公徙居楚丘營立宮室國人悅之而作是詩以美之蘇氏曰種木者求用於十年之後其不求近功凡此類也 ○升彼虛音墟叶起呂反矣。以望楚矣。望楚與堂。景山與京。叶居良反降觀于桑。卜云其吉。終焉允臧。賦也虛故城也楚楚丘也堂楚丘之旁邑也景測景以正方面也與既景迺岡之景同或曰景山名見商頌京高丘也桑木名葉可飼蠶者觀之以察其土宜也允信臧善也○此章本其始之望景觀卜而言以至於終而果獲其善也 ○靈雨既零。命彼倌音官人。星言夙駕。說音稅于桑田。叶徒因反匪直也人。秉心塞淵。叶一均反騋音來牝三千。叶倉新反○賦也靈善零落也倌人主駕者也星見星也說舍止也秉操塞實淵深也馬七尺以上爲騋○言方春時雨既降而農桑之務作文公於是命主駕者晨起駕車亟往而勞勸之然非獨此人所以操其心者誠實而淵深也蓋其所畜之馬七尺而牝者亦已至於三千之衆矣蓋人操心誠實而淵深則無所爲而不成其致此富盛宜矣記曰問國君之富數馬以對今言騋牝之衆如此則生息之蕃可見而衛國之富亦可知矣此章又要其終而言也

定之方中三章章七句。按春秋傳衛懿公九年冬狄入衛懿公及狄人戰于熒澤而敗死焉宋桓公迎衛之遺民渡河而南立宣姜子申以廬于漕是爲戴公是

年卒立其弟燬是爲文公於是齊桓公合諸侯以城楚丘而遷衛焉文公大布之衣大帛之冠務材訓農通商惠工敬敎勸學授方任能元年革車三十乘季年乃三百乘

蝃音帝蝀音凍在東。莫之敢指。女子有行。遠去聲父母兄弟。比也蝃蝀虹也日與雨交倏然成質似有血氣之類乃陰陽之氣不當交而交者蓋天地之淫氣也在東者莫虹也虹隨日所映故朝西而莫東也○此刺淫奔之詩言蝃蝀在東而人不敢指以比淫奔之惡人不可道況女子有行又當遠其父母兄弟豈可不顧此而冒行乎 ○朝隮音賫于西。崇朝其雨。女子有行。遠兄弟父母。叶滿補反○比也隮升也周禮十煇九日隮注以爲虹蓋忽然而見如自下而升也崇終也從旦至食時爲終朝言方雨而虹見則其雨終朝而止矣蓋淫慝之氣有害於陰陽之和也今俗謂虹能截雨信然 ○乃如之人也。懷昏姻也。大無信叶斯人反也。不知命叶彌幷反也。賦也乃如之人指淫奔者而言昏姻謂男女之欲程子曰女子以不自失爲信命正理也○言此淫奔之人但知思念男女之欲是不能自守其貞信之節而不知天理之正也程子曰人雖不能無欲然當有以制之無以制之而惟欲之從則人道廢而入於禽獸矣以道制欲則能順命

蝃蝀三章章四句。

相去聲鼠有皮。叶蒲何反人而無儀。叶牛何反人而無儀。不死何爲。叶吾何反○興也相視也鼠蟲之可賤惡者○言視彼鼠而猶必有皮可以人而無儀乎人而無儀則其不死亦何爲哉 ○相鼠有齒。人而無止。人而無止。不死何俟。叶羽已反又音始○興也止容止也俟待也 ○相鼠有體。人而無禮。人而無禮。胡不遄死。叶想止反○興也體支體也遄速也

相鼠三章章四句。

孑孑音結干旄。在浚音峻之郊。叶音高 素絲紕音避之。良馬四之。彼姝音樞者子。何以畀音庇之。賦也孑孑特出之貌干旄以旄牛尾注於旗干之首而建之車後也浚衛邑名邑外謂之郊紕織組也蓋以素絲織組而維之也四之兩服兩驂凡四馬以載之也姝美也子指所見之人也畀與也○言衛大夫乘此車馬建此旌旄以見賢者彼其所見之賢者將何以畀之而答其禮意之勤乎 ○孑孑干旟。在浚之都。素絲組音祖之。良馬五之。彼姝者子。何以予音與之。賦也旟州里所建鳥隼之旗也上設旌旄其下繫斿斿下屬縿皆畫鳥隼也下邑曰都五之五馬言其盛也 ○孑孑干旌。

在浚之城。素絲祝之。良馬六之。彼姝者子。何以告音谷之。賦也析羽爲旌干旌蓋析翟羽設於旗干之首也城都城也祝屬也六之六馬極其盛而言也

干旄三章。章六句。此上三詩小序皆以爲文公時詩蓋見其列於定中載馳之閒故爾他無所考也然衛本以淫亂無禮不樂善道而亡其國今破滅之餘人心危懼正其有以懲創往事而興起善端之時也故其爲詩如此蓋所謂生於憂患死於安樂者小序之言疑亦有所本云

載馳載驅。叶袪尤反歸唁衛侯。驅馬悠悠。言至於漕。叶徂侯反大夫跋涉。我心則憂。賦也載則也弔失國曰唁悠悠遠而未至之貌草行曰跋水行曰涉○宣姜之女爲許穆公夫人閔衛之亡馳驅而歸將以唁衛侯於漕邑未至而許之大夫有奔走跋涉而來者夫人知其必將以不可歸之義來告故心以爲憂也既而終不果歸乃作此詩以自言其意爾

○既不我嘉。不能旋反。視爾不臧。我思不遠。既不我嘉。不能旋濟。視爾不臧。我思不閟。賦也嘉臧皆善也遠猶忘也濟渡也自許歸衛必有所渡之水也閟閉也止也言思之不止也○言大夫既至而果不以我歸爲善則我亦不能旋反而濟以至於衛矣雖視爾不以我爲善然我之所思終不能自已也

○陟彼阿丘。言采其蝱。音盲叶謨郎反女子善懷。亦各有行。叶戶郎反許人尤之。衆穉音稚且狂。賦也偏高曰阿丘蝱貝母也主療鬱結之疾善懷多憂思也猶漢書云岸善崩也行道尤過也○又言以其既不適衛而思終不止也故其在塗或升高以舒憂想之情或采蝱以療鬱結之疾蓋女子所以善懷者亦各有道而許國之衆人以爲過則亦少不更事而狂妄之人爾許人守禮非穉且狂也但以其不知已情之切至而言若是爾然而卒不敢違爲則亦豈眞以爲穉且狂哉

○我行其野。芃芃音蓬其麥。叶訖力反控于大邦。誰因誰極。大夫君子。無我有尤。叶于其反百爾所思。叶新齋反不如我所之。賦也芃芃麥盛長貌控持而告之也因如因魏莊子之因極至也大夫即跋涉之大夫君子謂許國之衆人也○又言歸塗在野而涉芃芃之麥又自傷許國之小而力不能救故思欲爲之控告于大邦而又未知其將何所因而何所至乎大夫君子無以我爲有過雖爾所以處此百方然不如使我得自盡其心之爲愈也

載馳四章。二章章六句。二章章八句。事見春秋傳舊說此詩五章一章六句二章三章四句四章六句五章八句蘇氏合二章三章

以爲一章按春秋傳叔孫豹賦載馳之四章而取其控于大邦誰因誰極之意與蘇說合今從之○范氏曰先王制禮父母沒則不得歸寧者義也雖國滅君死不得往赴焉義重於亡故也

鄘國十篇。二十九章。百七十六句。

衛一之五

瞻彼淇奧。音與郁同 綠竹猗猗。音醫叶於何反 有匪君子。如切如磋。平聲 如琢如磨。瑟兮僩兮。音限 赫兮咺兮。況晚反 有匪君子。終不可諼兮。音喧叶況遠反 興也淇水名奧隈也綠色也淇上多竹漢世猶然所謂淇園之竹是也猗猗始生柔弱而美盛也匪斐通文章著見之貌也君子指武公也治骨角者既切以刀斧而復磋以鑢鐋治玉石者既琢以槌鑿而復磨以沙石言其德之脩飭有進而無已也瑟矜莊貌僩威嚴貌咺宣著貌諼忘也○衛人美武公之德而以綠竹始生之美盛興其學問自脩之進益也大學傳曰如切如磋者道學也如琢如磨者自脩也瑟兮僩兮者恂慄也赫兮咺兮者威儀也有斐君子終不可諼兮者道盛德至善民之不能忘也

○瞻彼淇奧。綠竹青青。音精 有匪君子。充耳琇瑩。音營 會音儈 弁如星。瑟兮僩兮。赫兮咺兮。有匪君子。終不可諼兮。 興也青青堅剛茂盛之貌充耳瑱也琇瑩美石也天子玉瑱諸侯以石會縫也弁皮弁也以玉飾皮弁之縫中如星之明也○以竹之堅剛茂盛興其服飾之尊嚴而見其德之稱也

○瞻彼淇奧。綠竹如簀。音責叶側歷反 有匪君子。如金如錫。如圭如璧。寬兮綽兮。猗音倚 重平聲 較兮。音角 善戲謔兮。不爲虐兮。 興也簀棧也竹之密比似之則盛之至也金錫言其鍛鍊之精純圭璧言其生質之溫潤寬宏裕也綽開大也猗歎辭也重較卿士之車也較兩輢上出軾者謂車兩旁也善戲謔不爲虐者言其樂易而有節也○以竹之至盛興其德之成就而又言其寬廣而自如和易而中節也蓋寬綽無斂束之意戲謔非莊厲之時皆常情所忽而易致過差之地也然猶可觀而必有節焉則其動容周旋之閒無適而非禮亦可見矣禮曰張而不弛文武不能也弛而不張文武不爲也一張一弛文武之道也此之謂也

淇奧三章。章九句。 按國語武公年九十有五猶箴儆于國曰自卿以下至於師長士苟在朝者無謂我老耄而舍我必恪恭於朝以交戒我遂作懿戒之詩以自警而賓之初筵亦武公悔過之作則其有文章而能聽規諫以禮自防也可知矣衛之他君蓋無足以及此者故序以此詩爲美武公而今從之也

考槃在澗。叶居賢反 碩人之寬。叶區權反 獨寐寤言。永矢弗諼。音喧○賦也考成也槃盤桓之意言成其隱處之室也陳氏曰考扣也槃

器名蓋扣之以節歌如鼓盆拊缶之爲樂也二說未知孰是山夾水曰澗碩大寬廣永長矢誓諼忘也○詩人美賢者隱處澗谷之閒而碩大寬廣無戚戚之意雖獨寐而寤言猶自誓其不忘此樂也

○考槃在阿。碩人之薖。音科獨寐寤歌。永矢弗過。音戈○賦也曲陵曰阿薖義未詳或云亦寬大之意也永矢弗過自誓所願不踰於此若將終身之意也

○考槃在陸。碩人之軸。獨寐寤宿。永矢弗告。音谷○賦也高平曰陸軸盤桓不行之意寤宿已覺而猶臥也弗告者不以此樂告人也

考槃三章章四句。

碩人其頎。音祈衣去聲錦褧音頴衣。齊侯之子。衛侯之妻。東宮之妹。邢侯之姨。譚公維私。賦也碩人指莊姜也頎長貌錦文衣也褧襌也錦衣而加褧焉爲其文之太著也東宮太子所居之宮齊太子得臣也繫太子言之者明與同母言所生之貴也女子後生曰妹妻之姊妹曰姨姊妹之夫曰私邢侯譚公皆莊姜姊妹之夫互言之也諸侯之女嫁於諸侯則尊同故歷言之○莊姜事見邶風綠衣等篇春秋傳曰莊姜美而無子衛人爲之賦碩人即謂此詩而其首章極稱其族類之貴以見其爲正嫡小君所宜親厚而重歎莊公之昏惑也

○手如柔荑。音啼膚如凝脂。領如蝤音四蠐。音齊齒如瓠音互犀。螓音秦首蛾眉。巧笑倩兮。美目盼叶匹見反兮。賦也茅之始生曰荑言柔而白也凝脂脂寒而凝者亦言白也領頸也蝤蠐木蟲之白而長者瓠犀瓠中之子方正潔白而比次整齊也螓如蟬而小其額廣而方正蛾蠶蛾也其眉細而長曲倩口輔之美也盼黑白分明也○此章言其容貌之美猶前章之意也

○碩人敖敖。音翺說音稅于農郊。叶音高四牡有驕。音蹺叶音高朱幩鑣鑣。音標翟茀音弗以朝。音潮叶直豪反大夫夙退。無使君勞。賦也敖敖長貌說舍也農郊近郊也四牡車之四馬驕壯貌幩鑣飾也鑣者馬銜外鐵人君以朱纏之也鑣鑣盛也翟翟車也夫人以翟羽飾車茀蔽也婦人之車前後設蔽夙早也玉藻曰君日出而視朝退適路寢聽政使人視大夫大夫退然後適小寢釋服。此言莊姜自齊來嫁舍止近郊乘是車馬之盛以入君之朝國人樂得以爲莊公之配故謂諸大夫朝於君者宜早退無使君勞於政事不得與夫人相親而歎今之不然也

○河水洋洋。北流活活。音括叶戶劣反施罛音孤濊濊。呼活反叶許月反鱣音邅鮪音洧發發。音撥叶方月反葭音加菼他覽反揭揭。音孑庶姜孽孽。庶士有朅。音挈○賦也河在齊西衛東北流入海洋洋盛大貌活活流貌施設也罛魚罟也濊濊罟入水聲也鱣魚似龍黃色銳頭口在頷下背上腹下皆有甲大者千餘斤鮪似鱣而小色青黑發發盛貌菼薍也亦謂之荻揭揭長也庶姜謂姪娣孽孽盛飾也庶士謂媵臣朅武貌○言齊地廣饒而夫人之來士女佼好禮儀盛備如此亦首章之意也

碩人四章章七句。

氓之蚩蚩。音癡抱布貿音茂絲。叶新齊反匪來貿絲。來卽我謀。叶謨悲反送子涉淇。至于頓丘。叶祛奇反匪我愆期。子無良媒。叶謨悲反將音槍子無怒。秋以爲期。賦也氓民也蓋男子而不知其誰何之稱也蚩蚩無知之貌蓋怨而鄙之也布幣貿買也貿絲蓋初夏之時也頓丘地名愆過也將願也請也〇此淫婦爲人所棄而自敘其事以道其悔恨之意也夫既與之謀而不遂往又責所無以難其事再爲之約以堅其志此其計亦狡矣以御蚩蚩之氓宜其有餘而不免於見棄蓋一失其身人所賤惡始雖以欲而迷後必以時而悟是以無往而不困耳士君子立身一敗而萬事瓦裂者何以異此可不戒哉

〇乘彼垝音鬼垣。音袁以望復關。叶圭員反不見復關。泣涕漣漣。音連既見復關。載笑載言。爾卜爾筮。體無咎言。以爾車來。以我賄呼罪反遷。賦也垝毀垣牆也復關男子之所居也不敢顯言其人故託言之耳龜曰卜蓍曰筮體兆卦之體也賄財遷徙也〇與之期矣故及期而乘垝垣以望之既見之矣於是問其卜筮所得卦兆之體若無凶咎之言則以爾之車來迎當以我之賄往遷也

〇桑之未落。其葉沃若。于音吁下同嗟鳩兮。無食桑葚。音甚叶知林反于嗟女兮。無與士耽。叶持林反士之耽兮。猶可說也。女之耽兮。不可說也。比而興也沃若潤澤貌鳩鶻鳩也似山雀而小短尾青黑色多聲甚桑實也鳩食甚多則致醉耽相樂也說解也〇言桑之潤澤以比己之容色光麗然又念其不可恃此而從欲忘反故遂戒鳩無食桑葚以興下句戒女無與士耽也士猶可說而女不可說者婦人被棄之後深自愧悔之辭主言婦人無外事唯以貞信爲節一失其正則餘無足觀爾不可便謂士之耽惑實無所妨也

〇桑之落矣。其黃而隕。叶于貧反自我徂爾。三歲食貧。淇水湯湯。音傷漸音尖車帷裳。女也不爽。叶師莊反士貳其行。去聲叶戶郎反士也罔極。二三其德。比也隕落徂往也湯湯水盛貌漸漬也帷裳車飾亦名童容婦人之車則有之爽差極至也〇言桑之黃落以比己之容色凋謝遂言自我往之爾家而值爾之貧於是見棄復乘車而渡水以歸復自言其過不在此而在彼也

〇三歲爲婦。靡室勞矣。夙興夜寐。靡有朝矣。叶直豪反言既遂矣。至于暴矣。兄弟不知。咥音戲其笑矣。叶音燥靜言思之。躬自悼矣。賦也靡不夙早興起也咥笑貌〇言我三歲爲婦盡心竭力不以室家之務爲勞早起夜臥無有朝旦之暇與爾始相謀約之言既遂而爾遽以暴戾加我兄弟見我之歸不知其然但

咥然其笑而已蓋淫奔從人不爲兄弟所齒故其見棄而歸亦不爲兄弟所恤理固有必然者亦何所歸咎哉但自痛悼而已 ○及爾偕老。老使我怨。淇則有岸。叶魚戰反 隰則有泮。音畔叶匹見反 總角之宴。言笑晏晏。叶伊佃反 信誓旦旦。叶得絹反 不思其反。叶孚絢反 反是不思。叶新齎反 亦已焉哉。叶將黎反○賦而興也及與也泮涯也高下之判也總角女子未許嫁則未笄但結髮爲飾也晏晏和柔也旦旦明也○言我與汝本期偕老不知老而見棄如此徒使我怨也淇則有岸矣隰則有泮矣而我總角之時與爾宴樂言笑成此信誓曾不思其反復以至於此也此則與也既不思其反復而至此矣則亦如之何哉亦已而已矣傳曰思其終也思其復也思其反之謂也

氓六章。章十句。

籊籊音笛 竹竿。以釣于淇。豈不爾思。遠莫致之。賦也籊籊長而殺也竹衛物淇衛地也○衛女嫁於諸侯思歸寧而不可得故作此詩言思以竹竿釣于淇水而遠不可致也 ○泉源在左。淇水在右。叶羽軌反 女子有行。遠去聲 兄弟父母。叶滿彼反○賦也泉源即百泉也在衛之西北而東南流入淇故曰在左淇在衛之西南而東流與泉源合故曰在右○思二水之在衛而自歎其不如也 ○淇水在右。泉源在左。巧笑之瑳。上聲 佩玉之儺。乃可反○賦也瑳鮮白色笑而見齒其色瑳然猶所謂粲然皆笑也儺行有度也○承上章言二水在衛而自恨其不得笑語遊戲於其閒也 淇水滺滺。音由 檜楫松舟。駕言出遊。以寫我憂。賦也滺滺流貌檜木名似柏楫所以行舟也○與泉水之卒章同意

竹竿四章。章四句。

芄音丸 蘭之支。童子佩觿。音畦 雖則佩觿。能不我知。容兮遂兮。垂帶悸兮。其季反 興也芄蘭草一名蘿摩蔓生斷之有白汁可啖支枝同觿錐也以象骨爲之所以解結成人之佩非童子之飾也知猶智也言其才能不足以知於我也容遂舒緩放肆之貌悸帶下垂之貌 ○芄蘭之葉。童子佩韘。雖則佩韘。能不我甲。容兮遂兮。垂帶悸兮。興也韘決也以象骨爲之著右手大指所以鉤弦闓體鄭氏曰沓也即大射所謂朱極三是也以朱韋爲之用以彄沓右手食指將指無名指也甲長也言其才能不足以長於我也

芄蘭二章章六句。此詩不知所謂不敢強解

誰謂河廣。一葦音偉杭之。誰謂宋遠。跂音企予望之。叶武方反賦也葦蒹葭之屬杭度也衛在河北宋在河南○宣姜之女爲宋桓公夫人生襄公而出歸于衛襄公卽位夫人思之而義不可往蓋嗣君承父之重與祖爲體母出與廟絕不可以私反故作此詩言誰謂河廣乎但以一葦加之則可以渡矣誰謂宋國遠乎但一跂足而望則可以見矣明非宋遠而不可至也乃義不可而不得往耳

○誰謂河廣。曾不容刀。誰謂宋遠。曾不崇朝。賦也小船曰刀不容刀言小也崇終也行不終朝而至言近也

河廣二章章四句。范氏曰夫人之不往義也天下豈有無母之人歟有千乘之國而不得養其母則人之不幸也爲襄公者將若之何生則致其孝沒則盡其禮而已衛有婦人之詩自共姜至於襄公之母六人焉皆止於禮義而不敢過也夫以衛之政教淫僻風俗傷敗然而女子乃有知禮而畏義如此者則以先王之化猶有存焉故也

伯兮朅音挈兮。邦之桀兮。伯也執殳。音殊爲去聲王前驅。賦也伯婦人目其夫之字也朅武貌桀才過人也殳長丈二而無刃○婦人以夫久從征役而作是詩言其君子之才之美如是今方執殳而爲王前驅也

○自伯之東。首如飛蓬。豈無膏沐。誰適音的爲容。賦也蓬草名其華如柳絮聚而飛如亂髮也膏所以澤髮者沐滌首去垢也適主也○言我髮亂如此非無膏沐可以爲容所以不爲者君子行役無所主而爲之故也傳曰女爲說已容

○其雨其雨。杲杲古老反出日。願言思伯。甘心首疾。比也其者冀其將然之辭○冀其將雨而杲然日出以比望其君子之歸而不歸也是以不堪憂思之苦而寧甘心於首疾也

○焉音煙得諼音萱草。言樹之背。音佩願言思伯。使我心痗。音妹○賦也諼忘也諼草合歡食之令人忘憂者背北堂也痗病也○言焉得忘憂之草樹之北堂以忘吾憂乎然終不忍忘也是以寧不求此草而但願言思伯雖至於心痗而不辭爾心痗則其病益深非特首疾而已也

伯兮四章章四句。范氏曰居而相離則思期而不至則憂此人之情也文王之遣戍役周公之勞歸士皆敍其室家之情男女之思以閔之故其民悅而忘死聖人能通天下之志是以能成天下之務兵者毒民於死者也孤人之子寡人之妻傷天地之和召水旱之災故聖王重之如不得已而行則告以歸期念其勤勞哀傷慘怛不啻在己是以治世之詩則言其君上閔恤之情亂世之詩則錄其室家怨思之苦以爲人情不出乎此也

有狐綏綏。在彼淇梁。心之憂矣。之子無裳。比也狐者妖媚之獸綏綏獨行求匹之貌石絕水曰梁在梁則可以裳矣○國亂民散喪其妃耦有寡婦見鰥夫而欲嫁之故託言有狐獨行而憂其無裳也○有狐綏綏。在彼淇厲。心之憂矣。之子無帶。叶丁計反○比也厲深水可涉處也帶所以申束衣也在厲則可以帶矣○有狐綏綏。在彼淇側。心之憂矣。之子無服。叶蒲北反○比也濟乎水則可以服矣

有狐三章。章四句。

投我以木瓜。叶攻乎反 報之以瓊琚。音居 匪報也。永以爲好去聲也。比也木瓜楙木也實如小瓜酢可食瓊玉之美者琚佩玉名○言人有贈我以微物我當報之以重寶而猶未足以爲報也但欲其長以爲好而不忘耳疑亦男女相贈答之辭如靜女之類○投我以木桃。報之以瓊瑤。匪報也。永以爲好也。比也瑤美玉也○投我以木李。報之以瓊玖。音久叶舉里反 匪報也。永以爲好也。比也玖亦玉名也

木瓜三章。章四句。

衛國十篇。三十四章。二百三句。張子曰衛國地濱大河其地土薄故其人氣輕浮其地平下故其人質柔弱其地肥饒不費耕耨故其人心怠惰其人情性如此則其聲音亦淫靡故聞其樂使人懈慢而有邪僻之心也鄭詩放此

王一之六

王謂周東都洛邑王城畿內方六百里之地在禹貢豫州大華外方之閒北得河陽漸冀州之南也周室之初文王居豐武王居鎬至成王周公始營洛邑爲時會諸侯之所以其土中四方來者道里均故也自是謂豐鎬爲西都而洛邑爲東都至幽王嬖褒姒生伯服廢申后及太子宜臼宜臼奔申申侯怒與犬戎攻宗周弒幽王于戲晉文侯鄭武公迎宜臼于申而立之是爲平王徙居東都王城於是王室遂卑與諸侯無異故其詩不爲雅而爲風然其王號未替也故不曰周而曰王其地則今河南府及懷孟等州是也

彼黍離離。彼稷之苗。行邁靡靡。中心搖搖。知我者。謂我心憂。不知我者。謂我何求。悠悠蒼天。叶鐵因反 此何人哉。賦而興也黍穀名苗似蘆高丈餘穗黑色實圓重離離垂貌稷亦穀也一名穄似黍而小或曰粟也邁行也靡靡猶遲遲也搖

搖無所定也悠悠遠貌蒼天者據遠而視之蒼蒼然也〇周既東遷大夫行役至於宗周過故宗廟宮室盡爲禾黍閔周室之顚覆徬徨不忍去故賦其所見黍之離離與稷之苗以興行之靡靡心之搖搖既歎時人莫識己意又傷所以致此者果何人哉追怨之深也

〇彼黍離離。彼稷之穗。音遂 行邁靡靡。中心如醉。知我者。謂我心憂。不知我者。謂我何求。悠悠蒼天。此何人哉。賦而興也穗秀也稷穗下垂如心之醉故以起興

〇彼黍離離。彼稷之實。行邁靡靡。中心如噎。音咽叶於悉反 知我者。謂我心憂。不知我者。謂我何求。悠悠蒼天。此何人哉。賦而興也噎憂深不能喘息如噎之然稷之實如心之噎故以起興

黍離三章。章十句。元城劉氏曰常人之情於憂樂之事初遇之則其心變焉次遇之則其變少衰三遇之則其心如常矣至於君子忠厚之情則不然其行役往來固非一見也初見稷之苗矣又見稷之穗矣又見稷之實矣而所感之心終始如一不少變而愈深此則詩人之意也

君子于役。不知其期。曷至哉。叶將黎反 雞棲于塒。音時 日之夕矣。羊牛下來。叶陵之反 君子于役。如之何勿思。叶新齎反〇賦也君子婦人目其夫之辭鑿牆而棲曰塒日夕則羊先歸而牛次之〇大夫久役于外其室家思而賦之曰君子行役不知其反還之期且今亦何所至哉雞則棲于塒矣日則夕矣牛羊則下來矣是則畜產出入尙有旦暮之節而行役之君子乃無休息之時使我如何而不思也哉

〇君子于役。不日不月。曷其有佸。音括叶戶劣反 雞棲于桀。日之夕矣。羊牛下括。音聒叶古劣反 君子于役。苟無飢渴。叶巨列反〇賦也佸會桀杙括至苟且也〇君子行役之久不可計以日月而又不知其何時可以來會也亦庶幾其免於飢渴而已矣此憂之深而思之切也

君子于役二章。章八句。

君子陽陽。左執簧。音黃 右招我由房。其樂音洛 只音止 且。音疽〇賦也陽陽得志之貌簧笙竽管中金葉也蓋笙竽皆以竹管植於匏中而竅其管底之側以薄金葉障之吹則鼓之而出聲所謂簧也故笙竽皆謂之簧笙十三簧或十九簧竽十六簧也由從也房東房也只且語助辭〇此詩疑亦前篇婦人所作蓋其夫既歸不以行役爲勞而安於貧賤以自樂其家人又識其意而深歎美之皆可謂賢矣豈非先王之澤哉或曰序說亦通宜更詳之

〇君子陶陶。左執翿。音桃 右招我由敖。音翱 其樂

只且。賦也陶陶和樂之貌翿舞者所持羽旄之屬敖舞位也

君子陽陽二章章四句。

揚之水。不流束薪。彼其音記之子。不與我戍申。懷叶胡威反哉懷哉。曷月予還音旋歸哉。興也揚悠揚也水緩流之貌彼其之子戍人指其室家而言也戍屯兵以守也申姜姓之國平王之母家也在今鄧州信陽軍之境懷思曷何也○平王以申國近楚數被侵伐故遣畿內之民戍之而戍者怨思作此詩也興取之水二字如小星之例

○揚之水。不流束楚。彼其之子。不與我戍甫。懷哉懷哉。曷月予還歸哉。興也楚木也甫即呂也亦姜姓書呂刑禮記作甫刑而孔氏以爲呂侯後爲甫侯是也當時蓋以申故而幷戍之今未知其國之所在計亦不遠於申許也

○揚之水。不流束蒲。叶滂古反彼其之子。不與我戍許。懷哉懷哉。曷月予還歸哉。興也蒲蒲柳春秋傳云董澤之蒲杜氏云蒲楊柳可以爲箭者是也許國名亦姜姓今潁昌府許昌縣是也

揚之水三章章六句。申侯與犬戎攻宗周而弒幽王則申侯者王法必誅不赦之賊而平王與其臣庶不共戴天之讎也今平王知有母而不知有父知其立已爲有德而不知其弒父爲可怨至使復讎討賊之師反爲報施酬恩之舉則其忘親逆理而得罪於天已甚矣又況先王之制諸侯有故則方伯連帥以諸侯之師討之王室有故則方伯連帥以諸侯之師救之天子鄉遂之民供貢賦衛王室而已今平王不能行其威令於天下無以保其母家乃勞天子之民遠爲諸侯戍守故周人之戍申者又以非其職而怨思焉則其衰懦微弱而得罪於民又可見矣嗚呼詩亡而後春秋作其不以此也哉

中谷有蓷。吐雷反暵音罕其乾矣。有女仳音痞離。嘅其嘆音灘矣。嘅其嘆矣。遇人之艱難矣。興也蓷鵻也葉似萑方莖白華華生節閒即今益母草也暵燥仳別也嘅歎聲艱難窮厄也○凶年饑饉室家相棄婦人覽物起興而自述其悲歎之辭也

○中谷有蓷。暵其脩叶式竹反矣。有女仳離。條其歗叶息六反矣。條其歗矣。遇人之不淑矣。興也脩長也或曰乾也如脯之謂脩也條條然歗貌歗蹙口出聲也悲恨之深不止於嘆矣淑善也古者謂死喪饑饉皆曰不淑蓋以吉慶爲善事凶禍爲不善事雖今人語猶然也○曾氏曰凶年而遽相棄背蓋衰薄之甚者而詩人乃曰遇斯人之艱難遇斯人之不

淑而無怨懟過甚之辭焉厚之至也○中谷有蓷。暵其濕矣。有女仳離。啜張劣反其泣矣。啜其泣矣。何嗟及矣。興也暵濕者旱甚則草之生於濕者亦不免也啜泣貌何嗟及矣言事已至此末如之何窮之甚也

中谷有蓷三章。章六句。范氏曰世治則室家相保者上之所養也世亂則室家相棄者上之所殘也其使之也勤其取之也厚則夫婦日以衰薄而凶年不免於離散矣伊尹曰匹夫匹婦不獲自盡民主罔與成厥功故讀詩者於一物失所而知王政之惡一女見棄而知人民之困周之政荒民散而將無以爲國於此亦可見矣

有兔爰爰。雉離于羅。我生之初。尚無爲。叶吾禾反我生之後。逢此百罹。叶良何反尚寐無吪。比也兔性陰狡爰爰緩意雉性耿介離麗羅網尚猶罹憂也尚庶幾也吪動也○周室衰微諸侯背叛君子不樂其生而作此詩言張羅本以取兔今兔狡得脫而雉以耿介反離于羅以比小人致亂而以巧計幸免君子無辜而以忠直受禍也爲此詩者蓋猶及見西周之盛故曰方我生之初天下尚無事及我生之後而逢時之多難如此然既無如之何則但庶幾寐而不動以死耳或曰興也以兔爰與無爲以雉離與百罹也下章放此○有兔爰爰。雉離于罦。音孚叶步廟反我生之初。尚無造。我生之後。逢此百憂。叶一笑反尚寐無覺。音教叶居笑反○比也罦覆車也可以掩兔造亦爲也覺寤也○有兔爰爰。雉離于罿。音衝我生之初。尚無庸。我生之後。逢此百凶。尚寐無聰。比也罿罬也即罦也或曰施羅於車上也庸用聰聞也無所聞則亦死耳

兔爰三章。章七句。

緜緜葛藟。音壘在河之滸。音虎終遠去聲兄弟。謂他人父。謂他人父。亦莫我顧。叶果五反○興也緜緜長而不絕之貌岸上曰滸○世衰民散有去其鄉里家族而流離失所者作此詩以自歎言緜緜葛藟則在河之滸矣今乃終遠兄弟而謂他人爲己父已雖謂彼爲父而彼亦不我顧則其窮也甚矣○緜緜葛藟。在河之涘。音俟叶矣始二音終遠兄弟。謂他人母。叶滿彼反謂他人母。亦莫我有。叶羽已反○興也水涯曰涘謂他人父者其妻則母也有識有也春秋傳曰不有寡君○緜緜葛藟。在河之漘。音脣終遠兄弟。謂他人昆。叶古匀反謂他人昆。亦莫我聞。叶微匀反○興也夷上洒下曰漘漘之爲言脣也昆兄也聞相聞也

葛藟三章章六句。

彼采葛叶音謁兮。一日不見。如三月兮。賦也采葛所以爲絺綌蓋淫奔者託以行也故因以指其人而言思念之深未久而似久也 ○彼采蕭叶疎鳩反兮。一日不見。如三秋兮。賦也蕭荻也白葉莖麤科生有香氣祭則焫以報氣故采之曰三秋則不止三月矣 ○彼采艾兮。一日不見。如三歲本與艾叶兮。賦也艾蒿屬乾之可灸故采之曰三歲則不止三秋矣

采葛三章章三句。

大車檻檻。毳尺銳反衣如菼。吐敢反豈不爾思。畏子不敢。賦也大車大夫車檻檻車行聲也毳衣天子大夫之服菼蘆之始生也毳衣之屬衣繪而裳繡五色皆備其青者如菼爾淫奔者相命之辭也子大夫也不敢不敢奔也○周衰大夫猶有能以刑政治其私邑者故淫奔者畏而歌之如此然其去二南之化則遠矣此可以觀世變也 ○大車啍啍音吞毳衣如璊音門豈不爾思。畏子不奔。賦也啍啍重遲之貌璊玉赤色五色備則有赤 ○穀則異室。死則同穴。叶戶橘反謂予不信。有如皦音皎日。賦也穀生穴壙皦白也○民之欲相奔者畏其大夫自以終身不得如其志也故曰生不得相奔以同室庶幾死得合葬以同穴而已謂予不信有如皦日約誓之辭也

大車三章章四句。

丘中有麻。彼留子嗟。彼留子嗟。將音搶其來施施。叶蛇○賦也麻穀名子可食皮可績爲布者子嗟男子之字也將願也施施喜悅之意○婦人望其所與私者而不來故疑丘中有麻之處復有與之私而留之者今安得其施施然而來乎 ○丘中有麥。彼留子國。彼留子國。將其來食。賦也子國亦男子字也來食就我而食也 ○丘中有李。彼留之子。叶獎里反彼留之子。貽我佩玖。叶舉里反○賦也之子并指前二人也貽我佩玖冀其有以贈己也

丘中有麻三章章四句。

王國十篇。二十八章。百二十六句。

詩經卷之三

朱熹集傳

鄭一之七

鄭邑名本在西都畿內咸林之地宣王以封其弟友為采地後為幽王司徒而死於犬戎之難是為桓公其子武公掘突定平王於東都亦為司徒又得虢檜之地乃徙其封而施舊號於新邑是為新鄭咸林在今華州鄭縣新鄭即今之鄭州是也其封域山川詳見檜風

緇衣之宜兮敝予又改為兮適子之館（叶古玩反）兮還予授子之粲兮 賦也緇黑色緇衣卿大夫居私朝之服也宜稱改更適之館舍粲餐也或曰粲粟之精鑿者○舊說鄭桓公武公相繼為周司徒善於其職周人愛之故作是詩言子之服緇衣也甚宜敝則我將為子更為之且將適子之館既還而又授子以粲言好之無已也

○緇衣之好兮敝予又改造（叶在早反）兮適子之館兮還予授子之粲兮 賦也好猶宜也

○緇衣之蓆（叶祥龠反）兮敝予又改作兮適子之館兮還予授子之粲兮 賦也蓆大也程子曰蓆有安舒之義服稱其德則安舒也

緇衣三章章四句 記曰好賢如緇衣又曰於緇衣見好賢之至

將（音槍）仲子兮無踰我里無折（音哲）我樹杞豈敢愛之畏我父母（叶滿彼反）仲可懷（叶胡威反）也父母之言亦可畏（叶於非反）也 賦也將請也仲子男子之字也我女子自我也里二十五家所居也杞柳屬也生水旁樹如柳葉麤而白色理微赤蓋里之地域溝樹也○莆田鄭氏曰此淫奔者之辭

○將仲子兮無踰我牆無折我樹桑豈敢愛之畏我諸兄（叶虛陽反）仲可懷也諸兄之言亦可畏也 賦也牆垣也古者樹牆下以桑

○將仲子兮無踰我園無折我樹檀（叶徒沿反）豈敢愛之畏人之多言仲可懷也人之多言亦可畏也 賦也園者圃之藩其內可種木也檀皮青滑澤材彊韌可為車

將仲子三章章八句。

叔于田。叶地因反巷無居人。豈無居人。不如叔也。洵美且仁。賦也叔莊公弟共叔段也事見春秋田取禽也巷里塗也洵信美好也仁愛人也○段不義而得衆國人愛之故作此詩言叔出而田則所居之巷若無居人矣非實無居人也雖有而不如叔之美且仁是以若無人耳或疑此亦民閒男女相悅之辭也

○叔于狩。叶始九反巷無飲酒。豈無飲酒。不如叔也。洵美且好。叶許厚反○賦也冬獵曰狩

○叔適野。叶上與反巷無服馬。叶滿補反豈無服馬。不如叔也。洵美且武。賦也適之也郊外曰野服乘也

叔于田三章章五句。

叔于田。乘乘下去聲馬。叶滿補反執轡如組。音祖兩驂如舞。叔在藪。音叟叶素苦反火烈具舉。襢音袒裼音錫暴虎。獻于公所。將音鎗叔無狃。音紐叶女古反戒其傷女。音汝○賦也叔亦段也車衡外兩馬曰驂如舞謂諧和中節皆言御之善也藪澤也火焚而射也烈熾盛貌具俱也襢裼肉袒也暴空手搏虎也公莊公也狃習也國人戒之曰請叔無習此事恐其或傷汝也蓋叔多材好勇而鄭人愛之如此

○叔于田。乘乘黃。兩服上襄。兩驂鴈行。音杭叔在藪。火烈具揚。叔善射忌。音記又良御叶魚駕反忌。抑磬音慶控口貢反忌。抑縱送忌。賦也乘黃四馬皆黃也衡下夾轅兩馬曰服襄駕也馬之上者爲上駕猶言上駟也鴈行者驂少次服後如鴈行也揚起也忌抑皆語助辭騁馬曰磬止馬曰控舍拔曰縱覆鐳曰送

○叔于田。乘乘鴇。音保叶補苟反兩服齊首。兩驂如手。叔在藪。火烈具阜。叔馬慢叶莫半反忌。叔發罕叶虛旰反忌。抑釋掤音冰忌。抑鬯音暢弓叶姑弘反忌。賦也驪白雜毛曰鴇今所謂烏驄也齊首如手兩服並首在前而兩驂在旁稍次其後如人之兩手也阜盛慢遲也發發矢也罕希釋解也掤矢箙蓋春秋傳作冰鬯弓弢也與韔同言其田事將畢而從容整暇如此亦喜其無傷之辭也

大叔于田三章章十句。陸氏曰首章作大叔于田者誤蘇氏曰二詩皆曰叔于田故加大以別之不知者乃以段有大叔之號而讀曰泰又加大於首章失之矣

清人在彭。叶普郎反駟介旁旁。音崩叶補岡反二矛重平聲英。叶於良反河上乎翺翔。賦也清邑名清人清邑之人也彭河上地名臨

介四馬而被甲也旁旁馳驅不息之貌二矛酋矛夷矛也英以朱羽爲矛飾也酋矛長二丈夷矛長二丈四尺並建於車上則其英重疊而見翺翔遊戲之貌○鄭文公惡高克使將清邑之兵禦狄於河上久而不召師散而歸鄭人爲之賦此詩言其師出之久無事而不得歸但相與遊戲如此其勢必至於潰散而後已爾

○清人在消。駟介麃麃。音標 二矛重喬。河上乎逍遙。賦也消亦河上地名麃麃武貌矛之上句曰喬所以懸英也英弊而盡所存者喬而已

○清人在軸。叶音冑 駟介陶陶。叶徒候反 左旋右抽。叶敕救反 中軍作好。叶許候反○賦也軸亦河上地名陶陶樂而自適之貌左謂御在將車之左執轡而御馬者也旋還車也右謂勇力之士在將車之右執兵以擊刺者也抽拔刃也中軍謂將在鼓下居車之中卽高克也好謂容好也○東萊呂氏曰言師久而不御無所聊賴姑遊戲以自樂必潰之勢也不言已潰而言將潰其情深其辭危矣

清人三章章四句。事見春秋○胡氏曰人君擅一國之名寵生殺予奪惟我所制耳使高克不臣之罪已著按而誅之可也情狀未明黜而退之可也愛惜其才以禮馭之亦可也烏可假以兵權委諸竟上坐視其離散而莫之卹乎春秋書曰鄭棄其師其責之深矣

羔裘如濡。叶而朱而由二反 洵直且侯。叶洪姑洪鉤二反 彼其音記之子。舍音赦命不渝。叶容朱容周二反○賦也羔裘大夫服也如濡潤澤也洵信直順侯美也其語助辭舍處渝變也○言此羔裘潤澤毛順而美彼服此者當生死之際又能以身居其所受之理而不可奪蓋美其大夫之辭然不知其所指矣

○羔裘豹飾。孔武有力。彼其之子。邦之司直。賦也飾緣袖也禮君用純物臣下之故羔裘而以豹皮爲飾也孔甚也豹甚武而有力故服其所飾之裘者如之司主也

○羔裘晏兮。三英粲兮。彼其之子。邦之彥叶魚旰反兮。賦也晏鮮盛也三英裘飾也未詳其制粲光明也彥者士之美稱

羔裘三章章四句。

遵大路兮。摻所覽反執子之袪叶起據反兮。無我惡去聲兮。不寁音昝故也。賦也遵循摻擥袪袂寁速故舊也○淫婦爲人所棄故於其去也擥其袪而留之曰子無惡我而不留故舊不可以遽絕也宋玉賦有遵大路兮攬子袪之句亦男女相說之辭也

○遵大路兮。摻執子之手兮。無我魗音讎叶齒九反兮。不寁好叶許口反也。賦也魗與醜同欲其不以己爲醜而棄之也好情好也

遵大路二章章四句。

女曰雞鳴。士曰昧旦。子興視夜。明星有爛。將翺將翔。弋鳧音符與鴈。賦也昧晦旦明也昧旦天欲旦昧晦未辨之際也明星啓明之星先日而出者也弋繳射謂以生絲繫矢而射也鳧水鳥如鴨青色背上有文○此詩人述賢夫婦相警戒之詞言女曰雞鳴以警其夫而士曰昧旦則不止於雞鳴矣婦人又語其夫曰若是則子可以起而視夜之如何意者明星已出而爛然則當翺翔而往弋取鳧鴈而歸矣其相與警戒之言如此則不留於宴昵之私可知矣

○弋言加叶居之居何二反之。與子宜叶魚奇何二反之。宜言飲酒。與子偕老。叶呂吼反琴瑟在御。莫不靜好。叶許厚反○賦也加中也史記所謂以弱弓微繳加諸鳧鴈之上是也宜和其所宜也內則所謂鴈宜麥之屬是也○射者男子之事而中饋婦人之職故婦謂其夫既得鳧鴈以歸則我當爲子和其滋味之所宜以之飲酒相樂期於偕老而琴瑟之在御者亦莫不安靜而和好其和樂而不淫可見矣

○知子之來叶六直反之。雜佩以贈叶音則之。知子之順之。雜佩以問之。知子之好去聲之。雜佩以報之。賦也來之致其來者如所謂脩文德以來之雜佩者左右佩玉也上橫曰珩下繫三組貫以蠙珠中組之半貫一大珠曰瑀末懸一玉兩端皆銳曰衝牙兩旁組半各懸一玉長博而方曰琚其末各懸一玉如半璧而內向曰璜又以兩組貫珠上繫珩兩端下交貫於瑀而下繫於兩璜行則衝牙觸璜而有聲也呂氏曰非獨玉也觿燧箴管凡可佩者皆是也贈送順愛問遺也○婦又語其夫曰我苟知子之所致而來及所親愛者則當解此雜佩以送遺報荅之蓋不惟治其門內之職又欲其君子親賢友善結其驩心而無所愛於服飾之玩也

女曰雞鳴三章。章六句。

有女同車。顏如舜華。叶芳無反將翺將翔。佩玉瓊琚。彼美孟姜。洵美且都。賦也舜木槿也樹如李其華朝生暮落孟字姜姓洵信都閑雅也○此疑亦淫奔之詩言所與同車之女其美如此而又歎之曰彼美色之孟姜信美矣而又都也

○有女同行。叶戶郎反顏如舜英。叶於良反將翺將翔。佩玉將將。音鏘彼美孟姜。德音不忘。賦也英猶華也將將聲也德音不忘言其賢也

有女同車二章。章六句。

山有扶蘇。隰有荷華。叶芳無反不見子都。乃見狂且。音疽○興也扶蘇扶胥小木也荷華芙蕖也子都男子之美者也狂狂人也且語辭也○淫女戲其所私者曰山則有扶蘇矣隰則有荷華矣今乃不見子都而見此狂人何哉

○山有橋松。隰有游龍。不見子充。乃見狡

童。興也上竦無枝曰橋亦作喬游枝葉放縱也龍紅草也一名馬蓼葉大而色白生水澤中高丈餘子充猶子都也狡童狡獪之小兒也

山有扶蘇二章。章四句。

蘀音託兮蘀兮。風其吹女。音汝叔兮伯兮。倡去聲予和去聲叶戶圭反女。興也蘀木槁而將落者也女指蘀而言也叔伯男子之字也予女子自予也女叔伯也○此淫女之辭言蘀兮蘀兮則風將吹女矣叔兮伯兮則盍倡予而予將和女矣 ○蘀兮蘀兮。風其漂女。叔兮伯兮。倡予要音腰女。興也漂飄同要成也

蘀兮二章。章四句。

彼狡童兮。不與我言兮。維子之故。使我不能餐七丹反叶七宣反兮。賦也此亦淫女見絕而戲其人之詞言悅己者衆子雖見絕未至於使我不能餐也 ○彼狡童兮。不與我食兮。維子之故。使我不能息兮。賦也息安也

狡童二章。章四句。

子惠思我。褰裳涉溱。音臻子不我思。豈無他人。狂童之狂也且。音疽○賦也惠愛也溱鄭水名狂童猶狂且狡童也且語辭也○淫女語其所私者曰子惠然而思我則將褰裳而涉溱以從子子不我思則豈無他人之可從而必於子哉狂童之狂也且亦謔之之辭 ○子惠思我。褰裳涉洧。叶于已反子不我思。豈無他士。狂童之狂也且。賦也洧亦鄭水名士未娶者之稱

褰裳二章。章五句。

子之丰音風叶芳用反兮。俟我乎巷叶胡貢反兮。悔予不送兮。賦也丰豐滿也巷門外也○婦人所期之男子已俟乎巷而婦人以有異志不從既則悔之而作是詩也 ○子之昌兮。俟我乎堂兮。悔予不將兮。賦也昌盛壯貌將亦送也 ○衣去聲錦褧同絅衣。裳錦褧裳。叔兮伯兮。駕予與行。叶戶郎反○賦也褧襌也叔伯或人之字也○婦人既悔其始之不送而失此人也則曰我之服飾既盛備矣豈無駕車以迎我而偕行

者乎

○裳錦褧裳。衣錦褧衣。叔兮伯兮。駕予與歸。賦也婦人謂嫁曰歸

丰四章。二章章三句。二章章四句。

東門之墠。音善叶上演反 茹音如 藘音閭 在阪。音反叶孚衡反 其室則邇。其人甚遠。賦也東門城東門也墠除地町町者茹藘茅蒐也一名茜可以染絳陂者曰阪門之旁有墠墠之外有阪阪之上有草識其所與淫者之居也室邇人遠者思之而未得見之辭也

○東門之栗。有踐家室。豈不爾思。子不我卽。賦也踐行列貌門之旁有栗栗之下有成行列之家室亦識其處也卽就也

東門之墠二章。章四句。

風雨淒淒。音妻 雞鳴喈喈。音皆叶居奚反 既見君子。云胡不夷。賦也淒淒寒涼之氣喈喈雞鳴之聲風雨晦冥蓋淫奔之時君子指所期之男子也夷平也○淫奔之女言當此之時見其所期之人而心悅也

○風雨瀟瀟。雞鳴膠膠。叶音驕 既見君子。云胡不瘳。叶憐蕭反○賦也瀟瀟風雨之聲膠膠猶喈喈也瘳病愈也言積思之病至此而愈也

○風雨如晦。叶呼洧反 雞鳴不已。既見君子。云胡不喜。賦也晦昏已止也

風雨三章。章四句。

青青子衿。音金 悠悠我心。縱我不往。子寧不嗣音。賦也青青純緣之色具父母衣純以青子男子也衿領也悠悠思之長也我女子自我也嗣音繼續其聲問也此亦淫奔之詩

○青青子佩。叶蒲眉反 悠悠我思。叶新齎反 縱我不往。子寧不來。叶陵之反○賦也青青組綬之色佩佩玉也

○挑兮達兮。音闥叶他悅反 在城闕兮。一日不見。如三月兮。賦也挑輕儇跳躍之貌達放恣也

子衿三章。章四句。

揚之水。不流束楚。終鮮上聲 兄弟。維予與女。女汝同 無信人之言。人實迋音誑 女。興也兄弟

婚姻之稱禮所謂不得嗣爲兄弟是也予女男女自相謂也人他人也迋與誑同○淫者相謂言揚之水則不流束楚矣終鮮兄弟則維予與女矣豈可以他人離閒之言而疑之哉彼人之言特誑女耳 ○揚之水。不流束薪。終鮮兄弟。維予二人。無信人之言。人實不信。叶斯人反○興也

揚之水二章。章六句。

出其東門。有女如雲。雖則如雲。匪我思存。縞音杲衣綦音綦巾。聊樂音洛我員。音云○賦也如雲美且衆也縞白色綦蒼艾色縞衣綦巾女服之貧陋者此人自目其室家也員與云同語辭也○人見淫奔之女而作此詩以爲此女雖美且衆而非我思之所存不如已之室家雖貧且陋而聊可以自樂也是時淫風大行而其閒乃有如此之人亦可謂能自好而不爲習俗所移矣羞惡之心人皆有之豈不信哉 ○出其闉音因闍。音都有女如荼。音徒雖則如荼。匪我思且。音疽縞衣茹藘。聊可與娛。賦也闉曲城也闍城臺也荼茅華輕白可愛者也且語助辭茹藘可以染絳故以名衣服之色娛樂也

出其東門二章。章六句。

野有蔓草。零露漙音團叶上兗反兮。有美一人。清揚婉兮。邂逅相遇。適我願叶五遠反兮。賦而興也蔓延也漙露多貌清揚眉目之閒婉然美也邂逅不期而會也○男女相遇於野田草露之閒故賦其所在以起興言野有蔓草則零露漙矣有美一人則清揚婉矣邂逅相遇則得以適我願矣 ○野有蔓草。零露瀼瀼。有美一人。婉如清揚。邂逅相遇。與子偕臧。賦而興也瀼瀼亦露多貌臧美也與子偕臧言各得其所欲也

野有蔓草二章。章六句。

溱與洧。方渙渙叶于元反兮。士與女。方秉蕑音閒叶古賢反兮。女曰觀乎。士曰既且。音疽且往觀乎。洧之外。洵訏音吁且樂。音洛維士與女。伊其相謔。贈之以勺藥。賦而興也渙渙春水盛貌蓋冰解而水散之時也蕑蘭也其莖葉似澤蘭廣而長節節中赤高四五尺且語辭洵信訏大也勺藥亦香草也三月開花芳色可愛○鄭國之俗三月上巳之辰采蘭水上以祓除不祥故其女問於士曰盍往觀乎士曰吾既往矣女復

要之曰且往觀乎蓋洧水之外其地信寬大而可樂也於是士女相與戲謔且以勺藥爲贈而結恩情之厚也此詩淫奔者自敘之辭

○溱與洧。劉音瀏其清矣。士與女。殷其盈矣。女曰觀乎。士曰既且。且往觀乎。洧之外。洵訏且樂。維士與女。伊其將謔。贈之以勺藥。賦而興也劉深貌殷衆也將當作相聲之誤也

溱洧二章。章十二句。

鄭國二十一篇。五十三章。二百八十三句。鄭衞之樂皆爲淫聲然以詩考之衞詩三十有九而淫奔之詩才四之一鄭詩二十有一而淫奔之詩已不翅七之五衞猶爲男悅女之辭而鄭皆爲女惑男之語衞人猶多刺譏懲創之意而鄭人幾於蕩然無復羞愧悔悟之萌是則鄭聲之淫有甚於衞矣故夫子論爲邦獨以鄭聲爲戒而不及衞蓋舉重而言固自有次第也詩可以觀豈不信哉

齊一之八　齊國名本少昊時爽鳩氏所居之地在禹貢爲青州之域周武王以封太公望東至于海西至于河南至于穆陵北至于無棣太公姜姓本四岳之後既封於齊通工商之業便魚鹽之利民多歸之故爲大國今青齊淄濰德棣等州是其地也

雞既鳴矣。朝音潮既盈矣。匪雞則鳴。蒼蠅之聲。賦也言古之賢妃御於君所至於將旦之時必告君曰雞既鳴矣會朝之臣既已盈矣欲令君早起而視朝也然其實非雞之鳴也乃蒼蠅之聲也蓋賢妃當夙興之時心常恐晚故聞其似者而以爲眞非其心存警畏而不留於逸欲何以能此故詩人敘其事而美之也

○東方明叶謨郎反矣。朝既昌矣。匪東方則明。月出之光。賦也東方明則日將出矣昌盛也此再告也

○蟲飛薨薨。甘與子同夢。叶草滕反會且歸矣。無庶予子憎。賦也蟲飛夜將旦而百蟲作也甘樂會朝也○此三告也言當此時我豈不樂與子同寢而夢哉然羣臣之會於朝者俟君不出將散而歸矣無乃以我之故而幷以子爲憎乎

雞鳴三章。章四句。

子之還音旋兮。遭我乎峱音鐃之閒叶居賢反兮。並驅從兩肩兮。揖我謂我儇許全反兮。賦也還便

捷之貌峱山名也從逐也獸三歲曰肩儇利也○獵者交錯於道路且以便捷輕利相稱譽如此而不自知其非也則其俗之不美可見而其來亦必有所自矣 ○子之茂叶莫口反兮。遭我乎峱之道叶徒厚反兮。並驅從兩牡兮。揖我謂我好叶許厚反兮。賦也茂美也 ○子之昌兮。遭我乎峱之陽兮。並驅從兩狼兮。揖我謂我臧兮。賦也昌盛也山南曰陽狼似犬銳頭白頰高前廣後臧善也

還三章章四句。

俟我於著音宁叶直居反乎而。充耳以素叶孫租反乎而。尚之以瓊華叶芳無反乎而。賦也俟待也我嫁者自謂也著門屏之間也充耳以纊懸瑱所謂紞也尚加也瓊華美石似玉者即所以為瑱也○東萊呂氏曰昏禮壻往婦家親迎既奠鴈御輪而先歸俟於門外婦至則揖以入時齊俗不親迎故女至壻門始見其俟己也 ○俟我於庭乎而。充耳以青乎而。尚之以瓊瑩音榮乎而。賦也庭在大門之內寢門之外瓊瑩亦美石似玉者○呂氏曰此昏禮所謂壻道婦及寢門揖入之時也 ○俟我於堂乎而。充耳以黃乎而。尚之以瓊英叶於良反乎而。賦也瓊英亦美石似玉者○呂氏曰升階而後至堂此昏禮所謂升自西階之時也

著三章章三句。

東方之日兮。彼姝音樞者子。在我室兮。在我室兮。履我即兮。興也履躡即就也言此女躡我之跡而相就也 ○東方之月兮。彼姝者子。在我闥叶它悅反兮。在我闥兮。履我發叶方月反兮。興也闥門內也發行去也言躡我而行去也

東方之日二章章五句。

東方未明。叶謨郎反顛倒上聲衣裳。顛之倒叶都妙反之。自公召之。賦也自從也群臣之朝別色始入○此詩人刺其君興居無節號令不時言東方未明而顛倒其衣裳則既早矣而又已有從君所而來召之者焉蓋猶以為晚也或曰所以然者以有自公所而召之者故也 ○東方未晞。顛倒裳衣。倒

之顛叶典因反之自公令去聲叶力呈反之。賦也晞明之始升也令號令也○折音哲柳樊圃。叶博故反狂夫瞿瞿。音句不能辰夜。叶羊茹反不夙則莫。音慕○比也柳楊之下垂者柔脃之木也樊藩也圃菜園也瞿瞿驚顧之貌夙早也○折柳樊圃雖不足恃然狂夫見之猶驚顧而不敢越以比辰夜之限甚明人所易知今乃不能知而不失之早則失之莫也

東方未明三章章四句。

南山崔崔。音摧雄狐綏綏。魯道有蕩。齊子由歸。既曰歸止。曷又懷叶胡威反止。比也南山齊南山也崔崔高大貌狐邪媚之獸綏綏求匹之貌魯道適魯之道也蕩平易也齊子襄公之妹魯桓公夫人文姜襄公通焉者也由從也婦人謂嫁曰歸懷思也止語辭○言南山有狐以比襄公居高位而行邪行且文姜既從此道歸於魯矣襄公何爲而復思之乎○葛屨五兩。如字又音亮冠緌音蕤雙叶所終反止。魯道有蕩。齊子庸止。既曰庸止。曷又從止。比也兩二屨也緌冠上飾也屨必兩緌必雙物各有耦不可亂也庸用也用此道以嫁於魯也從相從也○蓺麻如之何。衡音橫從音宗其畝。取去聲妻如之何。必告音谷父母。既曰告止。曷又鞠音菊止。興也蓺樹鞠窮也○欲樹麻者必先縱橫耕治其田畝欲取妻者必先告其父母今魯桓公既告父母而娶矣又曷爲使之得窮其欲而至此哉○析薪如之何。匪斧不克。取妻如之何。匪媒不得。既曰得止。曷又極止。興也克能也極亦窮也

南山四章章六句。春秋桓公十八年公與夫人姜氏如齊公薨於齊傳曰公將有行遂與姜氏如齊申繻曰女有家男有室無相瀆也謂之有禮易此必敗公會齊侯于濼遂及文姜如齊齊侯通焉公謫之以告夏四月享公使公子彭生乘公公薨于車此詩前二章刺齊襄後二章刺魯桓也

無田音佃甫田。維莠音酉驕驕。叶音高無思遠人。勞心忉忉。音刀○比也田謂耕治之也甫大也莠害苗之草也驕驕張王之意忉忉憂勞也○言無田甫田也田甫田而力不給則草盛矣無思遠人也思遠人而人不至則心勞矣以戒時人厭小而務大忽近而圖遠將徒勞而無功也○無田甫田。維莠桀桀。無思遠人。勞心怛怛。叶旦悅反○比也桀桀猶驕驕也怛怛猶忉忉也○婉兮孌叶龍眷反兮。總角丱音慣叶古縣反兮。未

幾上聲見兮。突而弁兮。比也婉孌少好貌丱兩角貌未幾未多時也突忽然高出之貌弁冠名○言總角之童見之未久而忽然戴弁以出者非其躐等而強求之也蓋循其序而勢有必至耳此又以明小之可大邇之可遠能循其序而脩之則可以忽然而至其極若躐等而欲速則反有所不達矣

甫田三章章四句。

盧令令。音零 其人美且仁。賦也盧田犬也令令犬頷下環聲○此詩大意與還略同 ○盧重平聲環。其人美且鬈。音權○賦也重環子母環也鬈鬚鬢好貌 ○盧重鋂。音梅 其人美且偲。音鰓○賦也鋂一環貫二也偲多鬚之貌春秋傳所謂于思卽此字古通用耳

盧令三章章二句。

敝笱在梁。其魚魴鰥。音關叶古倫反 齊子歸止。其從去聲如雲。比也敝壞笱罟也魴鰥大魚也歸歸齊也如雲言衆也○齊人以敝笱不能制大魚比魯莊公不能防閑文姜故歸齊而從之者衆也 ○敝笱在梁。其魚魴鱮。音序 齊子歸止。其從如雨。比也鱮似魴厚而頭大或謂之鰱如雨亦多也 ○敝笱在梁。其魚唯唯。上聲 齊子歸止。其從如水。比也唯唯行出入之貌如水亦多也

敝笱三章章四句。按春秋魯莊公二年夫人姜氏會齊侯于禚四年夫人姜氏享齊侯于祝丘五年夫人姜氏如齊師七年夫人姜氏會齊侯于防又會齊侯于穀

載驅薄薄。音粕 簟茀朱鞹。音擴 魯道有蕩。齊子發夕。叶祥龠反○賦也薄薄疾驅聲簟方文席也茀車後戶也朱朱漆也鞹獸皮之去毛者蓋車革質而朱漆也夕猶宿也發夕謂離於所宿之舍○齊人刺文姜乘此車而來會襄公也 ○四驪音離 濟濟。上聲 垂轡濔濔。音你 魯道有蕩。齊子豈音愷弟。叶待禮反○賦也驪馬黑色也濟濟美貌濔濔柔貌豈弟樂易也言無忌憚羞恥之意也 ○汶音問 水湯湯。音傷 行人彭彭。音邦 魯道有蕩。齊子翺翔。賦也汶水名在齊南魯北二國之竟湯湯水盛貌彭彭多貌言行人之多亦以見其無恥也 ○汶水滔滔。音叨 行人儦儦。音標叶音褒 魯道有蕩。齊子遊敖。賦也滔滔流貌儦儦衆貌遊敖猶翺翔也

載驅四章章四句。

猗嗟昌兮。頎音祈而長兮。抑若揚兮。美目揚兮。巧趨蹌兮。射則臧兮。賦也猗嗟歎辭昌盛也頎長貌抑而若揚美之盛也揚目之動也蹌趨翼如也臧善也○齊人極道魯莊公威儀技藝之美如此所以刺其不能以禮防閑其母若曰惜乎其獨少此耳

○猗嗟名兮。美目清兮。儀既成兮。終日射音石侯。不出正音征兮。展我甥叶桑經反兮。賦也名猶稱也言其威儀技藝之可名也清目清明也儀既成言其終事而禮無違也侯張布而射之者也正設的於侯中而射之者也大射則張皮侯而設鵠賓射則張布侯而設正展誠也姊妹之子曰甥言稱其為齊之甥而又以明非齊侯之子此詩人之微辭也按春秋桓公三年夫人姜氏至自齊六年九月子同生即莊公也十八年桓公乃與夫人如齊則莊公誠非齊侯之子矣

○猗嗟孌叶龍眷反兮。清揚婉叶許願反兮。舞則選去聲兮。射則貫叶扃縣反兮。四矢反叶孚絢反兮。以禦亂叶靈眷反兮。賦也孌好貌清目之美也揚眉之美也婉亦好貌選異於衆也或曰齊於樂節也貫中而貫革也四矢禮射每發四矢反復也中皆得其故處也言莊公射藝之精可以禦亂如以金僕姑射南宮長萬可見

猗嗟三章。章六句。或曰子可以制母乎趙子曰夫死從子通乎其下況國君乎君者人神之主風教之本也不能正家如正國何若莊公者哀痛以思父誠敬以事母威刑以馭下車馬僕從莫不俟命夫人徒往乎夫人之往也則公哀敬之不至威命之不行耳東萊呂氏曰此詩三章譏刺之意皆在言外嗟歎再三則莊公所大闕者不言可見矣

齊國十一篇。三十四章。一百四十三句。

魏一之九

魏國名本舜禹故都在禹貢冀州雷首之北析城之西南枕河曲北涉汾水其地陿隘而民貧俗儉蓋有聖賢之遺風焉周初以封同姓後為晉獻公所滅而取其地今河中府解州即其地也蘇氏曰魏地入晉久矣其詩疑皆為晉而作故列於唐風之前猶邶鄘之於衛也今按篇中公行公路公族皆晉官疑實晉詩又恐魏亦嘗有此官蓋不可考矣

糾糾音赳葛屨。可以履霜。摻摻音纖女手。可以縫裳。要音腰之襋音棘之。好人服叶蒲北反之。興也糾糾繚戾寒涼之意夏葛屨冬皮屨摻摻猶纖纖也女婦未廟見之稱也娶婦三月廟見然後執婦功要裳要襋衣領好人猶大人也○魏地陿隘其俗儉嗇而褊急故以葛屨履霜起興而刺其使女縫裳又使治其要襋而遂服之也此詩疑即縫裳之女所作

○好人提提。宛然左辟音避。佩其象揥。維是褊心。是以為刺叶音砌。○賦也提提安舒之意宛然讓之貌也讓而辟者必左揥所以摘髮用象為之貴者之飾也其人如此若無有可刺矣所以刺之者以其褊迫急促如前章之云耳

葛屨二章。一章六句。一章五句。廣漢張氏曰夫子謂與其奢也寧儉則儉雖失中本非惡德然而儉之過則至於吝嗇迫隘計較分毫之閒而謀利之心始急矣葛屨汾沮洳園有桃三詩皆言其急迫瑣碎之意

彼汾音焚沮去聲洳。音孺言采其莫。音慕彼其音記之子。美無度。美無度。殊異乎公路。興也汾水名出太原晉陽山西南入河沮洳水浸處下溼之地莫菜也似柳葉厚而長有毛刺可爲羹無度言不可以尺寸量也公路者掌公之路車晉以卿大夫之庶子爲之○此亦刺儉不中禮之詩言若此人者美則美矣然其儉嗇褊急之態殊不似貴人也○彼汾一方。言采其桑。彼其之子。美如英。叶於良反美如英。殊異乎公行。音杭○興也一方彼一方也史記扁鵲視見垣一方人英華也公行即公路也以其主兵車之行列故謂之公行也○彼汾一曲。言采其藚。音續彼其之子。美如玉。美如玉。殊異乎公族。興也一曲謂水曲流處藚水舃也葉如車前草公族掌公之宗族晉以卿大夫之適子爲之

汾沮洳三章。章六句。

園有桃。其實之殽。心之憂矣。我歌且謠。音遙不知我者。謂我士也驕。彼人是哉。叶將黎反子曰何其。音基心之憂矣。其誰知之。其誰知之。蓋亦勿思。叶新齋反○興也殽食也合曲曰歌徒歌曰謠其語辭○詩人憂其國小而無政故作是詩言園有桃則其實之殽矣心有憂則我歌且謠矣然不知我之心者見其歌謠而反以爲驕且曰彼之所爲已是矣而子之言獨何爲哉蓋舉國之人莫覺其非而反以憂之者爲驕也於是憂者重嗟歎之以爲此之可憂初不難知彼之非我特未之思耳誠思之則將不暇非我而自憂矣○園有棘。其實之食。心之憂矣。聊以行國。叶于逼反不知我者。謂我士也罔極。彼人是哉。子曰何其。心之憂矣。其誰知之。其誰知之。蓋亦勿思。興也棘棗之短者聊且略之辭歌謠之不足則出遊於國中而寫憂也極至也罔極言其心縱恣無所至極

園有桃二章。章十二句。

陟彼岵音戶兮。瞻望父兮。父曰嗟予子行役。夙夜無已。上慎旃哉。猶來無止。

賦也山無草木曰岵上猶尙也○孝子行役不忘其親故登山以望其父之所在因想像其父念己之言曰嗟乎我之子行役夙夜勤勞不得止息又祝之曰庶幾愼之哉猶可以來歸無止於彼而不來也蓋生則必歸死則止而不來矣或曰止獲也言無爲人所獲也○陟彼屺音起兮。瞻望母叶滿彼反兮。母曰嗟予季行役。夙夜無寐。上愼旃哉。猶來無棄。賦也山有草木曰屺季少子也尤憐愛少子者婦人之情也無寐亦言其勞之甚也棄謂死而棄其尸也○陟彼岡兮。瞻望兄叶虛王反兮。兄曰嗟予弟行役。夙夜必偕。叶舉里反上愼旃哉。猶來無死。叶想止反○賦也山脊曰岡必偕言與其儕同作同止不得自如也

陟岵三章。章六句。

十畝之閒叶居賢反兮。桑者閑閑叶胡田反兮。行與子還叶音旋兮。賦也十畝之閒郊外所受場圃之地也閑閑往來者自得之貌行猶將也還猶歸也○政亂國危賢者不樂仕於其朝而思與其友歸於農圃故其辭如此○十畝之外叶五墜反兮。桑者泄泄音異兮。行與子逝兮。賦也十畝之外鄰圃也泄泄猶閑閑也逝往也

十畝之閒二章。章三句。

坎坎伐檀叶徒沿反兮。寘之河之干叶居焉反兮。河水清且漣音連猗。音醫不稼不穡。胡取禾三百廛直連反兮。不狩不獵。胡瞻爾庭有縣音玄貆音暄兮。彼君子兮。不素餐叶七宣反兮。賦也坎坎用力之聲檀木可爲車者寘與置同干厓也漣風行水成文也猗與兮同語辭也書斷斷猗大學作兮莊子亦云而我猶爲人猗是也種之曰稼斂之曰穡胡何也一夫所居曰廛狩亦獵也貆貉類素空餐食也○詩人言有人於此用力伐檀將以爲車而行陸也今乃寘之河干則河水清漣而無所用雖欲自食其力而不可得矣然其志則自以爲不耕則不可以得禾不獵則不可以得獸是以甘心窮餓而不悔也詩人述其事而歎之以爲是眞能不空食者後世若徐穉之流非其力不食其厲志蓋如此○坎坎伐輻音福叶筆力反兮。寘之河之側叶莊力反兮。河水清且直猗。不稼不穡。胡取禾三百億兮。不狩不獵。胡瞻爾庭有縣特兮。彼君子

兮。不素食兮。賦也輻車輻也伐木以爲輻也直波文之直也十萬曰億蓋言禾秉之數也獸三歲曰特 ○坎坎伐輪兮。寘之河之漘音脣兮。河水清且淪猗。不稼不穡。胡取禾三百囷丘倫反兮。不狩不獵。胡瞻爾庭有縣鶉音純兮。彼君子兮。不素飧音孫叶素倫反兮。賦也輪車輪也伐木以爲輪也淪小風水成文轉如輪也囷圓倉也鶉鵪屬熟食曰飧

伐檀三章。章九句。

碩鼠碩鼠。無食我黍。三歲貫音官女。音汝莫我肯顧。叶果五反逝將去女。適彼樂音洛下同土。樂土樂土。爰得我所。比也碩大也三歲言其久也貫習顧念逝往也樂土有道之國也爰於也○民困於貪殘之政故託言大鼠害己而去之也 ○碩鼠碩鼠。無食我麥。叶訖力反三歲貫女。莫我肯德。逝將去女。適彼樂國。叶于逼反樂國樂國。爰得我直。比也德歸恩也直猶宜也 ○碩鼠碩鼠。無食我苗。叶音毛三歲貫女。莫我肯勞。逝將去女。適彼樂郊。叶音高樂郊樂郊。誰之永號。音毫○比也勞勤苦也謂不以我爲勤勞也永號長呼也言旣往樂郊則無復有害己者當復爲誰而永號乎

碩鼠三章。章八句。

魏國七篇。十八章。一百二十八句。

唐一之十

唐國名本帝堯舊都在禹貢冀州之域大行恒山之西大原大岳之野周成王以封弟叔虞爲唐侯南有晉水至子燮乃改國號曰晉後徙曲沃又徙居絳其地土瘠民貧勤儉質朴憂深思遠有堯之遺風焉其詩不謂之晉而謂之唐蓋仍其始封之舊號耳唐叔所都在今大原府曲沃及絳皆在今絳州

蟋蟀在堂。歲聿其莫。音慕今我不樂。音洛下同日月其除。去聲無已大音泰康。職思其居。叶音據好去聲樂無荒。良士瞿瞿。音句○賦也蟋蟀蟲名似蝗而小正黑有光澤如漆有角翅或謂之促織九月在堂聿遂莫晚除去也大康過於樂也職主也瞿瞿卻顧之貌○唐

俗勤儉故其民閑終歲勞苦不敢少休及其歲晚務閑之時乃敢相與燕飲爲樂而言今蟋蟀在堂而歲忽已晚矣當此之時而不爲樂則日月將舍我而去矣然其憂深而思遠也故方燕樂而又遽相戒曰今雖不可以不爲樂然不已過於樂乎盍亦顧念其職之所居者使其雖好樂而無荒若彼良士之長慮而卻顧焉則可以不至於危亡也蓋其民俗之厚而前聖遺風之遠如此

○蟋蟀在堂。歲聿其逝。今我不樂。日月其邁。叶力制反 無已大康。職思其外。叶五墜反 好樂無荒。良士蹶蹶。賦也逝邁皆去也外餘也其所治之事固當思之而所治之餘亦不敢忽蓋其事變或出於平常思慮之所不及故當過而備之也蹶蹶動而敏於事也

○蟋蟀在堂。役車其休。今我不樂。日月其慆。音叨叶他侯反 無已大康。職思其憂。好樂無荒。良士休休。賦也庶人乘役車歲晚則百工皆休矣慆過也休休安閑之貌樂而有節不至於淫所以安也

蟋蟀三章。章八句。

山有樞。隰有榆。子有衣裳。弗曳弗婁。子有車馬。弗馳弗驅。宛其死矣。他人是愉。興也樞荎也今刺榆也榆白枌也婁亦曳也馳走驅策也宛坐見貌愉樂也○此詩蓋亦答前篇之意而解其憂故言山則有樞矣隰則有榆矣子有衣裳車馬而不服不乘則一旦宛然以死而他人取之以爲已樂矣蓋言不可不及時爲樂然其憂愈深而意愈蹙矣

○山有栲。音考叶去九反 隰有杻。音紐 子有廷內。弗洒弗埽。叶蘇后反 子有鐘鼓。弗鼓弗考。叶去九反 宛其死矣。他人是保。叶補苟反○興也栲山樗也似樗色小白葉差狹杻檍也葉似杏而尖白色皮正赤其理多曲少直材可爲弓弩幹者也考擊也保居有也

○山有漆。音七 隰有栗。子有酒食。何不日鼓瑟。且以喜樂。音洛 且以永日。宛其死矣。他人入室。興也君子無故琴瑟不離於側永長也人多憂則覺日短飲食作樂可以永長此日也

山有樞三章。章八句。

揚之水。白石鑿鑿。音作 素衣朱襮。音博 從子于沃。叶鬱鎛反 既見君子。云何不樂。音洛○比也鑿鑿巉巖貌襮領也諸侯之服繡黼領而丹朱純也子指桓叔也沃曲沃也○晉昭侯封其叔父成師于曲沃是爲桓叔其後沃盛強而晉微弱國人將叛而歸之故作此詩言水緩弱而石巉巖以比晉衰而沃盛故欲以諸侯之服從

桓叔于曲沃且自喜其見君子而無不樂也 ○揚之水。白石皓皓。叶胡暴反素衣朱繡。叶先妙反從子于鵠。叶居號反既見君子。云何其憂。叶一笑反○比也朱繡卽朱襮也鵠曲沃邑也 ○揚之水。白石粼粼。我聞有命。叶彌幷反不敢以告人。○比也粼粼水淸石見之貌聞其命而不敢以告人者爲之隱也桓叔將以傾晉而民爲之隱蓋欲其成矣○李氏曰古者不軌之臣欲行其志必先施小惠以收衆情然後民翕然從之田氏之於齊亦猶是也故其召公子陽生於魯國人皆知其已至而不言所謂我聞有命不敢以告人也

揚之水三章。二章章六句。一章四句

椒聊之實。蕃衍盈升。彼其音記之子。碩大無朋。椒聊且。音疽遠條且。興而比也椒樹似茱萸有針刺其實味辛而香烈聊語助也朋比也且歎辭遠條長枝也○椒之蕃盛則采之盈升矣彼其之子則碩大而無朋矣椒聊且遠條且歎其枝遠而實益蕃也此不知其所指序亦以爲沃也 ○椒聊之實。蕃衍盈匊。音菊彼其之子。碩大且篤。椒聊且。遠條且。興而比也兩手曰匊篤厚也

椒聊二章。章六句。

綢音儔繆。平聲束薪。三星在天。叶鐵因反今夕何夕。見此良人。子兮子兮。如此良人何。興也綢繆猶纏緜也三星心也在天昏始見於東方建辰之月也良人夫稱也○國亂民貧男女有失其時而後得遂其婚姻之禮者詩人敍其婦語夫之辭曰方綢繆以束薪也而仰見三星之在天今夕不知其何夕也而忽見良人之在此既又自謂曰子兮子兮其將柰此良人何哉喜之甚而自慶之辭也 ○綢繆束芻。叶側九反三星在隅。叶語口反今夕何夕。見此邂音械逅。音候叶很口反子兮子兮。如此邂逅何。興也隅東南隅也昏見之星至此則夜久矣邂逅相遇之意此爲夫婦相語之辭也 ○綢繆束楚。三星在戶。今夕何夕。見此粲者。叶章與反子兮子兮。如此粲者何。興也戶室戶也戶必南出昏見之星至此則夜分矣粲美也此爲夫語婦之辭也或曰女三爲粲一妻二妾也

綢繆三章。章六句。

有杕音第之杜。其葉湑湑。上聲獨行踽踽。音矩豈無他人。不如我同父。嗟行之人。胡不比音鼻焉。人無兄弟。胡不佽音次焉。興也杕特也杜赤棠也湑湑盛貌踽踽無所親之貌同父兄弟也比輔佽助也〇此無兄弟者自傷其孤特而求助於人之辭言杕然之杜其葉猶湑湑然人無兄弟則獨行踽踽曾杜之不如矣然豈無他人之可與同行也哉特以其不如我兄弟是以不免於踽踽耳於是嗟歎行路之人何不閔我之獨行而見親憐我之無兄弟而見助乎　〇有杕之杜。其葉菁菁。音精獨行睘睘。音瓊豈無他人。不如我同姓。叶桑經反嗟行之人。胡不比焉。人無兄弟。胡不佽焉。興也菁菁亦盛貌睘睘無所依貌

杕杜二章。章九句。

羔裘豹祛。音嶇自我人居居。豈無他人。維子之故。賦也羔裘君純羔大夫以豹飾祛袂也居居未詳　〇羔裘豹褎。音袖自我人究究。豈無他人。維子之好。去聲叶呼候反〇賦也褎猶祛也究究亦未詳

羔裘二章。章四句。此詩不知所謂不敢強解

肅肅鴇羽。集于苞栩。音許王事靡盬。音古不能蓺稷黍。父母何怙。音戶悠悠蒼天。曷其有所。比也肅肅羽聲鴇鳥名似鴈而大無後趾集止也苞叢生也栩柞櫟也其子為皁斗殼可以染皁者是也盬不攻緻也蓺樹怙恃也〇民從征役而不得養其父母故作此詩言鴇之性不樹止而今乃飛集于苞栩之上如民之性本不便於勞苦今乃久從征役而不得耕田以供子職也悠悠蒼天何時使我得其所乎　〇肅肅鴇翼。集于苞棘。王事靡盬。不能蓺黍稷。父母何食。悠悠蒼天。曷其有極。比也極已也　〇肅肅鴇行。音杭集于苞桑。王事靡盬。不能蓺稻粱。父母何嘗。悠悠蒼天。曷其有常。比也行列也稻即今南方所食稻米水生而色白者也粱粟類也有數色嘗食也常復其常也

鴇羽三章。章七句。

豈曰無衣七兮。不如子之衣。安且吉兮。賦也侯伯七命其車旗衣服皆以七爲節子天子也〇史記曲沃桓叔之孫武公伐晉滅之盡以其寶器賂周釐王王以武公爲晉君列於諸侯此詩蓋述其請命之意言我非無是七章之衣也而必請命者蓋以不如天子之命服之爲安且吉也蓋當是時周室雖衰典刑猶在武公旣負弒君簒國之罪則人得討之而無以自立於天地之閒故賂王請命而爲說如此然其倨慢無禮亦已甚矣釐王貪其寶玩而不思天理民彝之不可廢是以誅討不加而爵命行焉則王綱於是乎不振而人紀或幾乎絕矣嗚呼痛哉 〇豈曰無衣六兮。不如子之衣。安且燠音郁兮。賦也天子之卿六命變七言六者謙也不敢以當侯伯之命得受六命之服比於天子之卿亦幸矣燠煖也言其可以久也

無衣二章章三句。

有杕之杜。生于道左。彼君子兮。噬音逝肯適我。中心好去聲之。曷飲食音嗣之。比也左東也噬發語辭曷何也〇此人好賢而恐不足以致之故言此杕然之杜生于道左其蔭不足以休息如己之寡弱不足恃賴則彼君子者亦安肯顧而適我哉然其中心好之則不已也但無自而得飲食之耳夫以好賢之心如此則賢者安有不至而何寡弱之足患哉 〇有杕之杜。生于道周。彼君子兮。噬肯來遊。中心好之。曷飲食之。比也周曲也

有杕之杜二章章六句。

葛生蒙楚。蘞音廉蔓于野。叶上與反予美亡此。誰與獨處。與也蘞草名似栝樓葉盛而細蔓延也予美婦人指其夫也〇婦人以其夫久從征役而不歸故言葛生而蒙于楚蘞生而蔓于野各有所依託而予之所美者獨不在是則誰與而獨處於此乎 〇葛生蒙棘。蘞蔓于域。予美亡此。誰與獨息。興也域塋域也息止也 〇角枕粲兮。錦衾爛兮。予美亡此。誰與獨旦。賦也粲爛華美鮮明之貌獨旦獨處至旦也 〇夏之日。冬之夜。叶羊茹反百歲之後。歸于其居。叶姬御反〇賦也夏日永冬夜永居墳墓也〇夏日冬夜獨居憂思於是爲切然君子之歸無期不可得而見矣要死而相從耳鄭氏曰言此者婦人專一義之至情之盡蘇氏曰思之深而無異心此唐風之厚也 〇冬之夜。夏之日。同上百歲之

後。叶音戶歸于其室。賦也室壙也

葛生五章章四句。

采苓采苓。首陽之巔。叶典因反人之為言。苟亦無信。叶斯人反舍音捨旃舍旃。苟亦無然。人之為言。胡得焉。比也首陽首山之南也巔山頂也旃之也○此刺聽讒之詩言子欲采苓於首陽之巔乎然人之為是言以告子者未可遽以為信也姑舍置之而無遽以為然徐察而審聽之則造言者無所得而讒止矣或曰興也下章放此　○采苦采苦。首陽之下。叶後五反人之為言。苟亦無與。舍旃舍旃。苟亦無然。人之為言。胡得焉。比也苦苦菜也生山田及澤中得霜甜脆而美與許也　○采葑采葑。首陽之東。人之為言。苟亦無從。舍旃舍旃。苟亦無然。人之為言。胡得焉。比也從聽也

采苓三章章八句。

唐國十二篇三十三章二百三句。

秦一之十一　秦國名其地在禹貢雍州之域近鳥鼠山初伯益佐禹治水有功賜姓嬴氏其後中潏居西戎以保西垂六世孫大駱生成及非子非子事周孝王養馬於汧渭之閒馬大繁息孝王封為附庸而邑之秦至宣王時犬戎滅成之族宣王遂命非子曾孫秦仲為大夫誅西戎不克見殺及幽王為西戎犬戎所殺平王東遷秦仲孫襄公以兵送之王封襄公為諸侯曰能逐犬戎即有岐豐之地襄公遂有周西都畿內八百里之地至玄孫德公又徙於雍秦即今之秦州雍今京兆府興平縣是也

有車鄰鄰。有馬白顛。叶典因反未見君子。寺人之令。平聲○賦也鄰鄰眾車之聲白顛額有白毛今謂之的顙君子指秦君寺人內小臣也令使也○是時秦君始有車馬及此寺人之官將見者必先使寺人通之故國人創見而誇美之也　○阪音反有漆。隰有栗。既見君子。並坐鼓瑟。今者不樂。音洛逝者其耋。音垤叶地一反○興也八十曰耋○阪則有漆矣隰則有栗矣既見君子則並坐鼓瑟矣失今不樂則逝者其耋矣　○阪有桑。隰有楊。既見君子。並坐鼓簧。今不者樂。逝者其亡。興也簧笙中金葉吹笙則鼓動之以出聲者也

車鄰三章。一章四句。二章章六句。

駟驖（音鐵）孔阜。六轡在手。公之媚子。從公于狩。（叶始九反）○賦也。駟驖四馬皆黑色如鐵也。孔甚也。阜肥大也。六轡者兩服兩驂各兩轡。而驂馬內兩轡納之於觖。故惟六轡在手也。媚子所親愛之人也。此亦前篇之意也。○奉時辰牡。辰牡孔碩。（叶常灼反）公曰左之。舍（音捨）拔（音鈸）則獲。（叶黃郭反）○賦也。時是辰時也。牡獸之牡者也。辰牡者冬獻狼。夏獻麋。春秋獻鹿豕之類。奉之者虞人翼以待射也。碩肥大也。公曰左之者。命御者使左其車。以射獸之左也。蓋射必中其左乃爲中殺。五御所謂逐禽左者爲是故也。拔矢括也。曰左之而舍拔無不獲者。言獸之多而射御之善也。○遊于北園。四馬既閑。（叶胡田反）輶（音由）車鸞鑣。（音標）載獫（音殮）歇驕。（音囂）○賦也。田事已畢。故遊于北園閑調習也。輶輕也。鸞鈴也。效鸞鳥之聲。鑣馬銜也。驅逆之車置鸞於馬銜之兩旁。乘車則鸞在衡和在軾也。獫歇驕皆田犬名。長喙曰獫。短喙曰歇驕。以車載犬。蓋以休其足力也。韓愈畫記有騎擁田犬者亦此類。

駟驖三章。章四句。

小戎俴（音踐）收。五楘（音木）梁輈。（音舟）游環脅驅。（叶俱懼反又居錄反）陰靷（音胤）鋈（音沃）續。（叶辭屢反又如字）文茵（音因）暢轂。（叶又去聲）駕我騏（音其）馵。（音注又之錄反）言念君子。溫其如玉。在其板屋。亂我心曲。○賦也。小戎兵車也。俴淺也。收軫也。謂車前後兩端橫木所以收斂所載者也。凡車之制廣皆六尺六寸。其平地任載者爲大車。則軫深八尺。兵車則軫深四尺四寸。故曰小戎俴收也。五五束也。楘歷錄然文章之貌也。梁輈從前軫以前稍曲而上至衡。則向下鉤之衡橫於輈下。而輈形穹隆上曲如屋之梁。又以皮革五處束之。其文章歷錄然也。游環靷環也。以皮爲環當兩服馬之背上。游移前卻無定處。引兩驂馬之外轡貫其中而執之。所以制驂馬使不得外出。左傳曰如驂之有靳是也。脅驅亦以皮爲之。前係於衡之兩端。後係於軫之兩端。當服馬脅之外。所以驅驂馬使不得內入也。陰揜軓也。軓在軾前。而以板橫側揜之。以其陰映此軓。故謂之陰也。靷以皮二條前係驂馬之頸。後係陰版之上也。鋈續陰版之上有續靷之處。消白金沃灌其環以爲飾也。蓋車衡之長六尺六寸。止容二服。驂馬之頸不當於衡。故別爲二靷以引車。亦謂之靳。左傳曰兩靷將絕是也。文茵車中所坐虎皮褥也。暢長也。轂者車輪之中外持輻內受軸者也。大車之轂一尺有半。兵車之轂長三尺二寸。故兵車曰暢轂。騏騏文也。馬左足白曰馵。君子婦人目其夫也。溫其如玉美之之辭也。板屋者西戎之俗以板爲屋。心曲心中委曲之處也。○西戎者秦之臣子所與不共戴天之讎也。襄公上承天子之命。率其國人往而征之。故其從役者之家人先誇車甲之盛如此。而後及其私情。蓋以義興師。則雖婦人亦知勇於赴敵而無所怨矣。○四牡孔阜。六轡在手。騏駵（音留）是中。（叶諸仍反）騧（音瓜）驪是驂。（叶疏簪反）龍盾之合。鋈以觼（音厥）軜。（音納）言念君子。溫其在邑。（叶於合反）方何爲期。胡然我念之。

賦也。赤馬黑鬣曰騮。中，兩服馬也。黃馬黑喙曰騧。驪，黑色也。盾，干也。畫龍於盾，合而載之，以爲車上之衛。必載二者，備破毀也。觼，環之有舌者。軜，驂內轡也。置觼於軾前，以係軜，故謂之觼軜，亦消沃白金以爲飾也。邑，西鄙之邑也。方，將也。將以何時爲歸期乎。何爲使我思念之極也。

○俴駟孔羣。厹（音求）矛鋈錞。（音隊叶朱倫反）蒙伐有苑。（叶音氳）虎韔（音暢）鏤（音漏）膺。交韔二弓。（叶姑宏反）竹閉緄（音袞）縢。（音滕）言念君子。載寢載興。厭厭（平聲）良人。秩秩德音。（叶一陵反）

○賦也。俴駟，四馬皆以淺薄之金爲甲，欲其輕而易於馬之旋習也。孔，甚。羣，和也。厹矛，三隅矛也。鋈錞，以白金沃矛之下端平底者也。蒙，雜也。伐，中干也，盾之別名。苑，文貌，畫雜羽之文於盾上也。虎韔，以虎皮爲弓室也。鏤膺，鏤金以飾馬當胷帶也。交韔，交二弓於韔中，謂顛倒安置之，必二弓以備壞也。閉，弓檠也，儀禮作䩉。緄，繩。縢，約也。以竹爲閉，而以繩約之於弛弓之裏，檠弓體使正也。載寢載興，言思之深而起居不寧也。厭厭，安也。秩秩，有序也。

小戎三章，章十句。

蒹（音兼）葭（音加）蒼蒼。白露爲霜。所謂伊人。在水一方。遡（音素）洄（音回）從之。道阻且長。遡游從之。宛在水中央。

賦也。蒹，似萑而細，高數尺，又謂之薕。葭，蘆也。蒹葭未敗，而露始爲霜，秋水時至，百川灌河之時也。伊人，猶言彼人也。一方，彼一方也。遡洄，逆流而上也。遡游，順流而下也。宛然，坐見貌。在水之中央，言近而不可至也。○言秋水方盛之時，所謂彼人者，乃在水之一方，上下求之而皆不可得，然不知其何所指也。

○蒹葭淒淒。白露未晞。所謂伊人。在水之湄。遡洄從之。道阻且躋。遡游從之。宛在水中坻。（音遲）

○賦也。淒淒，猶蒼蒼也。晞，乾也。湄，水草之交也。躋，升也，言難至也。小渚曰坻。

○蒹葭采采。（叶此禮反）白露未已。所謂伊人。在水之涘。（叶以始二音）遡洄從之。道阻且右。（叶羽軌反）遡游從之。宛在水中沚。

賦也。采采，言其盛而可采也。已，止也。右，不相直而出其右也。小渚曰沚。

蒹葭三章，章八句。

終南何有。有條有梅。（叶莫悲反）君子至止。錦衣狐裘。（叶渠之反）顏如渥（音握）丹。其君也哉。（叶將黎反○興也終南山名在今京兆府南條山楸也皮葉白色亦白材理好宜爲車版君子指其君也至止至終南之下也錦衣狐裘諸侯之服也玉藻曰君衣狐白裘錦衣以裼之渥漬也其君也哉言容貌衣服稱其爲君也此秦人美其君之辭亦車鄰駟驖之意也 ○終南何有。有紀有堂。君子至止。黻音弗衣繡裳。佩玉將將。音鏘壽考不忘。興也紀山之廉角也堂山之寬平處也黻之狀亞兩己相戾也繡刺繡也將將佩玉聲也壽考不忘者欲其居此位服此服長久而安寧也

終南二章章六句。

交交黃鳥。止于棘。誰從穆公。子車奄息。維此奄息。百夫之特。臨其穴。叶戶橘反惴惴其慄。彼蒼者天。叶鐵因反殲音尖我良人。如可贖兮。人百其身。興也交交飛而往來之貌從穆公從死也子車氏奄息名特傑出之稱穴壙也惴惴懼貌慄懼殲盡良善贖貿也○秦穆公卒以子車氏之三子爲殉皆秦之良也國人哀之爲之賦黃鳥事見春秋傳即此詩也言交交黃鳥則止于棘矣誰從穆公則子車奄息也蓋以所見起興也臨穴而惴慄蓋生納之壙中也三子皆國之良而一旦殺之若可貿以他人則人皆願百其身以易之矣 ○交交黃鳥。止于桑。誰從穆公。子車仲行。音杭維此仲行。百夫之防。臨其穴。惴惴其慄。彼蒼者天。殲我良人。如可贖兮。人百其身。興也防當也言一人可以當百夫也 ○交交黃鳥。止于楚。誰從穆公。子車鍼音拑虎。維此鍼虎。百夫之禦。臨其穴。惴惴其慄。彼蒼者天。殲我良人。如可贖兮。人百其身。興也禦猶當也

黃鳥三章章十二句。春秋傳曰君子曰秦穆公之不爲盟主也宜哉死而棄民先王違世猶貽之法而況奪之善人乎今縱無法以遺後嗣而又收其良以死難以在上矣君子是以知秦之不復東征也愚按穆公於此其罪不可逃矣但或以爲穆公遺命如此而三子自殺以從之則三子亦不得爲無罪今觀臨穴惴慄之言則是康公從父之亂命迫而納之於壙其罪有所歸矣又按史記秦武公卒初以人從死死者六十六人至穆公遂用百七十七人而三良與焉蓋其初特出於戎翟之俗而無明王賢伯以討其罪於是習以爲常則雖以穆公之賢而不免論其事者亦徒閔三良之不幸而歎秦之衰至於王政不綱諸侯擅命殺人不忌至於如此則莫知其爲非也嗚呼俗之弊也久矣其後始皇之葬後宮皆令從死工匠生閉墓中尚何怪哉

鴥音聿彼晨風。叶孚愔反鬱彼北林。未見君子。憂心欽欽。如何如何。忘我實多。興也鴥疾飛貌晨風鸇也鬱茂盛貌君子指其夫也欽欽憂而不忘之貌○婦人以夫不在而言鴥彼晨風則歸於鬱然之北林矣故我未見君子而憂心欽欽也彼君子者如之何而忘我之多乎此與扊扅之歌同意蓋秦俗也

○山有苞櫟。音歷叶歷各反隰有六駮。音剝未見君子。憂心靡樂。音洛如何如何。忘我實多。興也駮梓榆也其皮青白如駮○山則有苞櫟矣隰則有六駮矣未見君子則憂心靡樂矣靡樂則憂之甚也

○山有苞棣。隰有樹檖。未見君子。憂心如醉。如何如何。忘我實多。興也棣唐棣也檖赤羅也實似梨而小酢可食如醉則憂又甚矣

晨風三章。章六句。

豈曰無衣。與子同袍。叶步謀反王于興師。脩我戈矛。與子同仇。賦也袍襺也戈長六尺六寸矛長二丈王于興師以天子之命而興師也○秦俗強悍樂於戰鬭故其人平居而相謂曰豈以子之無衣而與子同袍乎蓋以王于興師則將脩我戈矛而與子同仇也其懽愛之心足以相死如此蘇氏曰秦本周地故其民猶思周之盛時而稱先王焉或曰興也取與子同三字爲義後章放此

○豈曰無衣。與子同澤。叶徒洛反王于興師。脩我矛戟。叶訖約反與子偕作。賦也澤裏衣也以其親膚近於垢澤故謂之澤戟車戟也長丈六尺

○豈曰無衣。與子同裳。王于興師。脩我甲兵。叶蒲芒反與子偕行。叶戶郎反○賦也行往也

無衣三章。章五句。秦人之俗大抵尙氣槩先勇力忘生輕死故其見於詩如此然本其初而論之岐豐之地文王用之以興二南之化如彼其忠且厚也秦人用之未幾而一變其俗至於如此則已悍然有招八州而朝同列之氣矣何哉雍州土厚水深其民厚重質直無鄭衛驕惰浮靡之習以善導之則易以興起而篤於仁義以猛驅之則其強毅果敢之資亦足以強兵力農而成富強之業非山東諸國所及也嗚呼後世欲爲定都立國之計者誠不可不監乎此而凡爲國者其於導民之路尤不可不審其所之也

我送舅氏。曰至渭陽。何以贈之。路車乘去聲黃。賦也舅氏秦康公之舅晉公子重耳也出亡在外穆公召而納之時康公爲太子送之渭陽而作此詩渭水名秦時都雍至渭陽者蓋東行送之於咸陽之地也路車諸侯之車也乘黃四馬皆黃也

○我送舅氏。悠悠我思。叶新齎反何以贈之。

瓊瑰音嫣玉佩。叶蒲眉反○賦也悠悠長也序以爲時康公之母穆姬已卒故康公送其舅而念母之不見也或曰穆姬之卒不可考此但別其舅而懷思耳瓊瑰石而次玉

渭陽二章章四句。按春秋傳晉獻公烝於齊姜生秦穆夫人太子申生娶大戎狐姬生重耳小戎子生夷吾驪姬生奚齊其娣生卓子驪姬譖申生申生自殺又譖二公子二公子皆出奔獻公卒奚齊卓子繼立皆爲大夫里克所弒秦穆公納夷吾是爲惠公卒子圉立是爲懷公立之明年秦穆公又召重耳而納之是爲文公王氏曰至渭陽者送之遠也悠悠我思者思之長也路車乘黃瓊瑰玉佩者贈之厚也廣漢張氏曰康公爲大子送舅氏而念母之不見是固良心也而卒不能自克於令狐之役怨欲害乎良心也使康公知循是心養其端而充之則怨欲可消矣

於我乎。夏屋渠渠。今也每食無餘。于音吁嗟乎。不承權輿。賦也夏大也渠渠深廣貌承繼也權輿始也○此言其君始有渠渠之夏屋以待賢者而其後禮意寖衰供億寖薄至於賢者每食而無餘於是歎之言不能繼其始也○於我乎。每食四簋。叶已有反今也每食不飽。叶捕苟反于嗟乎。不承權輿。賦也簋瓦器容斗二升方曰簠圓曰簋簠盛稻粱簋盛黍稷四簋禮食之盛也

權輿二章章五句。漢楚元王敬禮申公白公穆生穆生不嗜酒元王每置酒嘗爲穆生設醴及王戊卽位常設後忘設焉穆生退曰可以逝矣醴酒不設王之意怠不去楚人將鉗我於市遂稱疾申公白公勉起之曰獨不念先王之德歟今王一旦失小禮何足至此穆生曰先王之所以禮吾三人者爲道之存故也今而忽之是忘道也忘道之人胡可與久處豈爲區區之禮哉遂謝病去亦此詩之意也

秦國十篇。二十七章。一百八十一句。

陳一之十二 陳國名大皞伏羲氏之墟在禹貢豫州之東其地廣平無名山大川西望外方東不及孟諸周武王時帝舜之胄有虞閼父爲周陶正武王賴其利器用與其神明之後以元女大姬妻其子滿而封之于陳都于宛丘之側與黃帝帝堯之後共爲三恪是爲胡公大姬婦人尊貴好樂巫覡歌舞之事其民化之今之陳州卽其地也

子之湯音蕩兮。宛丘之上兮。洵音荀有情兮。而無望兮。賦也子指遊蕩之人也湯蕩也四方高中央下曰宛丘洵信也望人所瞻望也○國人見此人常游蕩於宛丘之上故敘其事以刺之言雖信有情思而可樂矣然無威儀可瞻望也 ○坎其擊鼓。宛丘之下。叶後戶反無冬無夏。叶與下同值音治其鷺羽。賦也坎擊鼓聲值植也鷺舂鉏今鷺鷥好而潔白頭上有長毛十數枚羽以其羽爲翳舞者持以指麾也言無時不出遊而鼓舞於是也 ○坎其擊缶。音否

宛丘之道。叶徒厚反無冬無夏。值其鷺翿。音導叶殖有反○賦也缶瓦器可以節樂翿翳也

宛丘三章，章四句。

東門之枌。音文宛丘之栩。音許子仲之子。婆娑音梭其下。叶後五反○賦也枌白楡也先生葉卻著莢皮色白子仲之子子仲氏之女也婆娑舞貌○此男女聚會歌舞而賦其事以相樂也 ○穀旦于差。音釵叶七何反南方之原。不績其麻。叶謨婆反市也婆娑。賦也穀善差擇也○既差擇善旦以會于南方之原於是棄其業以舞於市而往會也 ○穀旦于逝。越以鬷音宗邁。叶力制反視爾如荍。音翹貽我握椒。賦也逝往越於鬷衆也邁行也荍芘芣也又名荆葵紫色椒芬芳之物也○言又以善旦而往於是以其衆行而男女相與道其慕悅之辭曰我視爾顏色之美如芘芣之華於是遺我以一握之椒而交情好也

東門之枌三章，章四句。

衡門之下。可以棲音西遲。泌音祕之洋洋。可以樂音洛飢。賦也衡門橫木爲門也門之深者有阿塾堂宇此惟橫木爲之棲遲遊息也泌泉水也洋洋水流貌○此隱居自樂而無求者之辭言衡門雖淺陋然亦可以遊息泌水雖不可飽然亦可以玩樂而忘飢也 ○豈其食魚。必河之魴。音房豈其取音娶妻。必齊之姜。賦也姜齊姓 ○豈其食魚。必河之鯉。豈其取妻。必宋之子。叶獎里反○賦也子宋姓

衡門三章，章四句。

東門之池。可以漚烏豆反麻。叶謨婆反彼美淑姬。可與晤音悮歌。興也池城池也漚漬也治麻者必先以水漬之晤猶解也○此亦男女會遇之辭蓋因其會遇之地所見之物以起興也 ○東門之池。可以漚紵。音苧彼美淑姬。可與晤語。興也紵麻屬 ○東門之池。可以漚菅。音閒叶居賢反彼美淑姬。可與晤言。興也菅葉似茅而滑澤莖有白粉柔韌宜爲索也

東門之池三章章四句。

東門之楊。其葉牂牂。音臧昏以爲期。明星煌煌。興也東門相期之地也楊柳之揚起者也牂牂盛貌明星啓明也煌煌大明貌○此亦男女期會而有負約不至者故因其所見以起興也○東門之楊。其葉肺肺。音霈昏以爲期。明星晢晢。音制○興也肺肺猶牂牂也晢晢猶煌煌也

東門之楊二章章四句。

墓門有棘。斧以斯之。夫也不良。國人知之。知而不已。誰昔然矣。興也墓門凶僻之地多生荆棘斯析也夫指所刺之人也誰昔昔也猶言疇昔也○言墓門有棘則斧以斯之矣此人不良則國人知之矣國人知之猶不自改則自疇昔而已然非一日之積矣所謂不良之人亦不知其何所指也○墓門有梅。有鴞萃止。夫也不良。歌以訊之。叶息悴反之。訊予不顧。叶果五反顚倒思予。叶演女反○興也鴞鴞惡聲之鳥也萃集訊告也顚倒狼狽之狀○墓門有梅則有鴞萃之矣夫也不良則有歌其惡以訊之者矣訊之而不予顧至於顚倒然後思予則豈有所及哉或曰訊予之予疑當依前章作而字

墓門二章章六句。

防有鵲巢。邛音窮有旨苕。音條叶徒刀反誰侜音周予美。心焉忉忉。音刀○興也防人所築以捍水者邛丘旨美也苕苕饒也莖如勞豆而細葉似蒺藜而青其莖葉綠色可生食如小豆藿也侜侜張也猶鄭風之所謂迋也予美指所與私者也忉忉憂貌○此男女之有私而憂或閒之之辭故曰防則有鵲巢矣邛則有旨苕矣今此何人而侜張予之所美使我憂之而至於忉忉乎○中唐有甓。音闢邛有旨鷊。音逆誰侜予美。心焉惕惕。音剔○興也廟中路謂之唐甓瓴甋也鷊小草雜色如綬惕惕猶忉忉也

防有鵲巢二章章四句。

月出皎兮。佼音絞人僚音了兮。舒窈音杳糾音矯兮。勞心悄兮。興也皎月光也佼人美人也僚好貌窈幽遠也糾愁結也悄憂也○此亦

男女相悅而相念之辭言月出則皎然矣佼人則僚然矣安得見之而舒窈糾之情乎是以爲之勞心而悄然也 ○月出皓音昊兮。佼人懰音柳叶朗老反兮。舒懮音勵受叶時倒反兮。勞心慅音草兮。興也懰好貌懮受憂思也慅猶悄也 ○月出照兮。佼人燎音料兮。舒夭上聲紹音邵兮。勞心慘當作懆七弔反兮。興也燎明也夭紹糾緊之意慘憂也

月出三章。章四句。

胡爲乎株林。從夏上聲南。叶尼心反下同匪適株林。從夏南。賦也株林夏氏邑也夏南徵舒字也○靈公淫於夏徵舒之母朝夕而往夏氏之邑故其民相與語曰君胡爲乎株林乎曰從夏南耳然則非適株林也特以從夏南故耳蓋淫乎夏姬不可言也故以從其子言之詩人之忠厚如此 ○駕我乘去聲馬。叶滿補反說音稅于株野。叶上與反乘平聲我乘駒。朝食于株。賦也說舍也馬六尺以下曰駒

株林二章。章四句。春秋傳夏姬鄭穆公之女也嫁於陳大夫夏御叔靈公與其大夫孔寧儀行父通焉洩冶諫不聽而殺之後卒爲其子徵舒所弒而徵舒復爲楚莊王所誅

彼澤之陂。叶音波有蒲與荷。音何有美一人。傷如之何。寤寐無爲。涕泗音四滂沱。興也陂澤障也蒲水草可爲席者荷芙蕖也自目曰涕自鼻曰泗○此詩之旨與月出相類言彼澤之陂則有蒲與荷矣有美一人而不可見則雖憂傷而如之何哉寤寐無爲涕泗滂沱而已矣 ○彼澤之陂。有蒲與蕑。音閒叶居賢反有美一人。碩大且卷。音權寤寐無爲。中心悁悁。音娟○興也蕑蘭也卷鬢髮之美也悁悁猶悒悒也 ○彼澤之陂。有蒲菡萏。叶待檢反有美一人。碩大且儼。寤寐無爲。輾轉伏枕。叶知險反○興也菡萏荷華也儼矜莊貌輾轉伏枕臥而不寐思之深且久也

澤陂三章。章六句。

陳國十篇。二十六章。一百一十四句。東萊呂氏曰變風終於陳靈其間男女夫婦之詩一何多邪曰有天地然後有萬物有萬

物然後有男女有男女然後有夫婦有夫婦然後有父子有父子然後有君臣有君臣然後有上下有上下然後禮義有所錯男女者三綱之本萬事之先也正風之所以爲正者擧其正者以勸之也變風之所以爲變者擧其不正者以戒之也道之升降時之治亂俗之汙隆民之死生於是乎在錄之煩悉篇之重複亦何疑哉

檜一之十三 檜國名高辛氏火正祝融之墟在禹貢豫州外方之北滎波之南居溱洧之閒其君妘姓祝融之後周衰爲鄭桓公所滅而遷國焉今之鄭州即其地也蘇氏以爲檜高皆爲鄭作如邶鄘之於衛也未知是否

羔裘逍遙。狐裘以朝。音潮叶直勞反 豈不爾思。勞心忉忉。音刀○賦也緇衣羔裘諸侯之朝服錦衣狐裘其朝天子之服也舊說檜君好潔其衣服逍遙遊宴而不能自強於政治故詩人憂之 ○羔裘翱翔。狐裘在堂。豈不爾思。我心憂傷。賦也翱翔猶逍遙也堂公堂也 ○羔裘如膏。去聲 日出有曜。叶弋號反 豈不爾思。中心是悼。賦也膏脂所漬也日出有曜日照之則有光也

羔裘三章章四句。

庶見素冠兮。棘人欒欒音鸞兮。勞心慱慱音團兮。賦也庶幸也縞冠素紕既祥之冠也黑經白緯曰縞緣邊曰紕棘急也喪事欲其縱縱爾哀遽之狀也欒欒瘠貌慱慱憂勞之貌○祥冠祥則冠之禫則除之今人皆不能行三年之喪矣安得見此服乎當時賢者庶幾見之至於憂勞也 ○庶見素衣兮。我心傷悲兮。聊與子同歸兮。賦也素冠則素衣矣與子同歸愛慕之辭也 ○庶見素韠音畢兮。我心蘊上聲結叶訖力反兮。聊與子如一兮。賦也韠蔽膝也以韋爲之冕服謂之韍其餘曰韠韠從裳色素衣素裳則素韠矣蘊結思之不解也與子如一甚於同歸矣

素冠三章章三句。按喪禮爲父爲君斬衰三年昔宰予欲短喪夫子曰子生三年然後免於父母之懷予也有三年之愛於其父母乎三年之喪天下之通喪也傳曰子夏三年之喪畢見於夫子援琴而弦衎衎而樂作而曰先王制禮不敢不及夫子曰君子也閔子騫三年之喪畢見於夫子援琴而弦切切而哀作而曰先王制禮不敢過也夫子曰君子也子路曰敢問何謂也夫子曰子夏哀已盡能引而致之於禮故曰君子也閔子騫哀未盡能自割以禮故曰君子也夫三年之喪賢者之所輕不肖者之所勉

隰有萇音長楚。猗音婀儺音娜其枝。夭平聲之沃沃。樂音洛子之無知。賦也萇楚銚弋今羊桃也子如小麥亦似桃猗儺柔順也夭少

好貌沃沃光澤貌子指萇楚也○政煩賦重人不堪其苦歎其不如草木之無知而無憂也 ○ 隰有萇楚。猗儺其華。夭之沃沃。樂子之無家。賦也無家言無累也 ○ 隰有萇楚。猗儺其實。夭之沃沃。樂子之無室。賦也無室猶無家也

隰有萇楚三章。章四句。

匪風發叶方月反兮。匪車偈音揭兮。顧瞻周道。中心怛叶旦月反兮。賦也發飄揚貌偈疾驅貌周道適周之路也怛傷也○周室衰微賢人憂歎而作此詩言常時風發而車偈則中心怛然今非風發也非車偈也特顧瞻周道而思王室之陵遲故中心爲之怛然耳 ○ 匪風飄叶匹妙反兮。匪車嘌音漂叶匹妙反兮。顧瞻周道。中心弔兮。賦也回風曰飄嘌漂搖不安之貌弔亦傷也 ○ 誰能亨魚。溉音蓋之釜鬵。音尋 誰將西歸。懷之好音。興也溉滌也鬵釜屬西歸歸於周也○誰能亨魚乎有則我願爲之溉其釜鬵誰將西歸乎有則我願慰之以好音以見思之之甚但有西歸之人卽思有以厚之也

匪風三章。章四句。

檜國四篇。十二章。四十五句。

曹一之十四 曹國名其地在禹貢兗州陶丘之北雷夏菏澤之野周武王以封其弟振鐸今之曹州卽其地也

蜉蝣之羽。衣裳楚楚。叶創舉反 心之憂矣。於我歸處。比也蜉蝣渠略也似蛣蜣身狹而長有角黃黑色朝生暮死楚楚鮮明貌○此詩蓋以時人有玩細娛而忘遠慮者故以蜉蝣爲比而刺之言蜉蝣之羽翼猶衣裳之楚楚可愛也然其朝生暮死不能久存故我心憂之而欲其於我歸處耳序以爲刺其君或然而未有考也 ○ 蜉蝣之翼。采采衣服。叶蒲北反 心之憂矣。於我歸息。比也采采華飾也息止也 ○ 蜉蝣掘求勿反閱。麻衣如雪。心之憂矣。於我歸說。音稅叶輸藝反○比也掘閱未詳說舍息也

蜉蝣三章。章四句。

彼候人兮。何上聲戈與祋。都律都外二反 彼其音記之子。三百赤芾。音弗○興也候人道路迎送賓客之官何揭祋殳也之子指小人芾

冕服之韠也一命緼芾黝珩再命赤芾黝珩三命赤芾蔥珩大夫以上赤芾乘軒○此刺其君遠君子而近小人之辭言彼候人而何戈與祋者宜也彼其之子而三百赤芾何哉晉文公入曹數其不用僖負羈而乘軒者三百人其謂是歟

○維鵜音啼在梁。不濡其翼。彼其之子。不稱去聲其服。叶蒲北反○興也鵜洿澤水鳥俗所謂淘河也

○維鵜在梁。不濡其咮。音晝彼其之子。不遂其媾。音垢○興也咮喙遂稱媾寵也遂之爲稱猶今人謂遂意爲稱意

○薈音穢兮蔚音畏兮。南山朝隮。音賫婉兮孌兮。季女斯飢。比也薈蔚草木盛多之貌朝隮雲氣升騰也婉少貌孌好貌○薈蔚朝隮言小人衆多而氣燄盛也季女婉孌自保不安從人而反飢困言賢者守道而反貧賤也

候人四章。章四句。

鳲鳩在桑。其子七兮。淑人君子。其儀一兮。其儀一兮。心如結叶訖力反兮。興也鳲鳩秸鞠也亦名戴勝今之布穀也飼子朝從上下暮從下上平均如一也如結如物之固結而不散也○詩人美君子之用心均平專一故言鳲鳩在桑則其子七矣淑人君子則其儀一矣其儀一則心如結矣然不知其何所指也陳氏曰君子動容貌斯遠暴慢正顏色斯近信出辭氣斯遠鄙倍其見於威儀動作之閒者有常度矣豈固爲是拘拘者哉蓋和順積中而英華發外是以由其威儀一於外而心如結於內者從可知也

○鳲鳩在桑。其子在梅。叶莫悲反淑人君子。其帶伊絲。叶新齎反其帶伊絲。其弁伊騏。音其○興也鳲鳩常言在桑其子每章異木子自飛去母常不移也帶大帶也大帶用素絲有雜色飾焉弁皮弁也騏馬之青黑色者弁之色亦如此也書云四人騏弁今作綦○言鳲鳩在桑則其子在梅矣淑人君子則其帶伊絲矣其帶伊絲則其弁伊騏矣言有常度不差忒也

○鳲鳩在桑。其子在棘。淑人君子。其儀不忒。其儀不忒。正是四國。叶于逼反○興也有常度而其心一故儀不忒儀不忒則足以正四國矣大學傳曰其爲父子兄弟足法而後民法之也

○鳲鳩在桑。其子在榛。淑人君子。正是國人。正是國人。胡不萬年。叶尼因反○興也儀不忒故能正國人胡不萬年願其壽考之辭也

鳲鳩四章。章六句。

冽音列彼下泉。浸彼苞稂。音郎愾苦愛反我寤歎。念彼周京。叶居良反○比而興也冽寒也下泉泉下流者也苞草叢生也稂童粱莠

蕭也愾歎息之聲也周京天子所居也○王室陵夷而小國困弊故以寒泉下流而苞稂見傷爲比遂興其愾然以念周京也○冽彼下泉。浸彼苞蕭。叶疏鳩反愾我寤歎。念彼京周。比而興也蕭蒿也京周猶周京也○冽彼下泉。浸彼苞蓍。音尸愾我寤歎。念彼京師。叶霜夷反○比而興也蓍筮草也京師猶京周也詳見大雅公劉篇○芃芃音蓬黍苗。陰雨膏去聲之。四國有王。郇音荀伯勞去聲之。比而興也芃芃美貌郇伯郇侯文王之後嘗爲州伯治諸侯有功○言黍苗既芃芃然矣又有陰雨以膏之四國既有王矣而又有郇伯以勞之傷今之不然也

下泉四章章四句。程子曰易剝之爲卦也諸陽消剝已盡獨有上九一爻尚存如碩大之果不見食將有復生之理上九亦變則純陰矣然陽無可盡之理變於上則生於下無閒可容息也陰道極盛之時其亂可知亂極則自當思治故衆心願戴於君子君子得輿也詩匪風下泉所以居變風之終也○陳氏曰亂極而不治變極而不正則天理滅矣人道絕矣聖人於變風之極則係之以思治之詩以示循環之理以言亂之可治變之可正也

曹國四篇十五章六十八句。

豳一之十五

豳國名在禹貢雍州岐山之北原隰之野虞夏之際棄爲后稷而封於邰及夏之衰棄稷不務棄子不窋失其官守而自竄於戎狄之閒不窋生鞠陶鞠陶生公劉能復脩后稷之業民以富實乃相土地之宜而立國於豳之谷焉十世而大王徙居岐山之陽十二世而文王始受天命十三世而武王遂爲天子武王崩成王立年幼不能莅阼周公旦以冢宰攝政乃述后稷公劉之化作詩一篇以戒成王謂之豳風而後人又取周公所作及凡爲周公而作之詩以附焉豳在今邠州三水縣邰在今京兆府武功縣

七月流火。叶虎委反九月授衣。叶上聲一之日觱音必發。叶芳吠反二之日栗烈。叶力制反無衣無褐。音曷叶許例反何以卒歲。三之日于耜。叶羊里反四之日舉趾。同我婦子。叶奬里反饁音曄彼南畝。叶滿彼反田畯音俊至喜。賦也七月斗建申之月夏之七月也後凡言月者放此流下也火大火心星也以六月之昏加於地之南方至七月之昏則下而西流矣九月霜降始寒而蠶績之功亦成故授人以衣使禦寒也一之日謂斗建子一陽之月二之日謂斗建丑二陽之月也變月言日言是月之日也後凡言日者放此蓋周之先公已用此以紀候故周有天下遂以爲一代之正朔也觱發風寒也栗烈氣寒也褐毛布也歲夏正之歲也于往也耜田器也于耜言往脩田器也舉趾舉足而耕也我家長自我也饁餉田也田畯田大夫勸農之官也○周公以成王未知稼穡之艱難故陳后稷公劉風化之所由使瞽矇朝夕諷誦以教之此章首言七

月暑退將寒故九月而授衣以禦之蓋十一月以後風氣日寒不如是則無以卒歲也正月則往脩田器二月則舉趾而耕少者旣皆出而在田故老者率婦子而餉之治田早而用力齊是以田畯至而喜之也此章前段言衣之始後段言食之始二章至五章終前段之意六章至八章終後段之意

○七月流火。九月授衣。春日載陽。有鳴倉庚。叶古郎反 女執懿筐。遵彼微行。叶戶郎反 爰求柔桑。春日遲遲。采蘩祁祁。女心傷悲。殆及公子同歸。

賦也載始也陽溫和也倉庚黃鸝也懿深美也遵循也微行小徑也柔桑穉桑也遲遲日長而暄也蘩白蒿也所以生蠶今人猶用之蓋蠶生未齊未可食桑故以此啖之也祁祁衆多也或曰徐也公子豳公之子也○再言流火授衣者將言女功之始故又本於此遂言春日始和有鳴倉庚之時而蠶始生則執深筐以求穉桑然又有生而未齊者則采蘩者衆而此治蠶之女感時而傷悲蓋是時公子猶娶於國中而貴家大族連姻公室者亦無不力於蠶桑之務故其許嫁之女預以將及公子同歸而遠其父母爲悲也其風俗之厚而上下之情交相忠愛如此後章凡言公子者放此

○七月流火。八月萑音完葦。音偉 蠶月條音挑桑。取彼斧斨。音槍 以伐遠揚。猗音伊彼女桑。七月鳴鵙。音決 八月載績。載玄載黃。我朱孔陽。爲公子裳。

賦也萑葦卽蒹葭也蠶月治蠶之月條桑枝落之采其葉也斧隋銎斨方銎遠揚遠枝揚起者也取葉存條曰猗女桑小桑也小桑不可條取故取其葉而存其條猗猗然耳鵙伯勞也績緝也玄黑而有赤之色朱赤色陽明也○言七月暑退將寒而是歲禦冬之備亦庶幾其成矣又當預擬來歲治蠶之用故於八月萑葦旣成之際而收蓄之將以爲曲薄至來歲治蠶之月則采桑以供蠶食而大小畢取見蠶盛而人力至也蠶事旣備又於鳴鵙之後麻熟而可績之時則績其麻以爲布而凡此蠶績之所成者皆染之或玄或黃而其朱者尤爲鮮明皆以供上而爲公子之裳言勞於其事而不自愛以奉其上蓋至誠慘怛之意上以是施之下以是報之也以上二章專言蠶績之事以終首章前段無衣之意

○四月秀葽。音腰 五月鳴蜩。音條 八月其穫。音鑊 十月隕蘀。音託 一之日于貉。音鶴 取彼狐狸。爲公子裘。叶渠之反 二之日其同。載纘武功。言私其豵。音宗 獻豜音堅 于公。

賦也不榮而實曰秀葽草名蜩蟬也穫禾之早者可穫也隕墜蘀落也謂草木隕落也貉狐狸也于貉猶言于耜謂往取狐狸也同竭作以狩也纘習而繼之也豵一歲豕豜三歲豕○言自四月純陽而歷一陰四陰以至純陰之月則大寒之候將至雖蠶桑之功無所不備猶恐其不足以禦寒故于貉而取狐狸之皮以爲公子之裘也獸之小者私之以爲己有而大者則獻之於上亦愛其上之無已也此章專言狩獵以終首章前段無褐之意

○五月斯螽音終 動股。六月莎音蓑 雞振羽。七月在野。叶上與反 八月在宇。九月在戶。十月蟋蟀。入我牀下。叶後五反 穹起弓反 窒珍悉反熏許云反鼠。塞入聲向墐音覲戶。嗟我婦子。叶茲五反曰為改歲。入此室處。賦也斯螽莎雞蟋蟀一物隨時變化而異其名動股始躍而以股鳴也振羽能飛而以翅鳴也宇簷下也暑則在野寒則依人穹空隙也窒塞也向北出牖也墐塗也庶人蓽戶冬則塗之東萊呂氏曰十月而曰改歲三正之通於民俗尚矣周特舉而迭用之耳○言覩蟋蟀之依人則知寒之將至矣於是室中空隙者塞之熏鼠使不得穴於其中塞向以當北風墐戶以禦寒氣而語其婦子曰歲將改矣天既寒而事亦已可以入此室處矣此見老者之愛也此章亦以終首章前段禦寒之意

○六月食鬱及薁。音郁七月亨音烹葵及菽。音叔八月剝棗。音走十月穫稻。叶徒苟反為此春酒。以介眉壽。叶殖酉反七月食瓜。叶音孤八月斷壺。九月叔苴。音疽采荼音徒薪樗。敕書反食音嗣我農夫。賦也鬱棣屬薁蘡薁也葵菜名菽豆也剝擊也穫稻以釀酒也介助也介眉壽者頌禱之辭也壺瓠也食瓜斷壺亦去圃為場之漸也叔拾也苴麻子也荼苦菜也樗惡木也○自此至卒章皆言農圃飲食祭祀燕樂以終首章後段之意而此章果酒嘉蔬以供老疾奉賓祭瓜瓠苴荼以為常食少長之義豐儉之節然也

○九月築場圃。音布十月納禾稼。叶古護反黍稷重平聲穋。音六叶六直反禾麻菽麥。叶訖力反嗟我農夫。我稼既同。上入執宮功。晝爾于茅。宵爾索綯。音陶亟音棘其乘屋。其始播百穀。賦也場圃同地物生之時則耕治以為圃而種菜茹物成之際則築堅之以為場而納禾稼蓋自田而納之於場也禾者穀連藁秸之總名禾之秀實而在野曰稼先種後熟曰重後種先熟曰穋再言禾者稻秫苽粱之屬皆禾也同聚也宮邑居之宅也古者民受五畝之宅二畝半為廬在田春夏居之二畝半為宅在邑秋冬居之功葺治之事也或曰公室官府之役也古者用民之力歲不過三日是也索絞也綯索也乘升也○言納於場者無所不備則我稼同矣可以上入都邑而執治宮室之事矣故晝往取茅夜而絞索亟升其屋而治之蓋以來歲將復始播百穀而不暇於此故也不待督責而自相警戒不敢休息如此呂氏曰此章終始農事以極憂勤艱難之意

○二之日鑿冰沖沖。三之日納于凌音另陰。叶於容反四之日其蚤。音早獻羔祭韭。音九叶己小反九月肅霜。十月滌音笛場。朋酒斯饗。叶虛良反曰殺羔羊。躋音賫彼公堂。稱彼兕觥。音肱叶古黃反萬壽無疆。賦也鑿冰謂取冰於山也沖沖鑿冰之意周禮正歲十二月令斬冰是也納藏也藏冰所以備暑也凌陰冰室也豳土寒多正月風未解凍故冰猶可藏也蚤蚤朝也韭菜名獻羔祭韭而後啓之月令仲春獻羔開冰先薦寢廟是也蘇氏曰古者藏冰發冰以節陽氣之盛夫陽氣之在天地譬猶火之著於物也故常有以解之十二月陽氣蘊伏錮而未發其盛在下則納冰於地中至於二月四陽作蟄蟲起陽始用事則亦始啓冰而廟薦之至於四月陽氣畢達陰氣將絕則冰於是大發

食肉之祿老病喪浴冰無不及是以冬無愆陽夏無伏陰春無淒風秋無苦雨雷出不震無災霜雹癘疾不降民不夭札也胡氏曰藏冰開冰亦聖人輔相燮調之一事耳不專恃此以爲治也肅霜氣肅而霜降也滌場者農事畢而埽場地也兩尊曰朋鄉飲酒之禮兩尊壺于房戶閒是也躋升也公堂君之堂也稱舉也彊竟也○張子曰此章見民忠愛其君之甚既勸趨其藏冰之役又相戒速畢場功殺羊以獻於公舉酒而祝其壽也

七月八章。章十一句。周禮籥章中春晝擊土鼓龡豳詩以逆暑中秋夜迎寒亦如之卽謂此詩也王氏曰仰觀星日霜露之變俯察昆蟲草木之化以知天時以授民事女服事乎內男服事乎外上以誠愛下下以忠利上父父子子夫夫婦婦養老而慈幼食力而助弱其祭祀也時其燕饗也節此七月之義也

鴟鴞鴟鴞。既取我子。又叶入聲無毀我室。又叶上聲恩斯勤斯。鬻音育子之閔叶眉貧反斯。比也爲鳥言以自比也鴟鴞鵂鶹惡鳥攫鳥子而食者也室鳥自名其巢也恩情愛也勤篤厚也鬻養閔憂也○武王克商使弟管叔鮮蔡叔度監于紂子武庚之國武王崩成王立周公相之而二叔以武庚叛且流言于國曰周公將不利于孺子故周公東征二年乃得管叔武庚而誅之而成王猶未知周公之意也公乃作此詩以貽王託爲鳥之愛巢者呼鴟鴞而謂之曰鴟鴞鴟鴞爾既取我之子矣無更毀我之室也以我情愛之心篤厚之意鬻養此子誠可憐憫今既取之其毒甚矣況又毀我室乎以比武庚既敗管蔡不可更毀我王室也

○迨天之未陰雨。徹彼桑土。音杜綢音儔繆平聲牖戶。今女音汝下民。或敢侮予。叶演女反○比也迨及徹取也桑土桑根也綢繆纏綿也牖巢之通氣處戶其出入處也○亦爲鳥言我及天未陰雨之時而往取桑根以纏綿巢之隙穴使之堅固以備陰雨之患則此下土之民誰敢有侮予者亦以比己深愛王室而預防其患難之意故孔子贊之曰爲此詩者其知道乎能治其國家誰敢侮之

○予手拮音吉据。音居予所捋力活反荼。予所蓄租。子胡反予口卒瘏。音徒曰予未有室家。叶古胡反○比也拮据手口共作之貌捋取也荼萑苕可藉巢者也蓄積租聚卒盡瘏病也室家巢也○亦爲鳥言作巢之始所以拮据以捋荼蓄租勞苦而至於盡病者以巢之未成也以比己之前日所以勤勞如此者以王室之新造而未集故也

○予羽譙譙。音樵予尾翛翛。音消予室翹翹。風雨所漂搖。予維音嘵嘵。音囂○比也譙譙殺也翛翛敝也翹翹危也嘵嘵急也○亦爲鳥言羽殺尾敝以成其室而未定也風雨又從而漂搖之則我之哀鳴安得而不急哉以比己既勞悴王室又未安而多難乘之則其作詩以喻王亦不得而不汲汲也

鴟鴞四章。章五句。事見書金縢篇

我徂東山。慆慆音滔不歸。我來自東。零雨其濛。我東曰歸。我心西悲。制彼裳

衣。勿士行（音杭）枚。（叶謨悲反）蜎蜎（音娟）者蠋。（音蜀）烝在桑野。（叶上與反）敦（音堆）彼獨宿。亦在車下。（叶後五反）

○賦也東山所征之地也慆慆言久也零落也濛雨貌裳衣平居之服也勿士行枚未詳其義鄭氏曰士事也行陣也枚如箸銜之有繣結項中以止語也蜎蜎動貌蠋桑蟲如蠶者也烝發語辭敦獨處不移之貌此則與也○成王既得鴟鴞之詩又感雷風之變始悟而迎周公於是周公東征已三年矣既歸因作此詩以勞歸士蓋爲之述其意而言曰我之東征既久而歸塗又有遇雨之勞因追言其在東而言歸之時心已西嚮而悲於是制其平居之服而以爲自今可以勿爲行陣銜枚之事矣及其在塗則又覩物起興而自歎曰彼蜎蜎者蠋則在彼桑野矣此敦然而獨宿者則亦在此車下矣

○我徂東山。慆慆不歸。我來自東。零雨其濛。果臝（力果反）之實。亦施（音異）于宇。伊威在室。蠨（音蕭）蛸（音筲）在戶。町（音廷）畽（他短反）鹿場。熠（音翊）燿（以照反）宵行。（戶郎反）亦可畏（叶於非反）也。伊可懷（叶胡威反）也。

賦也果臝栝樓也施延也蔓生延施于宇下也伊威鼠婦也室不埽則有之蠨蛸小蜘蛛也戶無人出入則結網當之町畽舍旁隙地也無人焉故鹿以爲場也熠燿明不定貌宵行蟲名如蠶夜行喉下有光如螢○章首四句言其往來之勞在外之久故每章重言見其感念之深遂言己東征而室廬荒廢至於如此亦可畏矣然豈可畏而不歸哉亦可懷思而已此則述其歸未至而思家之情也

○我徂東山。慆慆不歸。我來自東。零雨其濛。鸛鳴于垤。（叶地一反）婦歎于室。洒埽穹窒。我征聿至。（叶入聲）有敦（音堆）瓜苦。烝在栗薪。自我不見。于今三年。（叶尼因反）

○賦也鸛水鳥似鶴者也垤蟻塚也穹窒見七月○將陰雨則穴處者先知故蟻出垤而鸛就食之遂鳴于其上也行者之妻亦思其夫之勞苦而歎息於家於是洒埽穹窒以待其歸而其夫之行忽已至矣因見苦瓜繫於栗薪之上而曰自我之不見此亦已三年矣栗周土所宜木與苦瓜皆微物也見之而喜則其行久而感深可知矣

○我徂東山。慆慆不歸。我來自東。零雨其濛。倉庚于飛。熠燿其羽。之子于歸。皇駁（音剝）其馬。（叶滿補反）親結其縭。（叶離羅二音）九十其儀。（叶宜俄二音）其新孔嘉。（叶居宜居何二反）其舊如之何。（叶奚何二音）

○賦而興也倉庚飛昏姻時也熠燿鮮明也黃白曰皇駵白曰駁縭婦人之褘也母戒女而爲之施衿結帨也九其儀十其儀言其儀之多也○賦時物以起興而言東征之歸士未有室家者及時而昏姻既甚美矣其舊有室家者相見而喜當如何邪

東山四章。章十二句。

序曰一章言其完也二章言其思也三章言其室家之望女也四章樂男女之得及時也君子之於人序其情而閔其勞所以說也說以使民

民忘其死其惟東山乎愚謂完謂全師而歸無死傷之苦思謂未至而思有愴恨之懷至於室家望女男女及時亦皆其心之所願而不敢言者上之人乃先其未發而歌詠以勞苦之則其歡欣感激之情爲如何哉蓋古之勞詩皆如此其上下之際情志交孚雖家人父子之相語無以過之此其所以維持鞏固數十百年而無一旦土崩之患也

既破我斧。又缺我斨。音槍 周公東征。四國是皇。哀我人斯。亦孔之將。賦也隋銎曰斧方銎曰斨征伐之用也四國四方之國也皇匡也將大也○從軍之士以前篇周公勞己之勤故言此以答其意曰東征之役既破我斧而缺我斨其勞甚矣然周公之爲此舉蓋將使四方莫敢不一於正而後已其哀我人也豈不大哉然則雖有破斧缺斨之勞而義有所不得辭矣夫管蔡流言以謗周公而公以六軍之衆往而征之使其心一有出於自私而不在於天下則撫之雖勤勞之雖至而從役之士豈能不怨也哉今觀此詩固足以見周公之心大公至正天下信其無有一毫自愛之私抑又以見當是之時雖被堅執銳之人亦皆能以周公之心爲心而不自爲一身一家之計蓋亦莫非聖人之徒也學者於此熟玩而有得焉則其心正大而天地之情眞可見矣○

既破我斧。又缺我錡。音奇叶巨何反 周公東征。四國是吪。音訛 哀我人斯。亦孔之嘉。叶居何反 ○賦也錡鑿屬吪化嘉善也

○既破我斧。又缺我銶。音求 周公東征。四國是遒。音囚 哀我人斯。亦孔之休。賦也銶木屬遒斂而固之也休美也

破斧三章章六句。范氏曰象日以殺舜爲事舜爲天子也則封之管蔡啓商以叛周公之爲相也則誅之迹雖不同其道則一也蓋象之禍及於舜而已故舜封之管蔡流言將危周公以閒王室得罪於天下故周公誅之非周公誅之天下之所當誅也周公豈得而私之哉

伐柯如何。匪斧不克。取去聲 妻如何。匪媒不得。比也柯斧柄也克能也媒通二姓之言者也○周公居東之時東人言此以比平日欲見周公之難

○伐柯伐柯。其則不遠。我遘音姤 之子。籩豆有踐。上聲 ○比也則法也我東人自我也之子指其妻而言也籩竹豆也豆木豆也踐行列之貌○言伐柯而有斧則不過即此舊斧之柯而得其新柯之法娶妻而有媒則亦不過即此見之而成其同牢之禮矣東人言此以比今日得見周公之易深喜之之辭也

伐柯二章章四句。

九罭音域 之魚。鱒音尊 魴。我覯之子。袞衣繡裳。興也九罭九囊之網也鱒似鯶而鱗細眼赤魴已見上皆魚之美者也我東人自我也之子指周公

也衮衣裳九章一曰龍二曰山三曰華蟲雉也四曰火五曰宗彝虎蜼也皆繢於衣六曰藻七曰粉米八曰黼九曰黻皆繡於裳天子之龍一升一降上公但有降龍以龍首卷然故謂之衮也○此亦周公居東之時東人喜得見之而言九罭之網則有鱒魴之魚矣我覯之子則見其衮衣繡裳之服矣

○鴻飛遵渚。公歸無所。於女音汝信處。興也遵循也渚小洲也女東人自相女也再宿曰信○東人聞成王將迎周公又自相謂而言鴻飛則遵渚矣公歸豈無所乎今特於女信處而已

○鴻飛遵陸。公歸不復。於女信宿。興也高平曰陸不復言將留相王室而不復來東也

○是以有衮衣兮。無以我公歸兮。無使我心悲兮。賦也承上二章言周公信處信宿於此是以東方有此服衮衣之人又願其且留於此無遽迎公以歸歸則將不復來而使我心悲也

九罭四章。一章四句。三章章三句。

狼跋其胡。載疐音致其尾。公孫音遜碩膚。赤舄音昔几几。興也跋躐也胡頷下懸肉也載則疐跲也老狼有胡進而躐其胡則退而跲其尾公周公也孫讓碩大膚美也赤舄冕服之舄也几几安重貌○周公雖遭疑謗然所以處之不失其常故詩人美之言狼跋其胡則疐其尾矣公遭流言之變而其安肆自得乃如此蓋其道隆德盛而安土樂天有不足言者所以遭大變而不失其常也夫公之被毀以管蔡之流言也而詩人以為此非四國之所為乃公自讓其大美而不居耳蓋不使讒邪之口得以加乎公之忠聖此可見其愛公之深敬公之至而其立言亦有法矣

○狼疐其尾。載跋其胡。公孫碩膚。德音不瑕。叶洪孤反○興也德音猶令聞也瑕疵病也○程子曰周公之處已也夔夔然存恭畏之心其存誠也蕩蕩然無顧慮之意所以不失其聖而德音不瑕也

狼跋二章章四句。范氏曰神龍或潛或飛能大能小其變化不測然得而畜之若犬羊然有欲故也唯其可以畜之是以亦得醢而食之凡有欲之類莫不可制焉唯聖人無欲故天地萬物不能易也富貴貧賤死生如寒暑晝夜相代乎前吾豈有二其心乎哉亦順受之而已矣舜受堯之天下不以為泰孔子阨於陳蔡而不以為戚周公遠則四國流言近則王不知而赤舄几几德音不瑕其致一也

豳國七篇二十七章二百三句。程元問於文中子曰敢問豳風何風也曰變風也元曰周公之際亦有變風乎曰君臣相誚其能正乎成王終疑周公則風遂變矣非周公至誠其孰卒正之哉元曰居變風之末何也曰夷王以下變風不復正矣夫子蓋傷之也故終之以豳風言變之可正也惟周公能之故係之以正變而克正危而克扶始

終不失其本其惟周公乎係之豳遠矣哉○籥章歛豳詩以逆暑迎寒已見於七月之篇矣又曰祈年于田祖則歛豳雅以樂田畯祭蜡則歛豳頌以息老物則考之於詩未見其篇章之所在故鄭氏三分七月之詩以當之其道情思者爲風正禮節者爲雅樂成功者爲頌然一篇之詩首尾相應乃剟取其一節而偏用之恐無此理故王氏不取而但謂本有是詩而亡之其說近是或者又疑但以七月全篇隨事而變其音節或以爲風或以爲雅或以爲頌則於理爲通而事亦可行如又不然則雅頌之中凡爲農事而作者皆可冠以豳號其說具於大田良耜諸篇讀者擇焉可也

詩經卷之四

朱熹集傳

小雅二一

雅者正也正樂之歌也其篇本有大小之殊而先儒說又各有正變之別以今考之正小雅燕饗之樂也正大雅會朝之樂受釐陳戒之辭也故或歡欣和說以盡羣下之情或恭敬齊莊以發先王之德辭氣不同音節亦異多周公制作時所定也及其變也則事未必同而各以其聲附之其次序時世則有不可考者矣

鹿鳴之什二之一

雅頌無諸國別故以十篇爲一卷而謂之什猶軍法以十人爲什也

呦呦音幽鹿鳴。叶音芒食野之苹。叶音旁我有嘉賓。鼓瑟吹笙。叶師莊反吹笙鼓簧。音黃承筐是將。人之好去聲我。示我周行。叶音杭○與也呦呦聲之和也苹藾蕭也青色白莖如筯我主人也賓所燕之客或本國之臣或諸侯之使也瑟笙燕禮所用之樂也簧笙中之簧也承奉也筐所以盛幣帛者也將行也奉筐而行幣帛飲則以酬賓送酒食則以侑賓勸飽也周行大道也古者於旅也語故欲於此聞其言也○此燕饗賓客之詩也蓋君臣之分以嚴爲主朝廷之禮以敬爲主然一於嚴敬則情或不通而無以盡其忠告之益故先王因其飲食聚會而制爲燕饗之禮以通上下之情而其樂歌又以鹿鳴起興而言其禮意之厚如此庶乎人之好我而示我以大道也記曰私惠不歸德君子不自畱焉蓋其所望於羣臣嘉賓者唯在於示我以大道則必不以私惠爲德而自畱矣嗚呼此其所以和樂而不淫也與

○呦呦鹿鳴。食野之蒿。我有嘉賓。德音孔昭。叶側豪反視民不恌。他彫反叶音絩君子是則是傚。叶胡高反我有旨酒。嘉賓式燕以敖。音翺○與也蒿菣也卽青蒿也孔甚昭明也視與示同恌偷薄也敖游也○言嘉賓之德音甚明足以示民使不偷薄而君子所當則傚則亦不待言語之閒而其所以示我者深矣

○呦呦鹿鳴。食野之芩。音琴我有嘉賓。鼓瑟鼓琴。鼓瑟鼓琴。和樂音洛且湛。音耽叶持林反我有旨酒。以燕樂嘉賓之心。與也芩草名莖如釵股葉如竹蔓生湛樂之久也燕安也○言安樂其心則非止養其體娛其外而已蓋所以致其殷勤之厚而欲其教示之無已也

鹿鳴三章章八句。按序以此爲燕羣臣嘉賓之詩而燕禮亦云工歌鹿鳴四牡皇皇者華卽謂此也鄉飲酒用樂亦然而學記言大學始教宵雅肄三亦謂此三詩然則又爲上下通用之樂矣豈本爲燕羣臣嘉賓而作其後乃推而用之鄉人也與然於朝曰君臣焉於燕曰賓主焉先王以禮使臣之厚於此見矣○范氏曰食之以禮樂之以樂將之以實求之以誠此所以得其心

也賢者豈以飮食幣帛爲悅哉夫婚姻不備則貞女不行也禮樂不備則賢者不處也賢者不處則豈得樂而盡其心乎

四牡騑騑。音非 周道倭音威遲。豈不懷歸。王事靡盬。音古 我心傷悲。賦也騑騑行不止之貌周道大路也倭遲回遠之貌盬不堅固也○此勞使臣之詩也夫君之使臣臣之事君禮也故爲臣者奔走於王事特以盡其職分之所當爲而已何敢自以爲勞哉然君之心則不敢以是而自安也故燕饗之際敍其情以閔其勞言駕此四牡而出使於外其道路之回遠如此當是時豈不思歸乎特以王事不可以不堅固不敢徇私以廢公是以內顧而傷悲也臣勞於事而不自言君探其情而代之言上下之閒可謂各盡其道矣傳曰思歸者私恩也靡盬者公義也傷悲者情思也無私恩非孝子也無公義非忠臣也君子不以私害公不以家事辭王事范氏曰臣之事上也必先公而後私君之勞臣也必先恩而後義

○四牡騑騑。嘽嘽音灘駱音落馬。叶滿補反 豈不懷歸。王事靡盬。不遑啓處。賦也嘽嘽衆盛之貌白馬黑鬣曰駱遑暇啓跪處居也

○翩翩音篇者鵻。音佳 載飛載下。叶後五反 集于苞栩。音許 王事靡盬。不遑將父。興也翩翩飛貌鵻夫不也今鵓鳩也凡鳥之短尾者皆鵻屬將養也○翩翩者鵻猶或飛或下而集於所安之處今使人乃勞苦於外而不遑養其父此君人者所以不能自安而深以爲憂也范氏曰忠臣孝子之行役未嘗不念其親君之使臣豈待其勞苦而自傷哉亦憂其憂如已而已矣此聖人所以感人心也

○翩翩者鵻。載飛載止。集于苞杞。音起 王事靡盬。不遑將母。叶滿彼反○興也杞枸檵也

○駕彼四駱。載驟駸駸。音侵 豈不懷歸。是用作歌。將母來諗。音審叶深○賦也駸駸驟貌諗告也以其不獲養父母之情而來告於君也非使人作是歌也設言其情以勞之耳獨言將母者因上章之文也

四牡五章章五句。按序言此詩所以勞使臣之來甚協詩意故春秋傳亦云而外傳以爲章使臣之勤所謂使臣雖叔孫之自稱亦正合其本事也但儀禮又以爲上下通用之樂疑亦本爲勞使臣而作其後乃移以他用耳

皇皇者華。叶芳無反 于彼原隰。駪駪音莘 征夫。每懷靡及。興也皇皇猶煌煌也華草木之華也高平曰原下溼曰隰駪駪衆多疾行之貌征夫使臣與其屬也懷思也○此遣使臣之詩也君之使臣固欲其宣上德而達下情而臣之受命亦惟恐其無以副君之意也故先王之遣使臣也美其行道之勤而述其心之所懷曰彼煌煌之華則于彼原隰矣此駪駪然之征夫則其所懷思常若有所不及矣蓋亦因以爲戒然其辭之婉而不迫如此詩之忠厚亦可見矣

○我馬維駒。六轡如濡。載馳載驅。周爰

咨諏。賦也如霑鮮澤也周徧爰於也咨諏訪問也○使臣自以每懷靡及故廣詢博訪以補其不及而盡其職也程子曰咨訪使臣之大務

○我馬維騏。音其六轡如絲。叶新齎反載馳載驅。周爰咨謀。叶莫悲反○賦也如絲調忍也謀猶諏也變文以協韻耳下章放此

○我馬維駱。六轡沃烏毒反若。載馳載驅。周爰咨度。入聲○賦也沃若猶如濡也度猶謀也

○我馬維駰。音因六轡既均。載馳載驅。周爰咨詢。賦也陰白雜毛曰駰均調也詢猶度也

皇皇者華五章章四句。按序以此詩爲君遣使臣春秋內外傳皆云君教使臣其說已見前篇儀禮亦見鹿鳴疑亦本爲遣使臣而作其後乃移以他用也然叔孫穆子所謂君教使臣曰每懷靡及諏謀度詢必咨於周敢不拜教可謂得詩之意矣范氏曰王者遣使於四方教之以咨諏善道將以廣聰明也夫臣欲助其君之德必求賢以自助故臣能從善則可以善君矣臣能聽諫則可以諫君矣未有不自治而能正君者也

常棣之華。鄂五各反不韡韡。音偉凡今之人。莫如兄弟。待禮反○興也常棣棣也子如櫻桃可食鄂鄂然外見之貌不猶豈不也韡韡光明貌○此燕兄弟之樂歌故言常棣之華則其鄂然而外見者豈不韡韡乎凡今之人則豈有如兄弟者乎

○死喪之威。兄弟孔懷。叶胡威反原隰裒薄侯反矣。兄弟求矣。賦也威畏懷思裒聚也○言死喪之禍他人所畏惡惟兄弟爲相恤耳至於積尸裒聚於原野之閒亦惟兄弟爲相求也此詩蓋周公既誅管蔡而作故此章以下專以死喪急難鬭鬩之事爲言其志切其情哀乃處兄弟之變如孟子所謂其兄關弓而射之則已垂涕泣而道之者序以爲閔管蔡之失道者得之而又以爲文武之詩則誤矣大抵舊說詩之時世皆不足信舉此自相矛盾者以見其一端後不能悉辯也

○脊音積令音零在原。兄弟急難。叶泥沿反每有良朋。況也永歎。音灘叶他涓反○興也脊令雝渠水鳥也況發語辭或曰當作怳○脊令飛則鳴行則搖有急難之意故以起興而言當此之時雖有良朋不過爲之長歎息而已力或不能相及也東萊呂氏曰疏其所親而親其所疏此失其本心者也故此詩反覆言朋友之不如兄弟蓋示之以親疏之分使之反循其本也本心既得則由親及疏秩然有序兄弟之親既篤朋友之義亦敦矣初非薄於朋友也苟雜施而不孫雖曰厚於朋友如無源之水朝滿夕除胡可保哉或曰人之在難朋友亦可以坐視與曰每有良朋況也永歎則非不憂憫但視兄弟急難爲有差等耳詩人之辭容有抑揚然常棣周公作也聖人之言小大高下皆宜而前後左右不相悖

○兄弟鬩許歷反于牆。外禦其務。音侮每有良朋。烝之承反也無戎。叶而主反○賦也鬩鬪狠也禦禁也烝發語聲戎助也○言兄弟設有不幸鬪狠於內然有外侮則同心禦之矣雖有良朋豈

能有所助乎富辰曰兄弟雖有小忿不廢懿親

○喪亂既平。既安且寧。雖有兄弟。不如友生。（叶桑經反○賦也上章言患難之時兄弟相救非朋友可比此章遂言安寧之後乃有視兄弟不如友生者悖理之甚也）

○儐（賓肯反）爾籩豆。飲酒之飫。（於慮反）兄弟既具。和樂（音洛）且孺。（賦也儐陳飫饜具俱也孺小兒之慕父母也○言陳籩豆以醉飽而兄弟有不具焉則無與共享其樂矣）

○妻子好（去聲）合。如鼓瑟琴。兄弟既翕。（音吸）和樂且湛。（音耽叶持林反○賦也翕合也○言妻子好合如琴瑟之和而兄弟有不合焉則無以久其樂矣）

○宜爾室家。（叶古胡反）樂爾妻帑。（音奴）是究是圖。亶其然乎。（賦也帑子究窮圖謀亶信也○宜爾室家者兄弟具而後樂且孺也樂爾妻帑者兄弟翕而後樂且湛也兄弟於人其重如此試以是究而圖之豈不信其然乎東萊呂氏曰告人以兄弟之當親未有不以爲然者也苟非是究是圖實從事於此則亦未有誠知其然者也不誠知其然則所知者特其名而已矣凡學蓋莫不然）

常棣八章。章四句。（此詩首章略言至親莫如兄弟之意次章乃以意外不測之事言之以明兄弟之情其初如此三章但言急難則淺於死喪矣至於四章則又以其情義之甚薄而猶有所不能已者言之其序若曰不待死喪然後相救但有急難便當相助言又不幸而至於或有小忿猶必共禦外侮其所以言之者雖若益輕以約而所以著夫兄弟之義者益深且切矣至於五章遂言安寧之後乃謂兄弟不如友生則是至親反爲路人而人道或幾乎息矣故下兩章乃復極言兄弟之恩異形同氣死生苦樂無適而不相須之意卒章又申告之使反復窮極而驗其信然可謂委曲漸次說盡人情矣讀者宜深味之）

伐木丁丁。（音爭）鳥鳴嚶嚶。（音鶯）出自幽谷。遷于喬木。嚶其鳴矣。求其友聲。相（去聲）彼鳥矣。猶求友聲。矧伊人矣。不求友生。（叶桑經反）神之聽之。終和且平。（興也丁丁伐木聲嚶嚶鳥聲之和也幽深遷升喬高相視矧況也○此燕朋友故舊之樂歌故以伐木之丁丁與鳥鳴之嚶嚶而言鳥之求友遂以鳥之求友喻人之不可無友也人能篤朋友之好則神之聽之終和且平矣）

○伐木許許。（音虎）釃（音師）酒有藇。（音序）既有肥羜。（音苧）以速諸父。寧適不來。微我弗顧。（叶居五反）於（音烏）粲洒（去聲）埽。（去聲叶蘇吼反）陳饋八簋。（叶已有反）既有肥牡。以速諸舅。寧適不來。微我有咎。（興也許許衆人共力之聲淮南子曰舉大木者呼邪許蓋舉重勸力之歌也釃酒者或以筐或以草泲之而去其糟也禮所謂縮酌用茅是也藇美貌羜未成羊也速召也諸父朋友之同姓而尊者也微無顧念也於歎辭粲鮮明貌八簋器之盛也諸舅朋友之異姓而尊者也先諸父而後諸舅者親疎之殺也咎過也○言具酒食以樂朋友如此寧使彼適有故而不來而無使我恩意之不至也孔子曰所求乎朋友先施之未能也此可謂能先施矣○伐

木于阪。叶孚臠反 釃酒有衍。籩豆有踐。上聲 兄弟無遠。民之失德。乾餱音侯 以愆。叶起淺反

有酒湑上聲我。無酒酤音古我。坎坎鼓我。蹲蹲音存舞我。迨音待我暇叶後五反矣。飲此湑矣。

興也衍多也踐陳列貌兄弟朋友之同儕者無遠皆在也先諸舅而後兄弟者尊卑之等也乾餱食之薄者故或但以也愆過也湑亦釃也酤買也坎坎擊鼓聲蹲蹲舞貌迨及也○言人之所以至於失朋友之義者非必有大

乾餱之薄不以分人而至於有愆耳故我於朋友不計有無但及閑暇則飲酒以相樂也

伐木三章。章十二句。劉氏曰此詩每章首輒云伐木凡三云伐木故知當為三章舊作六章誤矣今從其說正之

天保定爾。亦孔之固。俾爾單音丹厚。何福不除。去聲 俾爾多益。以莫不庶。賦也保安也爾指君

也固堅單盡也除除舊而生新也庶衆也○人君以鹿鳴以下五詩燕其臣臣受賜者歌此詩以答其君言天之安定我君使之獲福如此也　○天保定爾。俾爾戩音翦穀。

罄無不宜。受天百祿。降爾遐福。維日不足。賦也聞人氏曰戩與翦同盡也穀善也盡善云者猶其曰單厚多益也罄盡遐遠也爾有以受

天之祿矣而又降爾以福言天人之際交相與也書所謂昭受上帝天其申命用休語意正如此　○天保定爾。以莫不興。如山如阜。如岡

如陵。如川之方至。以莫不增。賦也興盛也高平曰陸大陸曰阜大阜曰陵皆高大之意川之方至言其盛長之未可量也　○吉蠲音涓為

饎。音熾 是用孝享。叶虛良反 禴音藥 祠烝嘗。于公先王。君曰卜爾。萬壽無疆。賦也吉言諏日擇士之善蠲言

齊戒滌濯之潔饎酒食也享獻也宗廟之祭春曰祠夏曰禴秋曰嘗冬曰烝公先公也謂后稷以下至公叔祖類也先王太王以下也君通謂先公先王也卜猶期也此尸傳神意以嘏主人之辭文王時周未有曰先王者此必

武王以後所作也　○神之弔音的矣。詒音怡爾多福。叶筆力反 民之質矣。日用飲食。羣黎百姓。徧為

爾德。賦也弔至也神之至矣猶言祖考來格也詒遺質實也言其質實無偽日用飲食而已羣衆也黎黑也猶秦言黔首也百姓庶民也為爾德者言則而象之猶助爾而為德也　○如月之

恆。如日之升。如南山之壽。不騫音牽 不崩。如松柏之茂。無不爾或承。賦也恆弦升出也月上弦

而就盈日始出而就明騫虧也承繼也言舊葉將落而新葉已生相繼而長茂也

天保六章章六句。

采薇采薇。薇亦作止。叶則故反 曰歸曰歸。歲亦莫止。音暮 靡室靡家。叶古乎反 玁音險 狁音允之故。不遑啟居。玁狁之故。與也薇菜名作生出地也莫晚靡無也玁狁北狄也遑暇啟跪也○此遣戍役之詩以其出戍之時采薇以食而念歸期之遠也故為其自言而以采薇起興曰采薇采薇則薇亦作止矣曰歸曰歸則歲亦莫止矣然凡此所以使我舍其室家而不暇啟居者非上之人故為是以苦我也直以玁狁侵陵之故有所不得已而然耳蓋敘其勤苦悲傷之情而又風以義也程子曰毒民不由其上則人懷敵愾之心矣又曰古者戍役兩朞而還今年春莫行明年夏代者至復留備秋至過十一月而歸又明年中春至春莫遣次戍者每秋與冬初兩番戍者皆在疆圉如今之防秋也 ○采薇采薇。薇亦柔止。曰歸曰歸。心亦憂止。憂心烈烈。載飢載渴。叶巨烈反 我戍未定。靡使歸聘。與也柔始生而弱也烈烈憂貌載則也定止聘問也○言戍人念歸期之遠而憂勞之甚然戍事未已則無人可使歸而問其室家之安否也 ○采薇采薇。薇亦剛止。曰歸曰歸。歲亦陽止。王事靡盬。不遑啟處。憂心孔疚。叶訖力反 我行不來。叶六直反○與也剛既成而剛也陽十月也時純陰用事嫌於無陽故名之曰陽月也孔甚疚病也來歸也此見士之竭力致死無還心也 ○彼爾維何。維常之華。叶芳無反 彼路斯何。君子之車。叶尺奢反 戎車既駕。四牡業業。豈敢定居。一月三捷。與也爾華盛貌常常棣也路戎車也君子謂將帥也業業壯也捷勝也○彼爾然而盛者常棣之華也彼路車者君子之車也戎車既駕而四牡盛矣則何敢以定居乎庶乎一月之閒三戰而三捷爾 ○駕彼四牡。四牡騤騤。求龜反 君子所依。小人所腓。音肥 四牡翼翼。象弭音米 魚服。叶蒲北反 豈不日戒。叶訖力反 玁狁孔棘。賦也騤騤強也依猶乘也腓猶芘也程子曰腓隨動也如足之腓足動則隨而動也翼翼行列整治之狀象弭以象骨飾弓弰也魚獸名似豬東海有之其皮背上斑文腹下純青可為弓鞬矢服也戒警棘急也○言戎車者將帥之所依乘戍役之所芘倚且其行列整治而器械精好如此豈不日相警戒乎玁狁之難甚急誠不可以忘備也 ○昔我往矣。楊柳依依。今我來思。雨去聲 雪霏霏。芳菲反 行道遲遲。載渴載飢。我心傷悲。莫知我哀。

叶於希反○賦也楊柳蒲柳也霏霏雪甚貌遲遲長遠也○此章又設爲役人預自道其歸時之事以見其勤勞之甚也程子曰此皆極道其勞苦憂傷之情也上能察其情則雖勞而不怨雖憂而能勵矣范氏曰予於采薇見先王以人道使人後世則牛羊而已矣

采薇六章。章八句。

我出我車。于彼牧叶莫狄反矣。自天子所。謂我來叶六直反矣。召彼僕夫。謂之載叶節力反矣。王事多難。去聲維其棘矣。賦也牧郊外也自從也天子周王也僕夫御夫也○此勞還率之詩追言其始受命出征之時出車於郊外而語其人曰我受命於天子之所而來於是乎召僕夫使之載其車以行而戒之曰王事多難是行也不可以緩矣

○我出我車。于彼郊音高矣。設此旐音兆矣。建彼旄音毛矣。彼旟音餘旐斯。胡不旆旆。叶蒲寐反憂心悄悄。僕夫況瘁。音悴○賦也郊在牧內蓋前軍已至牧而後軍猶在郊也設陳也龜蛇曰旐建立也旄注旄於旗干之首也鳥隼曰旟鳥隼龜蛇曲禮所謂前朱雀而後玄武也楊氏曰師行之法四方之星各隨其方以爲左右前後進退有度各司其局則士無失伍離次矣旆旆飛揚之貌悄悄憂貌況茲也或云當作怳○言出車在郊建設旗幟彼旗幟者豈不旆旆而飛揚乎但將帥方以任大責重爲憂而僕夫亦爲之恐懼而憔悴耳東萊呂氏曰古者出師以喪禮處之命下之日士皆泣涕夫子之言行三軍亦曰臨事而懼皆此意也

○王命南仲。往城于方。出車彭彭。叶鋪郎反旂旐央央。天子命我。城彼朔方。赫赫南仲。玁狁于襄。賦也王周王也南仲此時大將也方朔方今靈夏等州之地彭彭衆盛貌交龍爲旂此所謂左青龍也央央鮮明也赫赫威名光顯也襄除也或曰上也與懷山襄陵之襄同言勝之也○東萊呂氏曰大將傳天子之命以令軍衆於是車馬衆盛旂旐鮮明威靈氣焰赫然動人矣兵事以哀敬爲本而所尙則威二章之戒懼三章之奮揚並行而不相悖也程子曰城朔方而玁狁之難除禦戎狄之道守備爲本不以攻戰爲先也

○昔我往矣。黍稷方華。叶芳無反今我來思。雨雪載塗。王事多難。不遑啟居。豈不懷歸。畏此簡書。賦也華盛也塗凍釋而泥塗也簡書戒命也鄰國有急則以簡書相戒命也或曰簡書策命臨遣之辭也○此言其既歸在塗而本其往時所見與今還時所遭以見其出之久也東萊呂氏曰采薇之所謂往遣戍時也此詩之所謂往在道時也采薇之所謂來戍畢時也此詩之所謂來歸而在道時也

○喓喓音腰草蟲。趯趯音剔阜螽。未見君子。憂心忡忡。音充既見君子。我心則降。音杭叶胡攻反赫赫南仲。薄伐西

戎。賦也此言將帥之出征也其室家感時物之變而念之以爲未見而憂之如此必旣見然後心可降耳然此南仲今何在乎方往伐西戎而未歸也豈旣卻玁狁而還師以伐昆夷也與薄之爲言聊也蓋不勞餘力矣

○春日遲遲。卉音諱木萋萋。音妻倉庚喈喈。音皆叶居奚反采蘩祁祁。執訊音信獲醜。薄言還音旋歸。赫赫南仲。玁狁于夷。賦也卉草也萋萋盛貌倉庚黃鸝也喈喈聲之和也訊其魁首當訊問者也醜徒衆也夷平也○歐陽氏曰述其歸時春日暄妍草木榮茂而禽鳥和鳴於此之時執訊獲醜而歸豈不樂哉鄭氏曰此詩亦伐西戎獨言平玁狁者玁狁大故以爲始以爲終

出車六章章八句。

有杕音第之杜。有睆音莞其實。王事靡盬。繼嗣我日。日月陽止。女心傷止。征夫遑止。賦也睆實貌嗣續也陽十月也遑暇也○此勞還役之詩故追述其未還之時室家感於時物之變而思之曰特生之杜有睆其實則秋冬之交矣而征夫以王事出乃以日繼日而無休息之期至於十月可以歸而猶不至故女心悲傷而曰征夫亦可以暇矣曷爲而不歸哉或曰與也下章放此

○有杕之杜。其葉萋萋。王事靡盬。我心傷悲。卉木萋止。女心悲止。征夫歸止。賦也萋萋盛貌春將暮之時也歸止可以歸也

○陟彼北山。言采其杞。王事靡盬。憂我父母。叶滿洧反檀車幝幝。音闡四牡痯痯。音管叶古轉反征夫不遠。賦也檀木堅宜爲車幝幝敝貌痯痯罷貌○登山采杞則春已暮而杞可食矣蓋託以望其君子而念其以王事詒父母之憂也然檀車之堅而敝矣四牡之壯而罷矣則征夫之歸亦不遠矣

○匪載匪來。叶六直反憂心孔疚。叶訖力反期逝不至。叶朱力反而多爲恤。卜筮偕叶舉里反止。會言近叶渠紀反止。征夫邇止。賦也載裝疚病逝往恤憂偕俱會合也○言征夫不裝載而來歸固已使我念之而甚病矣況歸期已過而猶不至則使我多爲憂恤宜如何哉故且卜且筮相襲俱作合言於繇而皆曰近矣則征夫其亦邇而將至矣范氏曰以卜筮終之言思之切而無所不爲也

杕杜四章章七句。鄭氏曰遣將帥及戍役同歌同時欲其同心也反而勞之異歌異日殊尊卑也記曰賜君子小人不同日此其義也王氏曰出而用兵則均服同食一衆心也入而振旅則殊尊卑辨貴賤定衆志也范氏曰出車勞率故美其功杕杜勞衆故極其情先王以己之心爲人之心故能曲盡其情使民忘其死以忠於上也

南陔。此笙詩也有聲無辭舊在魚麗之後以儀禮考之其篇次當在此今正之說見華黍

鹿鳴之什十篇。一篇無辭。凡四十六章。二百九十七句。

白華之什二之二。毛公以南陔以下三篇無辭故升魚麗以足鹿鳴什數而附笙詩三篇於其後因以南有嘉魚爲次什之首今悉依儀禮正之

白華。笙詩也說見上下篇

華黍。亦笙詩也鄉飲酒禮鼓瑟而歌鹿鳴四牡皇皇者華然後笙入堂下磬南北面立樂南陔白華華黍燕禮亦鼓瑟而歌鹿鳴四牡皇華然後笙入立于縣中奏南陔白華華黍南陔以下今無以考其名篇之義然曰笙曰樂曰奏而不言歌則有聲而無辭明矣所以知其篇第在此者意古經篇題之下必有譜焉如投壺魯鼓薛鼓之節而亡之耳

魚麗音離于罶。音柳與酒叶 鱨音常鯊。音沙叶蘇何反 君子有酒。旨且多。興也麗歷也罶以曲薄爲笱而承梁之空者也鱨揚也今黃頰魚是也似燕頭魚身形厚而長大頰骨正黃魚之大而有力解飛者鯊鮀也魚狹而小常張口吹沙故又名吹沙君子指主人旨且多旨而又多也○此燕饗通用之樂歌即燕饗所薦之羞而極道其美且多見主人禮意之勤以優賓也或曰賦也下二章放此 ○魚麗于罶。魴鱧。音禮 君子有酒。多且旨。興也鱧鮦也又曰鯇也 ○魚麗于罶。鰋音偃鯉。君子有酒。旨且有。叶羽已反○興也鰋鮎也有猶多也 ○物其多矣。維其嘉矣。叶居何反○賦也 ○物其旨矣。維其偕叶舉里反矣。賦也 ○物其有叶羽已反矣。維其時叶上紙反矣。賦也蘇氏曰多則患其不嘉旨則患其不齊有則患其不時今多而能嘉旨而能齊有而能時言曲全也

魚麗六章。三章章四句。三章章二句。按儀禮鄉飲酒及燕禮前樂既畢皆閒歌魚麗笙由庚歌南有嘉魚笙崇丘歌南山有臺笙由儀閒代也言一歌一吹也然則此六者蓋一時之詩而皆爲燕饗賓客上下通用之樂毛公分魚麗以足前什而說者不察遂分魚麗以上爲文武詩嘉魚以下爲成王詩其失甚矣

由庚。此亦笙詩說見魚麗

南有嘉魚。烝然罩罩。音笊 君子有酒。嘉賓式燕以樂。音洛叶五教反○興也南謂江漢之閒嘉魚鯉質鱒鯽肌肉甚美出於沔

用之丙穴烝然發語聲也罩篧也編細竹以罩魚者也重言罩罩非一之辭也○此亦燕饗通用之樂故其辭曰南有嘉魚則必烝然而罩罩之矣君子有酒則必與嘉賓共之而式燕以樂矣此亦因所薦之物而道達主人樂賓之意也

○南有嘉魚。烝然汕汕。音訕君子有酒。嘉賓式燕以衎。音看○興也汕樔也以薄汕魚也衎樂也

○南有樛音鳩木。甘瓠音護纍音雷之。君子有酒。嘉賓式燕綏之。興也○東萊呂氏曰瓠有甘有苦甘瓠則可食者也樛木下垂而美實纍之固結而不可解也愚謂此興之取義者似比而實興也

○翩翩者鵻。之誰反烝然來叶六直反思。君子有酒。嘉賓式燕又叶夷昔反思。興也此興之全不取義者也思語辭也又既燕而又燕以見其至誠有加而無已也或曰又思言其又思念而不忘也

南有嘉魚四章。章四句。說見魚麗

崇丘。說見魚麗

南山有臺。叶田飴反北山有萊。叶陵之反樂音洛只音紙君子。邦家之基。樂只君子。萬壽無期。興也臺夫須即莎草也萊草名葉香可食者也君子指賓客也○此亦燕饗通用之樂故其辭曰南山則有臺矣北山則有萊矣樂只君子則邦家之基矣樂只君子則萬壽無期矣所以道達主人尊賓之意美其德而祝其壽也

○南山有桑。北山有楊。樂只君子。邦家之光。樂只君子。萬壽無疆。興也

○南山有杞。北山有李。樂只君子。民之父母。叶滿彼反樂只君子。德音不已。興也杞樹如樗一名狗骨

○南山有栲。音考叶音口北山有杻。音紐樂只君子。遐不眉壽。叶直酉反樂只君子。德音是茂。叶莫口反○興也栲山樗杻檍也遐何通眉壽秀眉也

○南山有枸。音矩北山有楰。音庾樂只君子。遐不黃耇。音苟叶果五反樂只君子。保艾五蓋反爾後。叶下五反○興也枸枳枸樹高大似白楊有子著枝端大如指長數寸噉之甘美如飴八月熟亦名木蜜楰鼠梓樹葉木理如楸亦名苦楸黃老人髮復黃也耇老人面凍梨色如浮垢也保安艾養也

南山有臺五章。章六句。說見魚麗

由儀。（說見魚麗）

蓼（音六）彼蕭斯。零露湑（上聲）兮。既見君子。我心寫（叶想羽反）兮。燕笑語兮。是以有譽處兮。（興也蓼長大貌蕭蒿也湑湑然蕭上露貌君子指諸侯也寫輸寫也燕謂燕飲譽善聲也處安樂也蘇氏曰譽豫通凡詩之譽皆言樂也亦通○諸侯朝於天子天子與之燕以示慈惠故歌此詩言蓼彼蕭斯則零露湑然矣既見君子則我心輸寫而無留恨矣是以燕笑語而有譽處也其曰既見蓋於其初燕而歌之也）○蓼彼蕭斯。零露瀼瀼。（音穰）既見君子。爲龍爲光。其德不爽。（叶師莊反）壽考不忘。（興也瀼瀼露蕃貌龍寵也爲龍爲光喜其德之辭也爽差也其德不爽則壽考不忘矣褒美而祝頌之又因以勸戒之也）

○蓼彼蕭斯。零露泥泥。（音你）既見君子。孔燕豈弟。宜兄宜弟。令德壽豈。（音愷叶去禮反○興也泥泥露濡貌孔甚豈樂弟易也宜兄宜弟猶曰宜其家人蓋諸侯繼世而立多疑忌其兄弟如晉詛無畜羣公子秦鍼懼選之類故以宜兄宜弟美之亦所以警戒之也壽豈壽而且樂也）○蓼彼蕭斯。零露濃濃。（音農）既見君子。鞗（音條）革沖沖。（音蟲）和鸞雝雝。萬福攸同。（興也濃濃厚貌鞗轡也革轡首也馬轡所把之外有餘而垂者也沖沖垂貌和鸞皆鈴也在軾曰和在鑣曰鸞皆諸侯車馬之飾也庭燎亦以君子目諸侯而稱其鸞旂之美正此類也攸所同聚也）

蓼蕭四章。章六句。

湛湛（上聲）露斯。匪陽不晞。（音希）厭厭（平聲）夜飲。不醉無歸。（興也湛湛露盛貌陽日晞乾也厭厭安也亦久也足也夜飲私燕也燕禮宵則兩階及庭門皆設大燭焉○此亦天子燕諸侯之詩言湛湛露斯非日則不晞以興厭厭夜飲不醉則不歸蓋於其夜飲之終而歌之也）○湛湛露斯。在彼豐草。厭厭夜飲。在宗載考。（興也豐茂也夜飲必於宗室蓋路寢之屬也考成也）○湛湛露斯。在彼杞棘。顯允君子。莫不令德。（興也顯明允信也君子指諸侯爲賓者也令善也令德謂其飲多而不亂德足以將之也）○其桐其椅。（音醫）其實離離。豈弟君子。莫不令儀。（興也離離垂也令儀言醉而不喪其威儀也）

湛露四章。章四句。（春秋傳寧武子曰諸侯朝正於王王宴樂之於是賦湛露曾氏曰前兩章言厭厭夜飲後兩章言令德令儀雖過三爵亦可謂不繼以淫矣）

白華之什十篇。五篇無辭。凡二十三章。一百四句

詩經卷之五

朱熹集傳

彤弓之什二之三

彤弓弨音超兮受言藏之我有嘉賓中心貺叶虛王反之鐘鼓既設一朝饗叶虛良反之賦也彤弓朱弓也弨弛貌貺與也大飲賓曰饗○此天子燕有功諸侯而錫以弓矢之樂歌也東萊呂氏曰受言藏之言其重也弓人所獻藏之王府以待有功不敢輕與人也中心貺之言其誠也中心實欲貺之非由外也一朝饗之言其速也以王府寶藏之弓一朝舉以畀人未嘗有遲留顧惜之意也後世視府藏爲己私分至有以武庫兵賜弄臣者則與受言藏之者異矣賞賜非出於利誘則迫於事勢至有朝賜鐵券而暮屠戮者則與中心貺之者異矣屯膏吝賞功臣解體至有印刓而不忍予者則與一朝饗之者異矣○彤弓弨兮受言載叶子利反之我有嘉賓中心喜叶去聲之鐘鼓既設一朝右音又叶于記反之賦也載抗之也喜樂也右勸也尊也○彤弓弨兮受言櫜音高叶古號反之我有嘉賓中心好去聲之鐘鼓既設一朝醻音酬叶大到反之賦也櫜韜好說醻報也飲酒之禮主人獻賓賓酢主人主人又酌自飲而遂酌以飲賓謂之醻醻猶厚也勸也

彤弓三章章六句春秋傳寗武子曰諸侯敵王所愾而獻其功於是乎賜之彤弓一彤矢百玈弓矢千以覺報宴注曰愾恨怒也覺明也謂諸侯有四夷之功王賜之弓矢又爲歌彤弓以明報功宴樂鄭氏曰凡諸侯賜弓矢然後專征伐東萊呂氏曰所謂專征者如四夷入邊臣子簒弒不容待報者其他則九伐之法乃大司馬所職非諸侯所專也與後世强臣拜表輒行者異矣

菁菁音精者莪在彼中阿既見君子樂音洛且有儀叶五何反○興也菁菁盛貌莪蘿蒿也中阿阿中也大陵曰阿君子指賓客也○此亦燕飲賓客之詩言菁菁者莪則在彼中阿矣既見君子則我心喜樂而有禮儀矣或曰以菁菁者莪比君子容貌威儀之盛也下章放此○菁菁者莪在彼中沚音止既見君子我心則喜興也中沚沚中也喜樂也○菁菁者莪在彼中陵既見君子錫我百朋興也中陵陵中也古者貨貝五貝爲朋錫我百朋者見之而喜如得重貨之多也○汎汎芳劍反楊舟載沈載浮既見君子我心則

休。比也楊舟楊木爲舟也載則也載沈載浮猶言載淸載濁載馳載驅之類以比未見君子而心不定也休者休休然言安定也

菁菁者莪四章章四句。

六月棲棲。音西戎車既飭。音敕四牡騤騤。音逵載是常服。叶蒲北反玁狁孔熾。我是用急。叶音棘王于出征。以匡王國。叶于逼反○賦也六月建未之月也棲棲猶皇皇不安之貌戎車兵車也飭整也騤騤强貌常服戎事之常服以韎韋爲弁又以爲衣而素裳白舄也玁狁卽獫狁北狄也孔甚熾盛匡正也○成康既沒周室寖衰八世而厲王胡暴虐周人逐之出居于彘玁狁內侵逼近京邑王崩子宣王靖卽位命尹吉甫帥師伐之有功而歸詩人作歌以序其事如此司馬法冬夏不興師今乃六月而出師者以玁狁甚熾其事危急故不得已而王命於是出征以正王國也

○比去聲物四驪。閑之維則。維此六月。既成我服。叶蒲北反我服既成。于三十里。王于出征。以佐天子。叶奬里反○賦也比物齊其力也凡大事祭祀朝覲會同毛馬而頒之凡軍事物馬而頒之毛馬齊其色物馬齊其力吉事尚文武事尚强也則法也服戎服也三十里一舍也古者吉行日五十里師行日三十里○既比其物而曰四驪則其色又齊可以見馬之有餘矣閑習之而皆中法則又可以見敎之有素矣於是此月之中卽成我服既成我服卽日引道不徐不疾盡舍而止又見其應變之速從事之敏而不失其常度也王命於此而出征欲其有以敵王所愾而佐天子耳

○四牡脩廣。其大有顒。玉容反薄伐玁狁。以奏膚公。有嚴有翼。共音恭武之服。叶蒲北反共武之服。以定王國。叶于逼反○賦也脩長廣大也顒大貌奏薦膚大公功嚴威翼敬也共與供同服事也言將帥皆嚴敬以共武事也

○玁狁匪茹。音孺整居焦穫。音護侵鎬音浩及方。至于涇陽。織音志文鳥章。白旆央央。於良反元戎十乘。去聲以先啓行。叶戶郎反○賦也茹度整齊也焦穫鎬方皆地名焦未詳所在穫郭璞以爲瓠中則今在耀州三原縣也鎬劉向以爲千里之鎬則非鎬京之鎬矣亦未詳其所在也方疑卽朔方也涇陽涇水之北在豐鎬之西北言其深入爲寇也織幟字同鳥章鳥隼之章也白旆繼旐者也央央鮮明貌元大也戎戎車也軍之前鋒也啓開行道也猶言發程也○言玁狁不自度量深入爲寇如此是以建此旌旗選鋒銳進擊其罪而致討焉直而壯律而臧有所不戰戰必勝矣

○戎車既安。叶於連反如輊音致如軒。四牡既佶。音吉既佶且閑。叶胡田反薄伐玁狁。至於大音泰原。文武吉甫。萬邦爲憲。叶許言反○賦也輊車之覆而前也軒車之卻而後也凡車從後視之如輊從前視之如軒然後適調也佶壯健貌大原地名亦曰大鹵

今在大原府陽曲縣至于大原言逐出之而已不窮追也先王治戎狄之法如此吉甫尹吉甫此時大將也憲法也非文無以附衆非武無以威敵能文能武則萬邦以之爲法矣○吉甫燕喜。既多受祉。來歸自鎬。我行永久。叶舉里反飲去聲御諸友。叶羽已反炰音庖鼈膾鯉。侯誰在矣。張仲孝友。叶同上○賦也祉福御進侯維也張仲吉甫之友也善父母曰孝善兄弟曰友○此言吉甫燕飲喜樂多受福祉蓋以其歸自鎬而行永久也是以飲酒進饌於朋友而孝友之張仲在焉言其所與宴者之賢所以賢吉甫而善是燕也

六月六章。章八句。

薄言采芑。音起于彼新田。于此菑音緇畝。叶每彼反方叔涖音利止。其車三千。師干之試。方叔率止。叶詩止反乘其四騏。四騏翼翼。路車有奭。音肸簟音第茀音弗魚服。叶蒲北反鉤膺鞗音條革。叶訖力反○興也芑苦菜也青白色摘其葉有白汁出肥可生食亦可蒸爲茹卽今苦藚菜宜馬食軍行采之人馬皆可食也田一歲曰菑二歲曰新田三歲曰畬方叔宣王卿士受命爲將者也涖臨也其車三千法當用三十萬衆蓋兵車一乘甲士三人步卒七十二人又二十五人將重車在後凡百人也然此亦極其盛而言未必實有此數也師衆干扞也試肄習也言衆且練也率總率之也翼翼順序貌路車戎路也奭赤貌簟茀以方文竹簟爲車蔽也鉤膺馬婁頷有鉤而在膺有樊有纓也樊馬大帶纓鞅也鞗革見蓼蕭篇○宣王之時蠻荊背叛王命方叔南征軍行采芑而食故賦其事以起興曰薄言采芑則于彼新田于此菑畝矣方叔涖止則其車三千師干之試矣又遂言其車馬之美以見軍容之盛也

○薄言采芑。于彼新田。于此中鄉。方叔涖止。其車三千。旂旐央央。方叔率止。約軧音祇錯衡。叶戶郎反八鸞瑲瑲。音倉服其命服。朱芾音弗斯皇。有瑲葱珩。音衡叶戶郎反○興也中鄉民居其田尤治約束軧轂也以皮纏束兵馬之轂而朱之也錯文也鈴在鑣曰鸞馬口兩旁各一四馬故八也瑲瑲聲也命服天子所命之服也朱芾黃朱之芾也皇猶煌煌也瑲玉聲葱蒼色如葱者也珩佩首橫玉也禮三命赤芾葱珩

○鴥音聿彼飛隼。息允反其飛戾天。亦集爰止。方叔涖止。其車三千。師干之試。方叔率止。鉦音征人伐鼓。陳師鞠音菊旅。顯允方叔。伐鼓淵淵。叶於巾反振旅闐闐。音田叶徒鄰反○興也隼鷂屬急疾之鳥也戾至爰於也鉦鐃也鐲也伐擊也鉦以靜之鼓以動之鉦鼓各有人而言鉦人伐鼓互文也鞠告也二千五百人爲師五百人爲

旅此言將戰陳其師旅而誓告之也陳師鞠旅亦互文耳淵淵鼓聲平和不暴怒也謂戰時進士衆也振止旅衆也言戰罷而止其衆以入也春秋傳曰出曰治兵入曰振旅是也闐闐亦鼓聲也或曰盛貌程子曰振旅亦以鼓行金止○言隼飛戾天而亦集於所止以與師衆之盛而進遠有節如下文所云也

○蠢爾蠻荊。大邦爲讎。方叔元老。克壯其猶。方叔率止。執訊音信獲醜。叶尺由反 戎車嘽嘽。音灘 嘽嘽焞焞。音推 如霆如雷。顯允方叔。征伐玁狁。蠻荊來威。叶音隈○賦也蠢者動而無知之貌蠻荊荊州之蠻也大邦猶言中國也元大猶謀也言方叔雖老而謀則壯也嘽嘽衆也焞焞盛也霆疾雷也方叔蓋嘗與於北伐之功者是以蠻荊聞其名而皆來畏服

采芑四章。章十二句。

我車既攻。我馬既同。四牡龐龐。音籠 駕言徂東。賦也攻堅同齊也傳曰宗廟齊毫尚純也戎事齊力尚強也田獵齊足尚疾也龐龐充實也東東都洛邑也○周公相成王營洛邑爲東都以朝諸侯周室既衰久廢其禮至于宣王內脩政事外攘夷狄復文武之竟土脩車馬備器械復會諸侯於東都因田獵而選車徒焉故詩人作此以美之首章汎言將往東都也

○田車既好。叶許厚反 四牡孔阜。東有甫草。叶此苟反 駕言行狩。叶始苟反○賦也田車田獵之車好善也阜盛大也甫草甫田也後爲鄭地今開封府中弁縣西圃田澤是也宣王之時未有鄭國圃田屬東都畿內故往田也○此章指言將往狩于圃田也

○之子于苗。叶音毛 選徒囂囂。音翺 建旐設旄。搏音博 獸于敖。賦也之子有司也苗狩獵之通名也選數也囂囂聲衆盛也數車徒者其聲囂囂則車徒之衆可知且車徒不譁而惟數者有聲又見其靜治也敖近滎陽地名也○此章言至東都而選徒以獵也

○駕彼四牡。四牡奕奕。赤芾金舃。會同有繹。賦也奕奕連絡布散之貌赤芾諸侯之服金舃赤舃而加金飾亦諸侯之服也時見曰會殷見曰同繹陳列聯屬之貌也○此章言諸侯來會朝於東都也

○決拾既佽。音次與柴叶 弓矢既調。讀如同與同叶 射夫既同。助我舉柴。音恣○賦也決以象骨爲之著於右手大指所以鉤弦開體拾以皮爲之著於左臂以遂弦故亦名遂佽比也調謂弓強弱與矢輕重相得也射夫蓋諸侯來會者同協也柴說文作掌謂積禽也使諸侯之人助而舉之言獲多也○此章言既會同而田獵也

○四黃既駕。兩驂不猗。音意叶於箇反 不失其馳。叶徒臥反 舍音捨 矢如破。叶普過反○賦也猗偏倚不正也馳驅馳之法也舍矢如破巧而力也蘇氏曰不善射御者詭遇則獲不然不能也今御者不失其馳驅之法而射者舍矢如破則可謂善射御矣

○此章言田獵而見其射御之善也

○蕭蕭馬鳴。悠悠旆旌。徒御不驚。大庖不盈。賦也蕭蕭悠悠皆閑暇之貌徒步卒也御車御也驚如漢書夜軍中驚之驚不驚言比卒事不喧譁也大庖君庖也不盈言取之有度不極欲也蓋古者田獵獲禽面傷不獻踐毛不獻不成禽不獻擇取三等自左膘而射之達於右腢為上殺以為乾豆奉宗廟達右耳本者次之以為賓客射左髀達於右䯚為下殺以充君庖每禽取三十焉每等得十其餘以與士大夫習射於澤宮中者取之是以獲雖多而君庖不盈也張子曰饌雖多而無餘者均及於衆而有法耳凡事有法則何患乎不均也舊說不驚驚也不盈盈也亦通○此章言其終事嚴而頒禽均也

○之子于征。有聞音問無聲。允矣君子。展也大成。賦也允信展誠也聞師之行而不聞其聲言至肅也信矣其君子也誠哉其大成也○此章總敘其事之始終而深美之

車攻八章章四句。以五章以下考之恐當作四章章八句

吉日維戊。叶莫口反既伯既禱。叶丁口反田車既好。叶許口反四牡孔阜。升彼大阜。從其羣醜。賦也戊剛日也伯馬祖也謂天駟房星之神也醜衆也謂禽獸之羣衆也○此亦宣王之詩言田獵將用馬力故以吉日祭馬祖而禱之既祭而車牢馬健於是可以歷險而從禽也以下章推之是日也其戊辰與

○吉日庚午。既差我馬。叶滿補反獸之所同。麀音憂鹿麌麌。音語漆沮平聲之從。天子之所。賦也庚午亦剛日也差擇齊其足也同聚也鹿牝曰麀麌麌衆多也漆沮水名在西都畿內涇渭之北所謂洛水今自延韋流入鄜坊至同州入河也○戊辰之日既禱矣越三日庚午遂擇其馬而乘之視獸之所聚麀鹿最多之處而從之惟漆沮之旁為盛宜為天子田獵之所也

○瞻彼中原。其祁孔有。叶羽已反儦儦音標俟俟。叶于紀反或羣或友。叶羽已反悉率左右。叶羽已反以燕天子。叶奬里反○賦也中原原中也祁大也趣則儦儦行則俟俟獸三曰羣二曰友燕樂也○言從王者視彼禽獸之多於是率其同事之人各共其事以樂天子也

○既張我弓。既挾我矢。發彼小豝。音巴殪音意此大兕。以御賓客。且以酌醴。賦也發發矢也豕牝曰豝一矢而死曰殪兕野牛也言能中微而制大也御進也醴酒名周官五齊二曰醴齊注曰醴成而汁滓相將如今甜酒也○言射而獲禽以為俎實進於賓客而酌醴也

吉日四章章六句。東萊呂氏曰車攻吉日所以為復古者何也蓋蒐狩之禮可以見王賦之復焉可以見軍實之盛焉可以見師律之嚴焉可以見上下之情焉可以見綜理之周焉欲明文武之功業者此亦足以觀矣

鴻鴈于飛。肅肅其羽。之子于征。劬勞于野。叶上與反 爰及矜人。哀此鰥寡。叶果五反○興也大曰鴻小曰雁肅肅羽聲也之子流民自相謂也征行也劬勞病苦也矜憐也老而無妻曰鰥老而無夫曰寡○舊說周室中衰萬民離散而宣王能勞來還定安集之故流民喜之而作此詩追敘其始而言曰鴻雁于飛則肅肅其羽矣之子于征則劬勞于野矣且其劬勞者皆鰥寡可哀憐之人也然今亦未有以見其爲宣王之詩後三篇放此 ○鴻鴈于飛。集于中澤。叶徒洛反 之子于垣。音袁 百堵皆作。雖則劬勞。其究安宅。叶達各反○興也中澤澤中也一丈爲板五板爲堵究終也○流民自言鴻雁集于中澤以興己之得其所止而築室以居今雖勞苦而終獲安定也 ○鴻鴈于飛。哀鳴嗷嗷。音翱 維此哲人。謂我劬勞。維彼愚人。謂我宣驕。叶音高○比也流民以鴻雁哀鳴自比而作此歌也哲知宣示也知者聞我歌知其出於劬勞不知者謂我閒暇而宣驕也韓詩云勞者歌其事魏風亦云我歌且謠不知我者謂我士也驕大抵歌多出於勞苦而不知者常以爲驕也

鴻鴈三章。章六句。

夜如何其。音基 夜未央。庭燎之光。君子至止。鸞聲將將。音槍○賦也其語辭央中也庭燎大燭也諸侯將朝則司烜以物百枚并而束之設於門內也君子諸侯也將將鸞鑣聲○王將起視朝不安於寢而問夜之早晚曰夜如何哉夜雖未央而庭燎光矣朝者至而聞其鸞聲矣 ○夜如何其。夜未艾。叶音乂 庭燎晣晣。音制與艾叶 君子至止。鸞聲噦噦。音諱○賦也艾盡也晣晣小明也噦噦近而聞其徐行聲有節也 ○夜如何其。夜鄉音向 晨。庭燎有煇。音熏 君子至止。言觀其旂。叶渠斤反○賦也鄉晨近曉也煇火氣也天欲明而見其煙光相雜也既至而觀其旂則辨色矣

庭燎三章。章五句。

沔音免 彼流水。朝音潮 宗于海。叶虎洧反 鴥惟必反 彼飛隼。載飛載止。嗟我兄弟。邦人諸友。叶羽軌反 莫肯念亂。誰無父母。叶滿洧反○興也沔水流滿也諸侯春見天子曰朝夏見曰宗○此憂亂之詩言流水猶朝宗於海飛隼猶或有所止而我之兄弟諸友乃無肯念

亂者誰獨無父母乎亂則憂或及之是豈可以不念哉

○沔彼流水。其流湯湯。音傷鴥彼飛隼。載飛載揚。念彼不蹟。音迹載起載行。叶戶郎反心之憂矣。不可弭忘。興也湯湯波流盛貌不蹟不循道也載起載行言憂念之深不遑寧處也弭止也水盛隼揚以興憂念之不能忘也

○鴥彼飛隼。率彼中陵。民之訛言。寧莫之懲。我友敬矣。讒言其興。興也率循訛僞懲止也○隼之高飛猶循彼中陵而民之訛言乃無懲止之者然我之友誠能敬以自持矣則讒言何自而興乎始憂於人而卒反諸己也

沔水三章。二章章八句。一章六句。疑當作三章章八句卒章脫前兩句耳

鶴鳴于九皐。聲聞音問于野。叶上與反魚潛在淵。或在于渚。樂音洛彼之園。爰有樹檀。叶徒沿反其下維蘀。音託他山之石。可以爲錯。入聲○比也鶴鳥名長頸竦身高脚頂赤身白頸尾黑其鳴高亮聞八九里皐澤中水溢出所爲坎從外數至九喩深遠也蘀落也錯礪石也○此詩之作不可知其所由然必陳善納誨之辭也蓋鶴鳴于九皐而聲聞于野言誠之不可揜也魚潛在淵而或在于渚言理之無定在也園有樹檀而其下維蘀言愛當知其惡也他山之石而可以爲錯言憎當知其善也由是四者引而伸之觸類而長之天下之理其庶幾乎

○鶴鳴于九皐。聲聞于天。叶鐵因反魚在于渚。或潛在淵。叶一均反樂彼之園。爰有樹檀。其下維穀。他山之石。可以攻玉。比也穀一名楮惡木也攻錯也○程子曰玉之溫潤天下之至美也石之麤厲天下之至惡也然兩玉相磨不可以成器以石磨之然後玉之爲器得以成焉猶君子之與小人處也橫逆侵加然後脩省畏避動心忍性增益預防而義理生焉道德成焉吾聞諸邵子云

鶴鳴二章。章九句。

彤弓之什十篇。四十章。二百五十九句。疑脫兩句當爲二百六十一句

祈父之什二之四

祈父。音甫予王之爪牙。叶五胡反胡轉予于恤。靡所止居。賦也祈父司馬也職掌封圻之兵甲故以爲號酒誥曰圻父薄違是也予六軍

之士也或曰司右虎賁之屬也爪牙鳥獸所用以爲威者也恤憂也○軍士怨於久役故呼祈父而告之曰予乃王之爪牙汝何轉我於憂恤之地使我無所止居乎

○祈父。予王之爪士。胡轉予于恤。靡所底音抵止。賦也爪士爪牙之士也底至也

○祈父。亶不聰。胡轉予于恤。有母之尸饔。賦也亶誠尸主也饔熟食也言不得奉養而使母反主勞苦之事也○東萊呂氏曰越句踐伐吳有父母耆老而無昆弟者皆遣歸魏公子無忌救趙亦令獨子無兄弟者歸養則古者有親老而無兄弟其當免征役必有成法故責司馬之不聰其意謂此法人皆聞之汝獨不聞乎乃驅吾從戎使吾親不免薪水之勞也責司馬者不敢斥王也

祈父三章。章四句。序以爲刺宣王之詩說者又以爲宣王三十九年戰于千畝王師敗績于姜氏之戎故軍士怨而作此詩東萊呂氏曰太子晉諫靈王之辭曰自我先王厲宣幽平而貪天禍至于今未弭宣王中興之主也至與幽厲並數之其辭雖過觀是詩所刺則子晉之言豈無所自歟但今考之詩文未有以見其必爲宣王耳下章放此

皎皎白駒。食我場苗。縶音執之維之。以永今朝。所謂伊人。於焉逍遙。賦也皎皎潔白也駒馬之未壯者謂賢者所乘也場圃也縶絆其足維繫其靷也永久也伊人指賢者也逍遙遊息也○爲此詩者以賢者之去而不可留也故託以其所乘之駒食我場苗而縶維之庶幾以永今朝使其人得以於此逍遙而不去若後人留客而投其轄於井中也

○皎皎白駒。食我場藿。音霍縶之維之。以永今夕。叶祥龠反所謂伊人。於焉嘉客。叶克各反○賦也藿猶苗也夕猶朝也嘉客猶逍遙也

○皎皎白駒。賁音奔然來。音閟思。叶云俱反爾公爾侯。叶洪孤反逸豫無期。愼爾優游。叶汪胡反勉爾遁思。叶新齎反○賦也賁然光采之貌也或以爲來之疾也思語辭也爾指乘駒之賢人也愼勿過也勉毋決也遁思猶言去意也○言此乘白駒者若其肯來則以爾爲公以爾爲侯而逸樂無期矣猶言橫來大者王小者侯也豈可以過於優游決於遁思而終不我顧哉蓋愛之切而不知好爵之不足縻留之苦而不恤其志之不得遂也

○皎皎白駒。在彼空谷。生芻楚俱反一束。其人如玉。毋金玉爾音。而有遐心。賦也賢者必去而不可留矣於是歎其乘白駒入空谷束生芻之秣之而其人以德美如玉也蓋已邈乎其不可親矣然猶冀其相聞而無絕也故語之曰毋貴重爾之音聲而有遠我之心也

白駒四章。章六句。

黃鳥黃鳥。無集于穀。無啄音卓我粟。此邦之人。不我肯穀。言旋言歸。復我邦

族。比也穀木名穀善旋回復反也○民適異國不得其所故作此詩託爲呼其黃鳥而告之曰爾無集于穀而啄我之粟苟此邦之人不以善道相與則我亦不久於此而將歸矣 ○黃鳥黃鳥。無集于桑。無啄我粱。此邦之人。不可與明。叶謨郎反 言旋言歸。復我諸兄。叶虛王反○比也 ○黃鳥黃鳥。無集于栩。音許 無啄我黍。此邦之人。不可與處。言旋言歸。復我諸父。比也

黃鳥三章。章七句。東萊呂氏曰宣王之末民有失所者意他國之可居也及其至彼則又不若故鄉焉故思而欲歸使民如此亦異於還定安集之時矣今按詩文未見其爲宣王之世下篇亦然

我行其野。蔽芾音沸其樗。音樞 昏姻之故。言就爾居。爾不我畜。復我邦家。叶古胡反○賦也樗惡木也壻之父婦之父相謂曰昏姻畜養也○民適異國依其昏姻而不見收恤故作此詩言我行於野中依惡木以自蔽於是思昏姻之故而就爾居而爾不我畜也則將復我之邦家矣 ○我行其野。言采其蓫。音逐 昏姻之故。言就爾宿。爾不我畜。言歸思復。賦也蓫牛蘈惡菜也今人謂之羊蹄菜 ○我行其野。言采其葍。音福叶筆力反 不思舊姻。求爾新特。成不以富。亦祇音支以異。叶逸織反○賦也葍蔔惡菜也特匹也○言爾之不思舊姻而求新匹也雖實不以彼之富而厭我之貧亦祇以其新而異於故耳此詩人責人忠厚之意

我行其野三章。章六句。王氏曰先王躬行仁義以道民厚矣猶以爲未也又建官置師以孝友睦姻任恤六行教民爲其有父母也故教以孝爲其有兄弟也故教以友爲其有同姓也故教以睦爲其有異姓也故教以姻爲鄰里鄉黨相保相愛也故教以任相賙相救也故教以恤以爲徒教之或不率也故使官師以時書其德行而勸之以爲徒勸之或不率也於是乎有不孝不睦不姻不弟不任不恤之刑焉方是時也安有如此詩所刺之民乎

秩秩斯干。叶居焉反 幽幽南山。叶所旃反 如竹苞叶補苟反矣。如松茂叶莫口反矣。兄及弟矣。式相好去聲叶許厚反矣。無相猶叶余久反矣。○賦也秩秩有序也斯此也干水涯也南山終南之山也苞叢生而固也猶謀也○此築室既成而燕飲以落之因歌其事言此室臨水而面山其下之固如竹

之苞其上之密如松之茂又言居是室者兄弟相好而無相謀則頌禱之辭猶所謂聚國族於斯者也張子曰猶似也人情大抵施之不報則輟故恩不能終兄弟之閒各盡已之所宜施者無學其不相報而廢恩也君臣父子朋友之閒亦莫不用此道盡已而已愚按此於文義或未必然然意則善矣或曰猶當作尤

○似續妣 音比 祖。築室百堵。西南其戶。爰居爰處。爰笑爰語。 賦也似嗣也妣先於祖者協下韻爾或曰謂姜嫄后稷也西南其戶天子之宮其室非一在東者西其戶在北者南其戶猶言南東其畝也爰於也

○約之閣閣。椓 音卓 之橐橐。 音託 風雨攸除。 去聲 鳥鼠攸去。君子攸芋。 音吁叶王遇反○賦也約束板也閣閣上下相乘也椓築也橐橐杵聲也除亦去也無風雨鳥鼠之害言其上下四旁皆牢密也芋尊大也君子之所居以為尊且大也

○如跂 音企 斯翼。如矢斯棘。如鳥斯革。 叶訖力反 如翬 音暉 斯飛。君子攸躋。 音賫○賦也跂竦立也翼敬也棘急也矢行緩則枉急則直也革變也翬雉也躋升也○言其大勢嚴正如人之竦立而其恭翼翼也其廉隅整飭如矢之急而直也其棟宇峻起如鳥之警而革也其簷阿華采而軒翔如翬之飛而矯其翼也蓋其堂之美如此而君子之所升以聽事也

○殖殖 音湜 其庭。有覺其楹。噲噲 音快 其正。 叶音征 噦噦 音諱 其冥。君子攸寧。 賦也殖殖平正也庭宮寢之前庭也覺高大而直也楹柱也噲噲猶快快也正向明之處也噦噦深廣之貌冥奧窔之閒也言其室之美如此而君子之所休息以安身也

○下莞 音官 上簟。 叶徒檢徒錦二反 乃安斯寢。 叶千檢千錦二反 乃寢乃興。乃占我夢。 叶彌登反 吉夢維何。維熊維羆。 音碑叶彼何反 維虺 音毀 維蛇。 叶于其土何二反○賦也莞蒲席也竹葦曰簟羆似熊而長頭高腳猛憨多力能拔樹虺蛇屬細頸大頭色如文綬大者長七八尺○祝其君安其室居夢兆而有祥亦頌禱之辭也下章放此

○大 音泰 人占之。維熊維羆。男子之祥。維虺維蛇。女子之祥。 賦也大人大卜之屬占夢之官也熊羆陽物在山彊力壯毅男子之祥也虺蛇陰物穴處柔弱隱伏女子之祥也○或曰夢之有占何也曰人之精神與天地陰陽流通故晝之所為夜之所夢其善惡吉凶各以類至是以宣王建官設屬使之觀天地之會辨陰陽之氣以日月星辰占六夢之吉凶獻吉夢贈惡夢其於天人相與之際察之詳而敬之至矣故曰王前巫而後史卜筮瞽侑皆在左右王中心無為也以守至正

○乃生男子。載寢之牀。載衣 去聲 之裳。載弄之璋。其泣喤喤。 音橫叶胡光反 朱芾 音弗 斯皇。室家君王。 賦也半圭曰璋喤喤大聲也芾天子純朱諸侯黃朱皇猶煌煌也君諸侯也○寢之於牀尊之也衣之以裳服之盛也弄之以璋尚其德也言男子之生於是室者皆將服朱芾煌煌然有室有家為君為王矣

○乃生女子。載寢之地。載衣之裼。 音替 載弄之瓦。 叶魚位反 無

非無儀。叶音義 唯酒食是議。無父母貽音遺罹。叶音釐○賦也裼褓也瓦紡塼也儀善罹憂也○寢之於地卑之也衣之以褓卽其用而無加也弄之以瓦習其所有事也有非非婦人也有善非婦人也蓋女子以順爲正無非足矣有善則亦非其吉祥可願之事也唯酒食是議而無遺父母之憂則可矣易曰無攸遂在中饋貞吉而孟子之母亦曰婦人之禮精五飯冪酒漿養舅姑縫衣裳而已矣故有閨門之脩而無境外之志此之謂也

斯干九章。四章章七句。五章章五句。舊說厲王既流于彘宮室圮壞故宣王卽位更作宮室既成而落之今亦未有以見其必爲是時之詩也或曰儀禮下管新宮春秋傳宋元公賦新宮恐卽此詩然亦未有明證

誰謂爾無羊。三百維羣。誰謂爾無牛。九十其犉。音淳 爾羊來思。其角濈濈。音戢 爾牛來思。其耳濕濕。賦也黃牛黑脣曰犉羊以三百爲羣其羣不可數也牛之犉者九十非犉者尙多也聚其角而息濈濈然呞而動其耳濕濕然王氏曰濈濈和也羊以善觸爲患故言其和謂聚而不相觸也濕濕潤澤也牛病則耳燥安則潤澤也○此詩言牧事有成而牛羊衆多也

○或降于阿。或飲于池。叶唐何反 或寢或訛。爾牧來思。何上聲蓑音梭何笠。音立 或負其餱。音侯 三十維物。叶微律反 爾牲則具。叶居律反○賦也訛動何揭也蓑笠所以備雨三十維物齊其色而別之凡爲色三十也○言牛羊無驚畏而牧人持雨具齎飲食從其所適以順其性是以生養蕃息至於其色無所不備而於用無所不有也

○爾牧來思。以薪以蒸。以雌以雄。叶于陵反 爾羊來思。矜矜兢兢。不騫不崩。麾之以肱。畢來既升。賦也麤曰薪細曰蒸雌雄禽獸也矜矜兢兢堅強也騫虧也崩羣疾也肱臂也既盡也升入牢也○言牧人有餘力則出取薪蒸搏禽獸其羊亦馴擾從人不假箠楚但以手麾之使來則畢來使升則既升也

○牧人乃夢。衆維魚矣。旐音兆維旟音餘矣。大人占之。衆維魚矣。實維豐年。叶尼因反 旐維旟矣。室家溱溱。賦也占夢之說未詳溱溱衆也或曰衆謂人也旐郊野所建統人少旟州里所建統人多蓋人不如魚之多旐所統不如旟所統之衆故夢人乃是魚則爲豐年旐乃是旟則爲人衆

無羊四章。章八句。

節音截彼南山。維石巖巖。赫赫師尹。民具爾瞻。叶側銜反憂心如惔。音談不敢戲談。國
既卒子律反斬。叶側銜反何用不監。平聲○興也節高峻貌巖巖積石貌赫赫顯盛貌師尹大師尹氏也大師三公尹氏蓋吉甫之後春秋書尹氏卒公羊子以爲譏世卿者卽此也具
俱瞻視惔燔卒終斬絕監視也○此詩家父所作刺王用尹氏以致亂言節彼南山則維石巖巖矣赫赫師尹則民具爾瞻矣而其所爲不善使人憂心如火燔灼又畏其威而不敢言也然則國既終斬絕矣汝何用而不察哉
○節彼南山。有實其猗。音醫叶於何反赫赫師尹。不平謂何。天方薦音荐瘥。音嵯喪去聲亂弘
多。民言無嘉。叶居何反憯音慘莫懲嗟。叶遭哥反○興也有實其猗未詳其義傳曰實滿猗長也箋云猗倚也言草木滿其旁倚之畎谷也或以爲草木之實猗猗然皆不甚通
薦荐通重也瘥病弘大憯曾懲創也○節彼南山則有實其猗矣赫赫師尹而不平其心則謂之何哉蘇氏曰爲政者不平其心則下之榮瘁勞佚有大相絕者矣是以神怒而重之以喪亂人怨而謗讟其上然尹氏曾不懲創咨嗟求所以自改也○尹氏大音泰師。維周之氐。音底叶都黎反秉國之均。四方是維。天子是毗。音琵俾
民不迷。不弔昊天。不宜空我師。叶霜夷反○賦也氐本均平維持毗輔弔愍空窮師衆也○言尹氏大師維周之氐而秉國之均則是宜有以維持四方毗輔
天子而使民不迷乃其職也今乃不平其心而既不見愍弔於昊天矣則不宜久在其位使天降禍亂而我衆幷及空窮也○弗躬弗親。庶民弗信。叶斯人反弗問
弗仕。勿罔君子。叶獎里反式夷式已。無小人殆。叶養里反瑣瑣姻亞。則無膴音武仕。賦也仕事罔欺也君
子指王也夷平已止殆危也瑣瑣小貌壻之父曰姻兩壻相謂曰亞膴厚也○言王委政於尹氏尹氏又委政於姻亞之小人而以其未嘗問未嘗事者欺其君也故戒之曰汝之弗躬弗親庶民已不信矣其所弗問弗事則豈
可以罔君子哉當平其心視所任之人有不當者則已之無以小人之故而至於危殆其國也瑣瑣姻亞而必皆膴仕則小人進矣○昊天不傭。敕龍反降此鞠音菊訩。音凶
昊天不惠。降此大戾。君子如屆。音戒叶居例反俾民心闋。音缺叶苦桂反君子如夷。惡去聲怒是
違。賦也傭均鞠窮訩亂戾乖屆至闋息違遠也○言昊天不均而降此窮極之亂昊天不順而降此乖戾之變然所以靖之者亦在夫人而已君子無所苟而用其至則必躬必親而民之亂心息矣君子無所偏而平其
心則式夷式已而民之惡怒遠矣傷王與尹氏之不能也夫爲政不平以召禍亂者人也而詩人以爲天實爲之者蓋無所歸咎而歸之天也抑有以見君臣隱諱之義焉有以見天人合一之理焉後皆放此○不
弔昊天。叶鐵因反亂靡有定。叶唐于反式月斯生。叶桑經反俾民不寧。憂心如酲。音呈誰秉國成。

不自爲政。叶諸盈反卒勞百姓。叶桑經反○賦也酒病日酲成平卒終也○蘇氏曰天不之恤故亂未有所止而禍患與歲月增長君子憂之曰誰秉國成者乃不自爲政而以付之姻亞之小人其卒使民爲之受其勞弊以至此也○駕彼四牡。四牡項領。我瞻四方。蹙蹙音蹴靡所騁。音逞○賦也項大也蹙蹙縮小之貌○言駕四牡而四牡項領可以騁矣而視四方則皆昏亂蹙蹙然無可往之所亦將何所騁哉東萊呂氏曰本根病則枝葉皆瘁是以無可往之地也○方茂爾惡。相去聲爾矛矣。既夷既懌。如相醻音酬矣。賦也茂盛相視懌悅也○言方盛其惡以相加則視其矛戟如欲戰鬭及既夷平悅懌則相與歡然如賓主而相醻酢不以爲怪也蓋小人之性無常而習於鬭亂其喜怒之不可期如此是以君子無所適而可也○昊天不平。我王不寧。不懲其心。覆音福怨其正。叶諸盈反○賦也尹氏之不平若天使之故曰昊天不平若是則我王亦不得寧矣然尹氏猶不自懲創其心乃反怨人之正己者則其爲惡何時而已哉○家父音甫作誦。叶疾容反以究王訩。式訛爾心。以畜萬邦。叶卜工反○賦也家氏父字周大夫也究窮訛化畜養也○家父自言作爲此誦以窮究王政昏亂之所由冀其改心易慮以畜養萬邦也陳氏曰尹氏厲威使人不得戲談而家父作詩乃復自表其出於己以身當尹氏之怒而不辭者蓋家父周之世臣義與國俱存亡故也東萊呂氏曰篇終矣故窮其亂本而歸之王心焉致亂者雖尹氏而用尹氏者則王心之蔽也李氏曰孟子曰人不足與適也政不足與閒也惟大人爲能格君心之非蓋用人之失政事之過雖皆君之非然不必先論也惟格君心之非則政事無不善矣用人皆得其當矣

節南山十章。六章章八句。四章章四句。序以此爲幽王之詩而春秋桓十五年有家父來求車於周爲桓王之世上距幽王之終已七十五年不知其人之同異大抵序之時世皆不足信今姑闕焉可也

正音政月繁霜。我心憂傷。民之訛言。亦孔之將。念我獨兮。憂心京京。叶居良反哀我小心。癙音鼠憂以痒。音羊○賦也正月夏之四月謂之正月者以純陽用事爲正陽之月也繁多訛僞將大也京京亦大也癙憂幽憂也痒病也○此詩亦大夫所作言霜降失節不以其時既使我心憂傷矣而造爲姦僞之言以惑羣聽者又方甚大然衆人莫以爲憂故我獨憂之以至於病也○父母生我。胡俾我瘉。音庾不自我先。不自我後。叶下五反好言自口。叶孔五反莠音酉言自口。憂心愈愈。是以有侮。賦也瘉病自從莠醜也愈愈益甚之意○疾痛故呼父母而傷己適丁是時也訛言之人虛僞反覆言之好醜皆不出於心而但出於口是以我之憂心益甚而反見侵侮也○憂心惸惸。音瓊念我無祿。民之

無辜。并去聲其臣僕。哀我人斯。于何從祿。瞻烏爰止。于誰之屋。賦也惸惸憂意也無祿猶言不幸爾辜罪并俱也古者以罪人為臣僕亡國所虜亦以為臣僕箕子所謂商其淪喪我罔為臣僕是也○言不幸而遭國之將亡與此無罪之民將俱被囚虜而同為臣僕未知將復從何人而受祿如視烏之飛不知其將止于誰之屋也

○瞻彼中林。侯薪侯蒸。民今方殆。視天夢夢。音蒙叶莫登反既克有定。靡人弗勝。音升有皇上帝。伊誰云憎。興也中林林中也侯維殆危也夢夢不明也皇大也上帝天之神也程子曰以其形體謂之天以其主宰謂之帝○言瞻彼中林則維薪維蒸分明可見也民今方危殆疾痛號訴於天而視天反夢夢然若無意於分別善惡者然此特值其未定之時爾及其既定則未有不為天所勝者也夫天豈有所憎而禍之乎福善禍淫亦自然之理而已申包胥曰人衆則勝天天定亦能勝人疑出於此

○謂山蓋卑。為岡為陵。民之訛言。寧莫之懲。召彼故老。訊音信之占夢。叶莫登反具曰予聖。誰知烏之雌雄。叶胡陵反○賦也山脊曰岡廣平曰陵懲止也故老舊臣也訊問也占夢官名掌占夢者也具俱也烏之雌雄相似而難辨者也○謂山蓋卑而其實則岡陵之崇也今民之訛言如此矣而王猶安然莫之止也及其詢之故老訊之占夢則又皆自以為聖人亦誰能別其言之是非乎子思言於衛侯曰君之國事將日非矣公曰何故對曰有由然焉君出言自以為是而卿大夫莫敢矯其非卿大夫出言亦自以為是而士庶人莫敢矯其非君臣既自賢矣而羣下同聲賢之賢之則順而有福矯之則逆而有禍如此則善安從生詩曰具曰予聖誰知烏之雌雄抑亦似君之君臣乎

○謂天蓋高。不敢不局。叶居亦反謂地蓋厚。不敢不蹐。音積維號音毫斯言。有倫有脊。哀今之人。胡為虺音毀蜴。音易○賦也局曲也蹐累足也號長言之也脊理也蜴螈也虺蜴皆毒螫之蟲也○言遭世之亂天雖高而不敢不局地雖厚而不敢不蹐其所號呼而為此言者又皆有倫理而可考也哀今之人胡為肆毒以害人而使之至此乎

○瞻彼阪音反田。有菀音鬱其特。天之扤音兀我。如不我克。彼求我則。如不我得。執我仇仇。亦不我力。興也阪田崎嶇墝埆之處菀茂盛之貌特特生之苗也扤動也力謂用力○瞻彼阪田猶有菀然之特而天之扤我如恐其不我克何哉亦無所歸咎之辭也夫始而求之以為法則惟恐不我得也及其得之則又執我堅固如仇讎然終亦莫能用也求之甚艱而棄之甚易其無常如此

○心之憂矣。如或結之。今茲之正。胡然厲叶力桀反矣。燎之方揚。寧或滅之。赫赫宗周。褒姒音似威呼悅反之。賦也正政也厲暴惡也火田為燎揚盛也宗周鎬京也褒姒幽王之嬖妾褒國女姒姓也威亦滅也○言我心之憂如結者為國政之暴惡故也燎之方盛之時則寧有能撲而滅之者乎然赫赫

然之宗周而一褒姒足以滅之蓋傷之也時宗周未滅以褒姒淫妒讒諂而王惑之知其必滅周也或曰此東遷後詩也時宗周已滅矣其言褒姒滅之有監戒之意而無憂懼之情似亦道已然之事而非慮其將然之辭今亦未能必其然否也

○終其永懷。又窘陰雨。其車既載。音在乃棄爾輔。叶扶雨反載輸爾載。音在將音槍伯助予。叶演汝反○比也陰雨則泥濘而車易以陷也載車所載也輔如今人縛杖於輻以防輔車也輸墮也將請也伯或者之字也○蘇氏曰王爲淫虐譬如行險而不知止君子永思其終知其必有大難故曰終其永懷又窘陰雨王又不虞難之將至而棄賢臣焉故曰乃棄爾輔君子求助於未危故難不至苟其載之既墮而後號伯以助予則無及矣

○無棄爾輔。員音云于爾輻。叶筆力反屢顧爾僕。不輸爾載。叶節力反終踰絕險。曾是不意。叶乙力反○比也員益也輔所以益輻也屢數顧視也僕將車者也○此承上章言若能無棄爾輔以益其輻而又數數顧視其僕則不墮爾所載而踰於絕險若初不以爲意者蓋能謹其初則厥終無難也一說王曾不以是爲意乎

○魚在于沼。叶音灼亦匪克樂。音洛潛雖伏矣。亦孔之炤。音灼憂心慘慘。念國之爲虐。比也沼池也炤明易見也○魚在于沼其爲生已蹙矣其潛雖深然亦炤然而易見言禍亂之及無所逃也

○彼有旨酒。又有嘉殽。音爻洽比音鼻其鄰。昏姻孔云。念我獨兮。憂心慇慇。賦也洽比皆合也云旋也慇慇疾痛也○言小人得志有旨酒嘉殽以合比其鄰里怡懌其昏姻而我獨憂心至於疾痛也昔人有言燕雀處堂母子相安自以爲樂也突決棟焚而怡然不知禍之將及其此之謂乎

○佌佌音此彼有屋。蔌蔌音速方有穀。民今之無祿。天夭音腰是椓。音卓叶都木反哿音可矣富人。哀此惸獨。賦也佌佌小貌蔌蔌窶陋貌指王所用之小人也穀祿夭禍椓害哿可獨單也○佌佌然之小人既已有屋矣蔌蔌窶陋者又將有穀矣而民今獨無祿者是天禍椓喪之耳亦無所歸怨之辭也亂至於此富人猶或可勝惸獨甚矣此孟子所以言文王發政施仁必先鰥寡孤獨也

正月十三章。八章章八句。五章章六句。

十月之交。朔日辛卯。叶莫後反日有食之。亦孔之醜。彼月而微。此日而微。今此下民。亦孔之哀。叶於希反○賦也十月以夏正言之建亥之月也交日月交會謂晦朔之間也曆法周天三百六十五度四分度之一左旋於地一晝一夜則其行一周而又過一度日月皆右行於天一晝一夜則日行一度月行十三度十九分度之七故日一歲而一周天月二十九日有奇而一周天又逐及於日而與之會一歲凡十二會方會則月光都盡而爲晦已會則月光復蘇而爲朔朔後晦前各十五日日月相對

則月光正滿而爲望晦朔而日月之合東西同度南北同道則月揜日而日爲之食望而日月之對同度同道則
月亢日而月爲之食是皆有常度矣然王者脩德行政用賢去奸能使陽盛足以勝陰陰衰不能侵陽則日月之
行雖或當食而月常避日故其遲速高下必有參差而不正相合不正相對者所以當食而不食也若國無政不
用善使臣子背君父妾婦乘其夫小人陵君子夷狄侵中國則陰盛陽微當食必食雖曰行有常度而實爲非常
之變矣蘇氏曰日食天變之大者也然正陽之月古尤忌之夏之四月爲純陽故謂之正月十月純陰疑其無陽
故謂之陽月純陽而食陽弱之甚也純陰而食陰壯之甚也微虧也彼月則宜有時而虧矣此日不宜虧而今亦
虧是亂亡之兆也 ○日月告凶。不用其行。叶戶郎反 四國無政。不用其良。彼月而食。則維其
常。此日而食。于何不臧。賦也行道也○凡日月之食皆有常度矣而以爲不用其行者月不避日失其道也然其所以然者則以四國無政不用善人故也如此則日月之食皆
非常矣而以月食爲其常日食爲不臧者陰亢陽而不勝猶可言也陰
勝陽而揜之不可言也故春秋日食必書而月食則無紀焉亦以此爾 ○爗爗音曄 震電。不寧不令。賦也爗爗電光
叶盧經反 百川沸騰。山冢崒崩。高岸爲谷。深谷爲陵。哀今之人。胡憯音慘 莫懲。
貌震雷也寧安徐也令善沸出騰乘也山頂曰冢崒崔嵬也高岸崩陷故爲谷深谷塡塞故爲陵憯曾也○言非
但日食而已十月而雷電山崩水溢亦災異之甚者是宜恐懼脩省改紀其政而幽王曾莫之懲也董子曰國家
將有失道之敗而天乃先出災異以譴告之不知自省又出怪異以
警懼之尙不知變而傷敗乃至此見天心仁愛人君而欲止其亂也 ○皇父音甫 卿士。番維司徒。家
伯家宰。仲允膳夫。聚音鄒 子內史。蹶音媿 維趣七走反 馬。叶滿補反 楀音矩 維師氏。豔音艷 妻煽
音扇 方處。賦也皇父家伯仲允皆字也番聚蹶楀皆氏也卿士六卿之外更爲都官以總六官之事也或曰卿士
蓋卿之士周禮太宰之屬有上中下士公羊所謂宰士左氏所謂周公以蔡仲爲己卿士是也蓋以宰
屬而兼總六官位卑而權重也司徒掌邦教冢宰掌邦治皆卿也膳夫上士掌王之飮食膳羞者也內史中大夫
掌爵祿廢置殺生予奪之法者也趣馬中士掌王馬之政者也師氏亦中大夫掌司朝得失之事者也美色曰豔
豔妻卽褒姒也煽熾也方處方居其所未變徙也○言所以致變
異者由小人用事於外而嬖妾蠱惑王心於內以爲之主故也 ○抑此皇父。豈曰不時。胡爲
我作。不卽我謀。叶謨悲反 徹我牆屋。田卒汙音烏 萊。叶陵之反 曰予不戕。音牆 禮則然矣。叶於姬反○賦
也抑發語辭時農隙之時也作動卽就卒盡也汙停水也萊草穢也戕害也○言皇父不自以爲不時欲動我
以徙而不與我謀乃遽徹我牆屋使我田不獲治卑者汙而高者萊又曰非我戕汝乃下供上役之常禮耳 ○
皇父音甫 孔聖。作都于向。去聲 擇三有事。亶侯多藏。去聲 不憖魚覲反 遺一老。俾守我王。

叶于放反擇有車馬。以居徂向。賦也孔甚也聖通明也都大邑也周禮畿內大都方百里小都方五十里皆天子公卿所封也向地名在東都畿內今孟州河陽縣是也三有事三卿也亶信侯維藏蓄也慭者心不欲而自強之辭有車馬者亦富民也徂往也○言皇父自以爲聖而作都則不求賢而但取富人以爲卿又不自強留一人以衞天子但有車馬者則悉與俱往不忠於上而但知貪利以自私也

○黽音敏勉從事。不敢告勞。無罪無辜。讒口囂囂。音翺下民之孽。音櫱匪降自天。叶鐵因反噂音撙沓音遝背音佩憎。職競由人。賦也囂囂眾多貌孽災害也噂聚也沓重複也職主競力也○言黽勉從皇父之役未嘗敢告勞也猶且無罪而遭讒然下民之孽非天之所爲也噂噂沓沓多言以相說而背則相憎專力爲此者皆由讒口之人耳

○悠悠我里。亦孔之痗。音妹叶呼洧反四方有羨。徐面反我獨居憂。民莫不逸。我獨不敢休。天命不徹。叶直質反我不敢傚。我友自逸。賦也悠悠憂也里居痗病羨餘逸樂徹均也○當是之時天下病矣而獨憂我里之甚病且以爲四方皆有餘而我獨憂眾人皆得逸豫而我獨勞者以皇父病之而被禍尤甚故也然此乃天命之不均吾豈敢不安於所遇而必傚我友之自逸哉

十月之交八章。章八句。

浩浩昊天。不駿其德。降喪去聲饑饉。音覲斬伐四國。叶于逼反旻天疾威。弗慮弗圖。舍音赦彼有罪。既伏其辜。若此無罪。淪胥以鋪。平聲○賦也浩浩廣大也昊亦廣大之意駿大德惠也穀不熟曰饑蔬不熟曰饉疾威猶暴虐也慮圖皆謀也舍置淪陷胥相鋪徧也○此時饑饉之後羣臣離散其不去者作詩以責去者故推本而言昊天不大其惠降此饑饉而殺伐四國之人如何旻天曾不思慮圖謀而遽爲此乎彼有罪而饑死則是既伏其辜矣舍之可也此無罪者亦相與而陷於死亡則如之何哉

○周宗既滅。靡所止戾。正大夫離居。莫知我勩。音異三事大夫。莫肯夙夜。叶弋灼反邦君諸侯。莫肯朝夕。叶祥龠反庶曰式臧。覆音福出爲惡。賦也宗族姓也戾定也正長也周官八職一曰正謂六官之長皆上大夫也離居蓋以饑饉散去而因以避讒譖之禍也我不去者自我也勩勞也三事三公也大夫六卿及中下大夫也臧善覆反也○言將有易姓之禍其兆已見而天變人離又如此庶幾曰王改而爲善乃覆出爲惡而不悛也或曰疑此亦東遷後詩也

○如何昊天。叶鐵因反辟言不信。叶斯人反如彼行邁。則靡所臻。

凡百君子。各敬爾身。胡不相畏。不畏于天。賦也如何昊天呼天而訴之也辟法臻至也凡百君子指羣臣也○言如何乎昊天也法度之言而不聽信則如彼行往而無所底至也然凡百君子豈可以王之爲惡而不敬其身哉不敬爾身不相畏也不相畏不畏天也

○戎成不退。叶吐類反 飢成不遂。曾音層 我暬音薛 御。憯憯音慘 日瘁。音悴 凡百君子。莫肯用訊。叶息悴反 聽言則答。譖言則退。賦也戎兵遂進也易曰不能退不能遂是也暬御近侍也國語曰居寢有暬御之箴蓋如漢侍中之官也憯憯憂貌瘁病訊告也○言兵寇已成而王之爲惡不退饑饉已成而王之遷善不遂使我暬御之臣憂之而憯憯日瘁也凡百君子莫肯以是告王者雖王有問而欲聽其言則亦答之而已不敢盡言也一有譖言及已則皆退而離居莫肯夙夜朝夕於王矣其意若曰王雖不善而君臣之義豈可以若是恝乎

○哀哉不能言。匪舌是出。音黜 維躬是瘁。哿音可 矣能言。巧言如流。俾躬處休。賦也出出之也瘁病哿可也○言之忠者當世之所謂不能言者也故非但出諸口而適以瘁其躬佞人之言當世所謂能言者也故巧好其言如水之流無所凝滯而使其身處於安樂之地蓋亂世昏主惡忠直而好諛佞類如此詩人所以深歎之也

○維曰于仕。孔棘且殆。叶養里反 云不可使。得罪于天子。叶獎里反 亦云可使。怨及朋友。叶羽已反○賦也于往棘急殆危也○蘇氏曰人皆曰往仕耳曾不知仕之急且危也當是之時直道者王之所謂不可使而枉道者王之所謂可使也直道者得罪于君而枉道者見怨于友此仕之所以難也

○謂爾遷于王都。曰予未有室家。叶古胡反 鼠思泣血。叶虛屈反 無言不疾。昔爾出居。誰從作爾室。賦也爾謂離居者鼠思猶言癙憂也○當是時言之難能而仕之多患如此故羣臣有去者有居者居者不忍王之無臣已之無徒則告去者使復還于王都去者不聽而託於無家以拒之至於憂思泣血有無言而不痛疾者蓋其懼禍之深至於如此然所謂無家者則非其情也故詰之曰昔爾之去也誰爲爾作室者而今以是辭我哉

雨無正七章。二章章十句。二章章八句。三章章六句。歐陽公曰古之人於詩多不命題而篇名往往無義例其或有命名者則必述詩之意如巷伯常武之類是也今雨無正之名據序所言與詩絕異當闕其所疑元城劉氏曰嘗讀韓詩有雨無極篇序云雨無極正大夫刺幽王也至其詩之文則比毛詩篇首多雨無其極傷我稼穡八字愚按劉說似有理然第一二章本皆十句今遽增之則長短不齊非詩之例又此詩實正大夫離居之後暬御之臣所作其曰正大夫刺幽王者亦非是且其爲幽王詩亦未有所考也

祈父之什十篇。六十四章。四百二十六句。

小旻之什二之五。

旻天疾威。敷于下土。謀猶回遹。音聿 何日斯沮。上聲 謀臧不從。不臧覆用。叶于封反 我視謀猶。亦孔之邛。音筇○賦也旻幽遠之意敷布猶謀回邪遹辟沮止臧善覆反邛病也○大夫以王惑於邪謀不能斷以從善而作此詩言旻天之疾威布于下土使王之謀猶邪辟無日而止謀之善者則不從而其不善者反用之故我視其謀猶亦甚病也 ○ 潝潝音吸 訿訿。音紫 亦孔之哀。叶於希反 謀之其臧。則具是違。謀之不臧。則具是依。我視謀猶。伊于胡底。音抵叶都黎反○賦也潝潝相和也訿訿相詆也具俱底至也○言小人同而不和其慮深矣然於謀之善者則違之其不善者則從之亦何能有所定乎 ○ 我龜既厭。不我告猶。叶于救反 謀夫孔多。是用不集。叶疾救反 發言盈庭。誰敢執其咎。叶巨又反 如匪行邁謀。是用不得于道。叶徒候反○賦也集成也○卜筮數則瀆而龜厭之故不復告其所圖之吉凶謀夫衆則是非相奪而莫適所從故所謀終亦不成蓋發言盈庭各是其是無肯任其責而決之者猶不行不邁而坐謀所適謀之雖審而亦何得於道路哉 ○ 哀哉爲猶。匪先民是程。匪大猶是經。維邇言是聽。叶平聲 維邇言是爭。叶側陘反 如彼築室于道謀。是用不潰于成。賦也先民古之聖賢也程法猶道經常潰遂也○言哀哉今之爲謀不以先民爲法不以大道爲常其所聽而爭者皆淺末之言以是相持如將築室而與行道之人謀之人人得爲異論其能有成也哉古語曰作舍道邊三年不成蓋出於此 ○ 國雖靡止。或聖或否。叶補美反 民雖靡膴。音呼 或哲或謀。叶莫徒反 或肅或艾。音乂 如彼泉流。無淪胥以敗。叶蒲寐反○賦也止定也聖通明也膴大也多也艾與乂同治也淪陷胥相也○言國論雖不定然有聖者焉有否者焉民雖不多然有哲者焉有謀者焉有肅者焉有艾者焉但王不用善則雖有善者不能自存將如泉流之不反而淪胥以至於敗矣聖哲謀肅艾卽洪範五事之德豈作此詩者亦傳箕子之學也與 ○ 不敢暴虎。不敢馮河。叶皮冰反 人知其一。莫知其他。音拖 戰戰兢兢。如臨深淵。叶一均反 如履薄冰。賦也徒搏曰暴徒涉曰馮如馮几然也戰戰恐也兢兢戒也如臨深淵恐墜也如履薄冰恐陷也○衆人之慮不能及遠暴虎馮河之患近而易見則知避之喪國亡家之禍隱於

無形則不知以爲憂也故曰戰戰兢兢如臨深淵如履薄冰懼及其禍之辭也

小旻六章。三章章八句。三章章七句。蘇氏曰小旻小宛小弁小明四詩皆以小名篇所以別其爲小雅也其在小雅者謂之小故其在大雅者謂之召旻大明獨宛弁闕焉意者孔子刪之矣雖去其大而其小者猶謂之小蓋卽用其舊也

宛音苑彼鳴鳩。翰飛戾天。叶鐵因反我心憂傷。念昔先人。明發不寐。有懷二人。興也宛小貌鳴鳩斑鳩也翰羽戾至也明發謂將旦而光明開發也二人父母也○此大夫遭時之亂而兄弟相戒以免禍之詩故言彼宛然之小鳥亦翰飛而至於天矣則我心之憂傷豈能不念昔之先人哉是以明發不寐而有懷乎父母也言此以爲相戒之端

○人之齊聖。飲酒溫克。彼昏不知。壹醉日富。叶筆力反各敬爾儀。天命不又。叶夷益反○賦也齊肅也聖通明也克勝也富猶甚也又復也○言齊聖之人雖醉猶溫恭自持以勝所謂不爲酒困也彼昏然而不知者則一於醉而日甚矣於是言各敬謹爾之威儀天命已去將不復來不可以不恐懼也時王以酒敗德臣下化之故此兄弟相戒首以爲說

○中原有菽。音叔庶民采之。叶此禮反螟音冥蛉音零有子。蜾音果蠃音裸負之。叶蒲美反教誨爾子。式穀似之。叶養里反興也中原原中也菽大豆也螟蛉桑上小青蟲也似步屈蜾蠃土蜂也似蜂而小腰取桑蟲負之於木空中七日而化爲其子式用穀善也○中原有菽則庶民采之矣以興善道人皆可行也螟蛉有子則蜾蠃負之以興不似者可教而似也教誨爾子則用善而似之可也善也似也終上文兩句所興而言也戒之以不惟獨善其身又當教其子使爲善也

○題音弟彼脊令。音零載飛載鳴。我日斯邁。而月斯征。夙興夜寐。無忝爾所生。叶桑經反興也題視也脊令飛則鳴行則搖載則而汝忝辱也○視彼脊令則且飛而且鳴矣我既日斯邁則汝亦月斯征矣言當各務努力不可暇逸取禍恐不及相救恤也夙興夜寐各求無辱於父母而已

○交交桑扈。音戶率場啄粟。哀我塡寡。音顚宜岸宜獄。握粟出卜。自何能穀。興也交交往來之貌桑扈竊脂也俗呼青觜肉食不食粟塡與瘨同病也岸亦獄也韓詩作犴鄉亭之繫曰犴朝廷曰獄○扈不食粟而今則率場啄粟矣病寡不宜岸獄今則宜岸宜獄矣言王不恤鰥寡喜陷之於刑辟也然不可不求所以自善之道故握持其粟出而卜之曰何自而能善乎言握粟以見其貧窶之甚

○溫溫恭人。如集于木。惴惴音贅小心。如臨于谷。戰戰兢兢。如履薄冰。賦也溫溫和柔貌如集于木恐隊也如臨于谷恐隕也

小宛六章章六句。此詩之辭最爲明白而意極懇至說者必欲爲刺王之言故其說穿鑿破碎無理尤甚今悉改定讀者詳之

弁音盤彼鸒音豫斯。叶先齎反歸飛提提。音匙民莫不穀。我獨于罹。何辜于天。我罪伊何。心之憂矣。云如之何。興也弁飛拊翼貌鸒雅烏也小而多羣腹下白江東呼爲鵯烏斯語辭也提提羣飛安閒之貌穀善罹憂也○舊說幽王太子宜臼被廢而作此詩言弁彼鸒斯則歸飛提提矣民莫不善而我獨于憂則鸒斯之不如也何辜于天我罪伊何者怨而慕也舜號泣于旻天曰父母之不我愛於我何哉蓋如此矣心之憂矣云如之何則知其無可奈何而安之之辭也

○踧踧音笛周道。叶徒苟反鞫音菊爲茂草。叶此苟反我心憂傷。惄音溺焉如擣。音搗叶丁口反假寐永歎。維憂用老。叶魯口反心之憂矣。疢音趁如疾首。興也踧踧平易也周道大道也鞫窮惄思擣舂也不脫衣冠而寐曰假寐疢猶疾也○踧踧周道則將鞫爲茂草矣我心憂傷則惄焉如擣矣精神憒眊至於假寐之中而不忘永歎憂之之深是以未老而老也疢如疾首則又憂之甚矣

○維桑與梓。叶奬里反必恭敬止。靡瞻匪父。靡依匪母。叶滿彼反不屬音燭于毛。不離于裏。天之生我。我辰安在。叶此里反興也桑梓二木古者五畝之宅樹之牆下以遺子孫給蠶食具器用者也瞻者尊而仰之依者親而倚之屬連也毛膚體之餘氣末屬也離麗也裏心腹也辰猶時也○言桑梓父母所植尚且必加恭敬況父母至尊至親宜莫不瞻依也然父母之不我愛豈我不屬于父母之毛乎豈我不離于父母之裏乎無所歸咎則推之於天曰豈我生時不善哉何不祥至是也

○菀音鬱彼柳斯。鳴蜩音條嘒嘒。有漼千罪反者淵。萑音丸葦淠淠。音譬譬彼舟流。不知所屆。音戒心之憂矣。不遑假寐。興也菀茂盛貌蜩蟬也嘒嘒聲也漼深貌淠淠衆也屆至遑暇也○菀彼柳斯則鳴蜩嘒嘒矣有漼者淵則萑葦淠淠矣今我獨見棄逐如舟之流於水中不知其何所至乎是以憂之之深昔猶假寐而今不暇也

○鹿斯之奔。維足伎伎。音祈雉之朝雊。音姤尚求其雌。叶千西反譬彼壞音瘣木。疾用無枝。心之憂矣。寧莫之知。興也伎伎舒貌宜疾而舒留其羣也雊雉鳴也壞傷病也寧猶何也○鹿斯之奔則足伎伎然雉之朝雊亦知求其妃匹今我獨見棄逐如傷病之木憔悴而無枝是以憂之而人莫之知也

○相去聲彼投兔。尚或先去聲叶蘇晉反之。行有死人。尚或墐音覲之。君子秉心。維其忍之。心之憂矣。涕既隕音殞之。興也相視投奔行道墐埋秉執隕墜也○相彼被逐而投人之兔尚或有哀其窮而先脫之者道有死人尚或有哀其暴露而埋藏之者蓋皆有不忍之心焉今王信讒

棄逐其子曾視投兎死人之不如則其秉心亦忍矣是以心憂而涕隕也

○君子信讒。如或醻叶市救反之。君子不惠。不舒究之。伐木掎音己叶居何反矣。析薪杝音侈叶湯何反矣。舍音捨彼有罪。予之佗音唾叶湯何反矣。賦而興也醻報惠愛舒緩究察也掎倚也以物倚其巔也杝隨其理也佗加也○言王惟讒是聽如受醻爵得即飲之曾不加惠愛舒緩而究察之夫苟舒緩而究察之則讒者之情得矣伐木者尙倚其巔析薪者尙隨其理皆不安挫折之今乃舍彼有罪之譖人而加我以非其罪曾伐木析薪之不若也此則興也

○莫高匪山。叶所旃反莫浚音峻匪泉。君子無易去聲由言。耳屬音燭于垣。無逝我梁。無發我笱。我躬不閱。遑恤我後。賦而比也山極高矣而或陟其巔泉極深矣而或入其底故君子不可易於其言恐耳屬於垣者有所觀望左右而生讒譖也王於是卒以褒姒爲后伯服爲太子故告之曰無逝我梁無發我笱我躬不閱遑恤我後蓋比辭也東萊呂氏曰唐德宗將廢太子而立舒王李泌諫之且曰願陛下還宮勿露此意左右聞之將樹功於舒王太子危矣此正君子無易由言耳屬于垣之謂也小弁之作太子既廢矣而猶云爾者蓋推本亂之所由生言語以爲階也

小弁八章。章八句。

幽王娶于申生太子宜臼後得褒姒而惑之生子伯服信其讒黜申后逐宜臼而宜臼作此以自怨也序以爲太子之傅述太子之情以爲是詩不知其何所據也傳曰高子曰小弁小人之詩也孟子曰何以言之曰怨曰固哉高叟之爲詩也有人於此越人關弓而射之則已談笑而道之無他疏之也其兄關弓而射之則已垂涕泣而道之無他戚之也小弁之怨親親也親親仁也固矣夫高叟之爲詩也曰凱風何以不怨曰凱風親之過小者也小弁親之過大者也親之過大而不怨是愈疏也親之過小而怨是不可磯也愈疏不孝也不可磯亦不孝也孔子曰舜其至孝矣五十而慕

悠悠昊天。曰父母且。音疽無罪無辜。亂如此憮。音呼昊天已威。叶紆胃反予慎無罪。叶音悴昊天泰憮。予慎無辜。賦也悠悠遠大之貌且語辭憮大也已泰皆甚也愼審也○大夫傷於讒無所控告而訴之於天曰悠悠昊天爲人之父母胡爲使無罪之人遭亂如此其大也昊天之威已甚矣我審無罪也昊天之威甚大矣我審無辜也此訴而求免之辭也

○亂之初生。僭音譖始既涵。音含亂之又生。君子信讒。君子如怒。叶奴五反亂庶遄音椽沮。上聲君子如祉。音恥亂庶遄已。賦也僭始不信之端也涵容受也君子指王也遄疾沮止也祉猶喜也○言亂之所以生者由讒人以不信之言始入而王涵容不察其眞僞也亂之又生者則既信其讒言而用之矣君子見讒人之言若怒而責之則亂庶幾遄沮矣見賢者之言若喜而納之則亂庶幾遄

已矣今涵容不斷讒信不分是以讒者益勝而君子益病也蘇氏曰小人爲讒於其君必以漸入之其始也進而嘗之君容之而不拒知言之無忌於是復進既而君信之然後亂成

○君子屢盟。亂是用長。叶謨郎反　君子信盜。亂是用暴。上聲叶直良反　盜言孔甘。亂是用餤。音談　匪其止共。維王之邛。音恭　音蛩

○賦也屢數也盟邦國有疑則殺牲歃血告神以相要束也盜指讒人也餤進邛病也○言君子不能已亂而屢盟以相要則亂是用長矣君子不能堲讒而信盜以爲虐則亂是用暴矣讒言之美如食之甘使人嗜之而不厭則亂是用進矣然此讒人不能供其職事徒以爲王之病而已夫良藥苦口而利於病忠言逆耳而利於行維其言之甘而悅焉則其國豈不殆哉◎

○奕奕寢廟。君子作之。秩秩大猷。聖人莫之。他人有心。予忖度之。躍躍音笛　毚音殘　兔。遇犬獲之。叶黃郭反

興而比也奕奕大也秩秩序也猷道莫定也躍躍跳疾貌毚狡也○奕奕寢廟則君子作之秩秩大猷則聖人莫之以興他人有心則予得而忖度之而又以躍躍毚兔遇犬獲之比焉反覆與比以見讒人之心我皆得之不能隱其情也

○荏音餁　染柔木。君子樹叶上主反　之。往來行言。心焉數之。蛇蛇音移　碩言。出自口叶孔五反　矣。巧言如簧。顏之厚叶胡五反　矣。

興也荏染柔貌柔木桐梓之屬可用者也行言行道之言也數辨也蛇蛇安舒貌碩大也謂善言也顏厚者頑不知恥也○荏染柔木則君子樹之矣往來行言則心能辨之矣若善言出於口者宜也巧言如簧則豈可出於口哉言之徒可羞愧而彼顏之厚不知以爲恥也孟子曰爲機變之巧者無所用恥焉其斯人之謂與

○彼何人斯。居河之麋。音眉　無拳音權　無勇。職爲亂階。叶居奚反　既微且尰。市勇反　爾勇伊何。爲猶將多。爾居徒幾音紀　何。

賦也何人斥讒人也此必有所指矣賤而惡之故爲不知其姓名而曰何人也斯語辭也水草交謂之麋拳力階梯也骭瘍爲微腫足爲尰猶謀將大也○言此讒人居下溼之地雖無拳勇可以爲亂而讒口交鬭專爲亂之階梯又有微尰之疾亦何能勇哉而爲讒謀則大且多如此是必有助之者矣然其所與居之徒衆幾何人哉言亦不能甚多也

巧言六章。章八句。以五章巧言二字名篇

彼何人斯。其心孔艱。叶居銀反　胡逝我梁。不入我門。叶眉貧反　伊誰云從。維暴之云。

賦也何人亦若不知其姓名也孔甚艱險也我舊說以爲蘇公也暴暴公也皆畿內諸侯也○舊說暴公爲卿士而譖蘇公故蘇公作詩以絕之然不欲直斥暴公故但指其從行者而言彼何人者其心甚險胡爲往我之梁而不入我之門乎既而問其所從則暴公也夫以從暴公而不入我門則暴公之譖已也明矣但舊說於詩無明文可考未敢信其必然耳

○二人從行。誰爲此禍。胡逝我

梁。不入唁我。始者不如今。云不我可。賦也二人暴公與其徒也唁弔失位也○言二人相從而行不知誰譖己而禍之乎既使我得罪矣而其逝我梁也又不入而唁我汝始者與我親厚之時豈嘗如今不以我爲可乎

○彼何人斯。胡逝我陳。我聞其聲。不見其身。不愧于人。不畏於天。叶鐵因反○賦也陳堂塗也堂下至門之徑也○在我之陳則又近矣聞其聲而不見其身言其蹤跡之詭祕也不愧于人則以人爲可欺也天不可欺女獨不畏于天乎奈何其譖我也

○彼何人斯。其爲飄風。叶孚愔反胡不自北。胡不自南。叶尼心反胡逝我梁。祇音支攪我心。音絞賦也飄風暴風也攪擾亂也○言其往來之疾若飄風然自北自南則與我不相值也今則逝我之梁則適所以攪亂我心而已

○爾之安行。亦不遑舍。叶商居反爾之亟行。音棘遑脂爾車。壹者之來。云何其盱。音吁○賦也安徐遑暇舍息亟疾盱望也字林云盱張目也易曰盱豫悔三都賦云盱衡而語是也○言爾平時徐行猶不暇息而況亟行則何暇脂其車哉今脂其車則非亟也乃託以亟行而不入見我則非其情矣何不一來見我如何使我望女之切乎

○爾還而入。我心易也。去聲叶以支反還而不入。否難知也。壹者之來。俾我祇也。賦也還反易說祇安也○言爾之往也既不入我門矣儻還而入則我心猶庶乎其說也還而不入則爾之心我不可得而知矣何不一來見我而使我心安乎董氏曰是詩至此其辭益緩若不知其爲譖矣

○伯氏吹壎。音塤仲氏吹篪。音池及爾如貫。諒不我知。出此三物。以詛爾斯。側助反叶先齎反○賦也伯仲兄弟也俱爲王臣則有兄弟之義矣樂器土曰壎大如鵝子銳上平底似稱錘六孔竹曰篪長尺四寸圍三寸七孔一孔上出徑三分凡八孔橫吹之如貫如繩之貫物也言相連屬也諒誠也三物犬豕雞也刺其血以詛盟也○伯氏吹壎而仲氏吹篪言其心相親愛而聲相應和也汝如物之在貫豈誠不我知而譖我哉苟曰誠不我知則出此三物以詛之可也

○爲鬼爲蜮。音域則不可得。有靦音腆面目。視人罔極。作此好歌。以極反側。賦也蜮短狐也江淮水皆有之能含沙以射水中人影其人輒病而不見其形也靦面見人之貌也好善也反側反覆不正直也○言汝爲鬼爲蜮則不可得而見矣女乃人也靦然有面目與人相視無窮極之時豈其情終不可測哉是以作此好歌以究極爾反側之心也

何人斯八章。章六句。此詩與上篇文意相似疑出一手但上篇先刺聽者此篇專責讒人耳王氏曰暴公不忠於君不義於友所謂大故也故蘇公絕之然其絕之也不斥暴公言其從行而已不著其譖也示以所疑而已既絕之矣而猶告以壹者之來俾我祇也蓋君子之處已也忠其遇人也恕使其由此悔悟更以善意從我固所願也雖其不能如此我固不爲已甚豈

若小丈夫然哉一與人絕則醜詆固拒唯恐其復合也

萋(音妻)兮斐兮。成是貝錦。彼譖人者。亦已大(音泰)甚。比也萋斐小文之貌貝水中介蟲也有文彩似錦○時有遭讒而被宮刑爲巷伯者作此詩言因萋斐之形而文致之以成貝錦以比讒人者因人之小過而飾成大罪也彼爲是者亦已大甚矣 ○ 哆(昌者反)兮侈兮。成是南箕。彼譖人者。誰適(音的)與謀。(叶謨悲反)○比也哆侈微張之貌南箕四星二爲踵二爲舌其踵狹而舌廣則大張矣適主也誰適與謀言其謀之閟也 ○ 緝緝翩翩。(音篇叶批賓反)謀欲譖人。慎爾言也。謂爾不信。(叶斯人反)○賦也緝緝口舌聲或曰緝緝人之罪也或曰有條理貌翩翩往來貌譖人者自以爲得意矣然不慎爾言聽者有時而悟且將以爾爲不信矣 ○ 捷捷幡幡。(音翻叶芬邅反)謀欲譖言。豈不爾受。既其女(音汝)遷。賦也捷捷儇利貌幡幡反覆貌王氏曰上好譖則固將受女然好譖不已則遇譖之禍亦既遷而及女矣曾氏曰上章及此皆忠告之辭 ○ 驕人好好。勞人草草。蒼天蒼天。(叶鐵因反)視彼驕人。矜此勞人。賦也好好樂也草草憂也驕人譖行而得意勞人遇譖而失度其狀如此 ○ 彼譖人者。(叶掌與反)誰適與謀。(叶滿補反)取彼譖人。投畀豺虎。豺虎不食。投畀有北。有北不受。(叶承呪反)投畀有昊。(叶許候反)○賦也再言彼譖人者誰適與謀者甚嫉之故重言之也或曰衍文也投棄也北北方寒涼不毛之地也不食不受言讒譖之人物所共惡也昊昊天也投畀昊天使制其罪○此皆設言以見欲其死亡之甚也故曰好賢如緇衣惡惡如巷伯 ○ 楊園之道。猗(音倚)于畝丘。(叶袪奇反)寺人孟子。作爲此詩。凡百君子。敬而聽之。興也楊園下地也猗加也畝丘高地也寺人內小臣蓋以讒被宮而爲此官也孟子其字也○楊園之道而猗于畝丘以興賤者之言或有補於君子也蓋譖始於微者而其漸將及於大臣故作詩使聽而謹之也劉氏曰其後王后太子及大夫果多以讒廢者

巷伯七章。四章章四句。一章五句。一章八句。一章六句。巷是宮內道名秦漢所謂永巷是也伯長也主宮內道官之長即寺人也故以名篇班固司馬遷贊云迹其所以自傷悼小雅巷伯之倫其意亦謂巷伯本以被譖而遭刑也而楊氏曰寺人內侍之微者出入於王之左右親近於王而日見之宜無閒之可伺矣今也亦傷於讒則疏遠者可知故其詩曰凡百君子敬而聽之使在位知戒也其說不同然亦有理姑存於此云

習習谷風。維風及雨。將恐將懼。維予與女。(音汝)將安將樂。(音洛)女轉棄予。(叶演女反○興也習習和調貌谷風東風也將且也恐懼謂危難憂患之時也○此朋友相怨之詩故言習習谷風則維風及雨矣將恐將懼之時則維予與女矣奈何將安將樂而女轉棄予哉)

○習習谷風。維風及頹。將恐將懼。寘予于懷。(叶胡隈反)將安將樂。棄予如遺。(叶遺回反○興也頹風之焚輪者也寘與置同置于懷親之也如遺忘去而不復存省也)

○習習谷風。維山崔嵬。無草不死。無木不萎。(叶於回反)忘我大德。思我小怨。(比也崔嵬山巔也○習習谷風維山崔嵬則風之所被者廣矣然猶無不死之草無不萎之木況於朋友豈可以忘大德而思小怨乎或曰興也)

谷風三章章六句。

蓼蓼(音六)者莪。匪莪伊蒿。哀哀父母。生我劬勞。(比也蓼蓼長大貌莪美菜也蒿賤草也○人民勞苦孝子不得終養而作此詩言昔謂之莪而今非莪也特蒿而已以比父母生我以爲美材可賴以終其身而今乃不得其養以死於是乃言父母生我之劬勞而重自哀傷也)

○蓼蓼者莪。匪莪伊蔚。(音尉)哀哀父母。生我勞瘁。(比也蔚牡菣也三月始生七月始華如胡麻華而紫赤八月爲角似小豆角銳而長瘁病也)

○缾之罄矣。維罍之恥。鮮(上聲)民之生。不如死之久(叶舉里反)矣。無父何怙。無母何恃。出則銜恤。入則靡至。(比也缾小罍大皆酒器也罄盡鮮寡恤憂靡無也○言缾資於罍而罍資缾猶父母與子相依爲命也故缾罄矣乃罍之恥猶父母不得其所乃子之責所以窮獨之民生不如死也蓋無父則無所怙無母則無所恃是以出則中心銜恤入則如無所歸也)

○父兮生我。母兮鞠我。拊(音撫)我畜(音旭)我。長(上聲)我育我。顧我復我。出入腹我。欲報之德。昊天罔極。(賦也生者本其氣也鞠畜皆養也拊循也育覆育也顧旋視也復反覆也腹懷抱也罔無極窮也○言父母之恩如此欲報之以德而其恩之大如天無窮不知所以爲報也)

○南山烈烈。飄風發發。民莫不穀。我獨何害。(叶音曷○興也烈烈高大貌發發疾貌穀善也○南山烈烈則飄風發發矣民莫不善而我獨何爲遭此害也哉)

○南山律律。飄風弗弗。(叶分聿反)民莫不穀。我獨不卒。(興也律律猶烈烈也弗弗猶發發也卒終也言終養也)

蓼莪六章。四章章四句。二章章八句。晉王裒以父死非罪每讀詩至哀哀父母生我劬勞未嘗不三復流涕受業者爲廢此篇詩之感人如此

有饛音蒙簋音軌飧。音孫有捄音求棘匕。音比周道如砥。音紙其直如矢。君子所履。小人所視。叶善止反睠音眷言顧之。潸音山焉出涕。音體○興也饛滿簋貌飧熟食也捄曲貌棘匕以棘爲匕所以載鼎肉而升之於俎也砥礪石言平也矢言直也君子在位履行小人下民也睠反顧也潸涕下貌○序以爲東國困於役而傷於財譚大夫作此以告病言有饛簋飧則有捄棘匕周道如砥則其直如矢是以君子履之而小人視焉今乃顧之而出涕者則以東方之賦役莫不由是而西輸於周也

○小東大東。叶都郎反杼音佇柚音逐其空。叶枯郎反糾糾葛屨。可以履霜。佻佻音挑公子。行彼周行。叶戶郎反既往既來。叶六直反使我心疚。叶訖力反○賦也小東大東東方小大之國也自周視之則諸侯之國皆在東方杼持緯者也柚受經者也空盡也佻佻輕薄不柰勞苦之貌公子諸侯之貴臣也周行大路也疚病也○言東方小大之國杼柚皆已空矣至於以葛屨履霜而其貴戚之臣奔走往來不勝其勞使我心憂而病也

○有洌音列氿音軌泉。無浸穫薪。叶才勻反契契音器寤歎。哀我憚人。叶丁佐反薪是穫薪。尚可載也。叶節力反哀我憚人。亦可息也。興也洌寒意也側出曰氿泉穫艾也契契憂苦也憚勞也尚庶幾也載載以歸也○蘇氏曰薪已穫矣而復漬之則腐民已勞矣而復事之則病故已艾則庶其載而畜之已勞則庶其息而安之

○東人之子。職勞不來。音賚叶六直反西人之子。粲粲衣服。叶蒲北反舟人之子。熊羆是裘。叶渠之反私人之子。百僚是試。叶申之反○賦也東人諸侯之人也職專主也來慰撫也西人京師人也粲粲鮮盛貌舟人舟楫之人也熊羆是裘言富也私人私家皁隸之屬也僚官試用也舟人私人皆西人也○此言賦役不均羣小得志也

○或以其酒。不以其漿。鞙鞙音琄佩璲。音遂不以其長。維天有漢。監音鑒亦有光。跂彼織女。終日七襄。賦也鞙鞙長貌璲瑞也漢天河也跂隅貌織女星名在漢旁三星跂然如隅也七襄未詳傳曰反也箋云駕也駕謂更其肆也蓋天有十二次日月所止舍所謂肆也經星一晝一夜左旋一周而有餘則終日之閒自卯至酉當更七次也○言東人或餽之以酒而西人曾不以爲漿東人或與之以鞙然之佩而西人曾不以爲長維天之有漢則庶乎其有以監我而織女之七襄則庶乎其能成文章以報我矣無所赴愬而言維天庶乎其恤我耳

○雖則七襄。不成報章。睆音莞

彼牽牛。不以服箱。東有啓明。叶譏郞反 西有長庚。叶古郞反 有捄天畢。載施之行。音杭○賦也晥明星貌牽牛星名服駕也箱車箱也啓明長庚皆金星也以其先日而出故謂之啓明以其後日而入故謂之長庚蓋金水二星常附日行而或先或後但金大水小故獨以金星爲言也天畢畢星也狀如掩兎之畢行行列也○言彼織女不能成報我之章牽牛不可以服我之箱而啓明長庚天畢畢者亦無實用但施之行列而已至是則知天亦無若我何矣 ○維南有箕。不可以簸。波我反 揚。維北有斗。不可以挹。音揖 酒漿。維南有箕。載翕。音吸 其舌。維北有斗。西柄之揭。音訐○賦也箕斗二星以夏秋之閒見於南方云北斗者以其在箕之北也或曰北斗常見不隱者也翕引也舌下二星也南斗柄固指西若北斗而西柄則亦秋時也○言南箕既不可以簸揚糠粃北斗既不可以挹酌酒漿而箕引其舌反若有所吞噬斗西揭其柄反若有所挹取於東是天非徒無若我何乃亦若助西人而見困甚怨之辭也

大東七章章八句。

四月維夏。叶後五反 六月徂暑。先祖匪人。胡寧忍予。叶演女反○興也徂往也四月六月亦以夏正數之建巳建未之月也○此亦遭亂自傷之詩言四月維夏則六月徂暑矣我先祖豈非人乎何忍使我遭此禍也無所歸咎之辭也 ○秋日淒淒。百卉具腓。亂離瘼音莫 矣。奚其適歸。興也淒淒涼風也卉草腓病離憂瘼病奚何適之也○秋日淒淒則百卉俱腓矣亂離瘼矣則我將何所適歸乎哉 ○冬日烈烈。飄風發發。民莫不穀。我獨何害。音曷○興也烈烈猶栗烈也發發疾貌穀善也○夏則暑秋則病冬則烈言禍亂日進無時而息也 ○山有嘉卉。侯栗侯梅。叶莫悲反 廢爲殘賊。莫知其尤。叶于其反○興也嘉善侯維廢變尤過也○山有嘉卉則維栗與梅矣在位者變爲殘賊則誰之過哉 ○相去聲 彼泉水。載清載濁。叶殊玉反 我日構禍。曷云能穀。興也相視載則構合也○相彼泉水猶有時而清有時而濁而我乃日日遭害則曷云能善乎 ○滔滔江漢。南國之紀。盡瘁以仕。寧莫我有。叶羽已反○興也滔滔大水貌江漢二水名紀綱紀也謂經帶包絡之也瘁病也有識有也○滔滔江漢猶爲南國之紀今也盡瘁以仕而王何其不我有哉 ○匪鶉音團 匪鳶。音沿叶以旬反 翰飛戾天。叶鐵因反 匪鱣音邅 匪鮪。潛逃于淵。叶一均反○賦也鶉鵰也鳶亦鷙鳥也其飛上薄雲漢鱣鮪大魚也○鶉鳶則能翰飛戾天鱣鮪則能潛逃于淵我非是四者則亦無所逃矣 ○山有蕨薇。隰有杞桋。音夷 君

子作歌。維以告哀。叶於希反○興也杞枸檵也桋赤楝也樹葉細而岐銳皮理錯戾好叢生山中可爲車輞○山則有蕨薇隰則有杞桋君子作歌則維以告哀而已

四月八章章四句。

小旻之什十篇六十五章四百十四句。

北山之什二之六。

陟彼北山。言采其杞。偕偕士子。叶奬里反朝夕從事。叶上止反王事靡盬。憂我父母。叶滿彼反○賦也偕偕強壯貌士子詩人自謂也○大夫行役而作此詩自言陟北山而采杞以食者皆強壯之人而朝夕從事者也蓋以王事不可以不勤是以貽我父母之憂耳

○溥音普天之下。叶後五反莫非王土。率土之濱。莫非王臣。大夫不均。我從事獨賢。叶下珍反○賦也溥大率循濱涯也○言土之廣臣之衆而王不均平使我從事獨勞也不斥王而曰大夫不言獨勞而曰獨賢詩人之忠厚如此

○四牡彭彭。叶鋪郎反王事傍傍。音崩叶布光反嘉我未老。鮮我方將。旅力方剛。經營四方。賦也彭彭然不得息也傍傍然不得已也嘉善鮮少也以爲少而難得也將壯也旅與膂同○言王之所以使我者善我之未老而方壯旅力可以經營四方爾猶上章之言獨賢也

○或燕燕居息。或盡瘁事國。叶越逼反或息偃在牀。或不已于行。叶戶郎反○賦也燕燕安息貌瘁病已止也○言役使之不均也下章放此

○或不知叫號。音毫或慘慘劬勞。或棲音西遲偃仰。或王事鞅音怏掌。賦也不知叫號深居安逸不聞人聲也鞅掌失容也言事煩勞不暇爲儀容也

○或湛音耽樂飲酒。或慘慘畏咎。或出入風音諷議。叶魚羈反或靡事不爲。賦也咎猶罪過也出入風議言親信而從容也

北山六章。三章章六句。三章章四句。

無將大車。祇音支自塵兮。無思百憂。祇自疧矣。興也將扶進也大車平地任載之車駕牛者也祇適疧病也○此亦行役勞苦而憂思者之作言將大車則塵汚之思百憂則病及之也

○無將大車。維塵冥冥。叶莫迥反無思百憂。不出于熲。音耿○興也冥冥昏晦也熲與

耿同小明也在憂中耿耿然不能出也重猶累也

○無將大車。維塵雝上平二聲兮。無思百憂。祇自重上平二聲兮。興也雝猶蔽也

無將大車三章章四句。

明明上天。照臨下土。我征徂西。至于艽音求野。叶上與反二月初吉。載離寒暑。心之憂矣。其毒大音泰苦。念彼共音恭人。涕零如雨。豈不懷歸。畏此罪罟。音古○賦也征行也徂往也艽野地名蓋遠荒之地也二月亦以夏正數之建卯月也初吉朔日也毒言心中如有藥毒也其人僚友之處者也懷思罟網也○大夫以二月西征至於歲暮而未得歸故呼天而訴之復念其僚友之處者且自言其畏罪而不敢歸也

○昔我往矣。日月方除。去聲曷云其還。歲聿云莫。念我獨兮。我事孔庶。心之憂矣。憚丁佐反我不暇。叶胡顧反念彼共人。睠睠音眷懷顧。豈不懷歸。畏此譴怒。賦也除除舊生新也謂二月初吉也庶衆憚勞也睠睠勤厚之意譴怒罪責也○言昔以是時往今未知何時可還而歲已暮矣蓋身獨而事衆是以勤勞而不暇也

○昔我往矣。日月方奧。音郁曷云其還。政事愈蹙。音蹴歲聿云莫。采蕭穫菽。心之憂矣。自詒伊戚。叶子六反念彼共人。興言出宿。豈不懷歸。畏此反覆。音福○賦也奧煖蹙急詒遺戚憂興起也反覆傾側無常之意也○言以政事愈急是以至此歲暮而猶不得歸又自咎其不能見幾遠去而自遺此憂至於不能安寢而出宿於外也

○嗟爾君子。無恆安處。靖共爾位。正直是與。神之聽之。式穀以女。音汝○賦也君子亦指其僚友也恆常也靖與靜同與猶助也穀祿也以猶與也○上章既自傷悼此章又戒其僚友曰嗟爾君子無以安處爲常言當有勞時勿懷安也當靖共爾位惟正直之人是助則神之聽之而以穀祿與女矣

○嗟爾君子。無恆安息。靖共爾位。好去聲是正直。神之聽之。介爾景福。叶筆力反○賦也息猶處也好是正直愛此正直之人也介景皆大也

小明五章。三章章十二句。二章章六句。

鼓鐘將將。音槍 淮水湯湯。憂心且傷。淑人君子。懷允不忘。賦也將將聲也淮水出信陽軍桐柏山至楚州漣水軍入海湯湯沸騰之貌淑善懷思允信也○此詩之義未詳王氏曰幽王鼓鐘淮水之上爲流連之樂久而忘反聞者憂傷而思古之君子不能忘也 ○鼓鐘喈喈。音皆叶居奚反 淮水湝湝。音諧叶賢雞反 憂心且悲。淑人君子。其德不回。叶乎爲反○賦也喈喈猶將將湝湝猶湯湯悲猶傷也回邪也 ○鼓鐘伐鼛。音高叶居尤反 淮有三洲。憂心且妯。音抽 淑人君子。其德不猶。賦也鼛大鼓也周禮作皐云皐鼓尋有四尺三洲淮上地蘇氏曰始言湯湯水盛也中言湝湝水流也終言三洲水落而洲見也言幽王之久於淮上也妯動猶若也言不若今王之荒亂也 ○鼓鐘欽欽。鼓瑟鼓琴。笙磬同音。以雅以南。叶尼心反 以籥音藥 不僭。叶七心反○賦也欽欽亦聲也磬樂器以石爲之琴瑟在堂笙磬在下同音言其和也雅二雅也南二南也籥籥舞也僭亂也言三者皆不僭也○蘇氏曰言幽王之不德豈其樂非古歟樂則是而人則非也

鼓鐘四章章五句。此詩之義有不可知者今姑釋其訓詁名物而略以王氏蘇氏之說解之未敢信其必然也

楚楚者茨。言抽其棘。自昔何爲。我蓺音藝 黍稷。我黍與與。音餘 我稷翼翼。我倉既盈。我庾維億。以爲酒食。以享以祀。叶逸織反 以妥以侑。音又叶夷益反 以介景福。叶音璧○賦也楚楚盛密貌茨蒺藜也抽除也我爲有田祿而奉祭祀者之自稱也與與翼翼皆蕃盛貌露積曰庾十萬曰億享獻也妥安坐也禮曰詔妥尸蓋祭祀筮族人之子爲尸既奠迎之使處神坐而拜以安之也侑勸也恐尸或未飽祝侑之曰皇尸未實也介大也景亦大也○此詩述公卿有田祿者力於農事以奉其宗廟之祭故言蒺藜之地有抽除其棘者古人何乃爲此事乎蓋將使我於此蓺黍稷也故我之黍稷既盛倉庾既實則爲酒食以享祀妥侑而介大福也 ○濟濟上聲 蹌蹌。音槍 絜爾牛羊。以往烝嘗。或剝或亨。音烹叶鋪郎反 或肆或將。祝祭于祊。音崩叶補光反 祀事孔明。叶謨郎反 先祖是皇。神保是饗。叶虛良反 孝孫有慶。叶袪羊反 報以介福。萬壽無疆。賦也濟濟蹌蹌言有容也冬祭曰烝秋祭曰嘗剝解剝其皮也亨煑熟之也肆陳之也將奉持而進之也祊廟門內也孝子不知神之所在故使祝博求之於門內待賓客之處也孔甚也明猶備也著也皇大也君也保安也神保蓋尸之嘉號楚辭所謂靈保亦以巫降神之稱也孝孫主祭之人也慶猶福也 ○執爨音竄 踖踖。音積叶七略反 爲俎孔碩。叶常約反 或燔

音煩或炙。音隻叶陟略反君婦莫莫。音麥叶木各反為豆孔庶。叶陟略反為賓為客。叶克各反獻酬交錯。禮儀卒度。叶徒洛反笑語卒獲。叶黃郭反神保是格。叶剛鶴反報以介福。萬壽攸酢。賦也爨竈也踖踖敬也俎所以載牲體也碩大也燔燒肉也炙炙肝也皆所以從獻也特牲主人獻尸賓長以肝從主婦獻尸兄弟長以燔從是也君婦主婦也莫莫清靜而敬至也豆所以盛內羞庶羞主婦薦之也庶多也賓客筮而戒之使助祭者既獻尸而遂與之相獻酬也主人酌賓曰獻賓飲主人曰酢主人又自飲而復飲賓曰酬賓受之奠於席前而不舉至旅而後少長相勸而交錯以偏也卒盡也度法度也獲得其宜也格來酢報也

○我孔熯音善矣。式禮莫愆。叶起巾反工祝致告。徂賚孝孫。叶須倫反苾音邲芬孝祀。叶逸織反神嗜飲食。卜爾百福。叶筆力反如幾音機如式。既齊既稷。既匡既敕。永錫爾極。時萬時億。賦也熯竭也善其事曰工苾芬香也卜予也幾期也春秋傳曰易幾而哭是也式法齊整稷疾匡正敕戒極至也○禮行既久筋力竭矣而式禮莫愆敬之至也於是祝致神意以嘏主人曰爾飲食芳潔故報爾以福祿使其來如幾其多如法爾禮容莊敬故報爾以衆善之極使爾無一事而不得乎此各隨其事而報之以其類也少牢嘏辭曰皇尸命工祝承致多福無疆于女孝孫來女孝孫使女受祿于天宜稼于田眉壽萬年勿替引之此大夫之禮也

○禮儀既備。叶蒲北反鐘鼓既戒。叶訖力反孝孫徂位。叶力入反工祝致告。叶古得反神具醉止。皇尸載起。鼓鐘送尸。神保聿歸。諸宰君婦。廢徹不遲。諸父兄弟。備言燕私。叶息夷反○賦也戒告也徂位祭事既畢主人往阼階上西面之位也致告祝傳尸意告利成於主人言孝子之利養成畢也於是神醉而尸起送尸而神歸矣曰皇尸者尊稱之也鼓鐘者尸出入奏肆夏也鬼神無形言其醉而歸者誠敬之至如見之也諸宰家宰非一人之稱也廢去也不遲以疾為敬亦不留神惠之意也祭畢既歸賓客之俎同姓則留與之燕以盡私恩所以尊賓客親骨肉也

○樂具入奏。音族以綏後祿。爾殽既將。莫怨具慶。叶祛羊反既醉既飽。叶補苟反小大稽首。神嗜飲食。使君壽考。叶去九反孔惠孔時。維其盡叶子忍反之。子子孫孫。勿替引之。賦也凡廟之制前廟以奉神後寢以藏衣冠祭於廟而燕於寢故於此將燕而祭時之樂皆入奏於寢也且於祭既受祿矣故以燕為將受後祿而綏之也爾殽既進與燕之人無有怨者而皆歡慶醉飽稽首而言曰向者之祭神既嗜君之飲食矣是以使君壽考也又言君之祭祀甚順甚時無所不盡子子孫孫當不廢而引長之也

楚茨六章章十二句。呂氏曰楚茨極言祭祀所以事神受福之節致詳致備所以推明先王致力於民者盡則致力於神者詳觀其威儀之盛物品之豐所以交神

明達羣下至於受福無疆者非德盛政脩何以致之

信彼南山。維禹甸音殿叶徒鄰反之。畇畇音勻原隰。曾孫田叶地因反之。我疆我理。南東其畝。叶滿彼反○賦也南山終南山也甸治也畇畇墾辟貌曾孫主祭者之稱曾重也自曾祖以至無窮皆得稱之也疆者爲之大界也理者定其溝塗也畝壟也長樂劉氏曰其遂東入於溝則其畝南矣其遂南入於溝則其畝東矣○此詩大指與楚茨略同此卽其篇首四句之意也言信乎此南山者本禹之所治故其原隰墾闢而我得田之於是爲之疆理而順其地勢水勢之所宜或南其畝或東其畝也

○上天同雲。雨去聲雪雰雰。益之以霢音麥霂音木。既優既渥。叶烏谷反既霑既足。生我百穀。賦也同雲雲一色也將雪之候如此雰雰雪貌霢霂小雨貌優渥霑足皆饒洽之意也冬有積雪春而益之以小雨潤澤則饒洽矣

○疆埸音亦翼翼。黍稷彧彧。音郁叶于逼反曾孫之穡。以爲酒食。畀音祕我尸賓。壽考萬年。叶尼因反○賦也埸畔也翼翼整飭貌彧彧茂盛貌畀與也○言其田整飭而穀茂盛者皆曾孫之穡也於是以爲酒食而獻之於尸及賓客也陰陽和萬物遂而人心歡悅以奉宗廟則神降之福故壽考萬年也

○中田有廬。疆埸音亦有瓜。叶公乎反是剝是菹。側居反獻之皇祖。曾孫壽考。叶孔五反受天之祜。音戶○賦也中田田中也菹酢菜也祜福也○一井之田其中百畝爲公田內以二十畝分八家爲廬舍以便田事於畔上種瓜以盡地利瓜成剝削淹漬以爲菹而獻皇祖貴四時之異物順孝子之心也

○祭以清酒。從以騂音辭牡。享于祖考。叶去久反執其鸞刀。以啟其毛。取其血膋。音聊叶音勞○賦也清酒清潔之酒鬱鬯之屬也騂赤色周所尚也祭禮先以鬱鬯灌地求神於陰然後迎牲執者主人親執也鸞刀刀有鈴也膋脂膏也啓其毛以告純也取其血以告殺也取其膋以升臭也合之黍稷實之於蕭而燔之以求神於陽也記曰周人尚臭灌用鬯臭鬱合鬯臭陰達於淵泉灌以圭璋用玉氣也既灌然後迎牲致陰氣也蕭合黍稷臭陽達於牆屋故既奠然後焫蕭合羶薌凡祭慎諸此魂氣歸於天形魄歸於地故祭求諸陰陽之義也

○是烝是享。叶虛良反苾苾芬芬。祀事孔明。叶謨郎反先祖是皇。報以介福。萬壽無疆。賦也烝進也或曰冬祭名

信南山六章。章六句。

倬音卓彼甫田。叶地因反歲取十千。叶倉新反我取其陳。食音嗣我農人。自古有年。叶泥因反今適南

畝。叶滿彼反或耘或耔。音子叶獎里反黍稷薿薿。音蟻攸介攸止。烝我髦音毛士。賦也倬明貌甫大也十千謂一成之田地方十里為田九萬畝而以其萬畝為公田蓋九一之法也我食祿主祭之人也陳舊粟也農人私百畝而養公田者也有年豐年也適往也耘除草也耔雝本也蓋后稷為田一畝三甽廣尺深尺而播種於其中苗葉以上稍耨壟草因隤其土以附苗根壟盡甽平則根深而能風與旱也薿薿茂盛貌介大烝進髦俊也俊士秀民也古者士出於農而工商不與焉管仲曰農之子恆為農野處而不暱其秀民之能為士者必足賴也即謂此也○此詩述公卿有田祿者力於農事以奉方社田祖之祭故言於此大田歲取萬畝之入以為祿食及其積之久而有餘則又存其新而散其舊以食農人補不足助不給也蓋以自古有年是以陳陳相因所積如此然其用之之節又合宜而有序如此所以粟雖甚多而無紅腐不可食之患也又言自古既有年矣今適南畝農人方且或耘或耔而其黍稷又已茂盛則是又將復有年矣故於其所美大止息之處進我髦士而勞之也

○以我齊音咨明。叶謨郎反與我犧羊。以社以方。我田既臧。農夫之慶。叶祛羊反琴瑟擊鼓。以御牙嫁反田祖。以祈甘雨。以介我稷黍。以穀我士女。賦也齊與粢同曲禮曰稷曰明粢此言齊明便文以協韻耳犧羊純色之羊也社后土也以句龍氏配方秋祭四方報成萬物周禮所謂羅弊獻禽以祀祊是也臧善慶福御迎也田祖先嗇也謂始耕田者即神農也周禮籥章凡國祈年於田祖則吹豳雅擊土鼓以樂田畯是也穀養也又曰善也言倉廩實而知禮節也○言奉其齊盛犧牲以祭方社而曰我田之所以善者非我之所能致也乃賴農夫之福而致之耳又作樂以祭田祖而祈雨庶有以大其稷黍而養其民人也

○曾孫來止。以其婦子。叶獎里反饁音曄彼南畝。叶滿彼反田畯音俊至喜。攘音讓其左右。叶羽已反嘗其旨否。叶補美反禾易長畝。終善且有。叶羽已反曾孫不怒。農夫克敏。叶母鄙反○賦也曾孫主祭者之稱非獨宗廟為然曲禮外事曰曾孫某侯某武王禱名山大川曰有道曾孫周王發是也饁餉攘取旨美易治長竟有多敏疾也○曾孫之來適見農夫之婦子來饁耘者於是與之偕至其所而田畯亦至而喜之乃取其左右之饋而嘗其旨否言其上下相親之甚也既又見其禾之易治竟畝如一而知其終當善而且多是以曾孫不怒而其農夫益以敏於其事也

○曾孫之稼。如茨如梁。曾孫之庾。如坻音池如京。叶居良反乃求千斯倉。乃求萬斯箱。黍稷稻粱。農夫之慶。叶祛羊反報以介福。萬壽無疆。賦也茨屋蓋言其密比也梁車梁言其穹隆也坻水中之高地也京高丘也箱車箱也○此言收成之後禾稼既多則求倉以處之求車以載之而言凡此黍稷稻粱皆賴農夫之慶而得之是宜報以大福使之萬壽無疆也其歸美於下而欲厚報之如此

甫田四章。章十句。

大田多稼。既種上聲既戒。既備乃事。叶上止反以我覃音剡耜。叶養里反俶載南畝。叶滿彼反播厥百穀。叶工洛反既庭且碩。叶常約反曾孫是若。賦也種擇其種也戒飭其具也覃利俶始載事庭直碩大若順也○蘇氏曰田大而種多故以今歲之冬具來歲之種戒來歲之事凡既備矣然後事之取其利耜而始事於南畝既耕而播之其耕之也勤而種之也時故其生者皆直而大以順曾孫之所欲此詩爲農夫之辭以頌美其上若以答前篇之意也

○既方既皁。叶子苟反既堅既好。叶許苟反不稂音郎不莠。音酉去上聲其螟音冥螣。音特及其蟊賊。無害我田穉。音稚田祖有神。秉畀炎火。叶虎委反○賦也方房也謂孚甲始生而未合時也實未堅者曰皁稂童梁莠似苗皆害苗之草也食心曰螟食葉曰螣食根曰蟊食節曰賊皆害苗之蟲也穉幼禾也○言其苗既盛矣又必去此四蟲然後可以無害田中之禾然非人力所及也故願田祖之神爲我持此四蟲而付之炎火之中也姚崇遣使捕蝗引此爲證夜中設火火邊掘坑且焚且瘞蓋古之遺法如此

○有渰音掩萋萋。音妻興雨祁祁。雨我公田。遂及我私。叶息夷反彼有不穫穉。此有不斂穧。音霽彼有遺秉。此有滯穗。伊寡婦之利。賦也渰雲興貌萋萋盛貌祁祁徐也雲欲盛盛則多雨雨欲徐徐則入土公田者方里而井井九百畝其中爲公田八家皆私百畝而同養公田也穧束秉把也滯亦遺棄之意也○言農夫之心先公後私故望此雲雨而曰天其雨我公田而遂及我之私田乎冀佔君德而蒙其餘惠使收成之際彼有不及穫之穉禾此有不及斂之穧束彼有遺棄之禾把此有滯漏之禾穗而寡婦尚得取之以爲利也此見其豐成有餘而不盡取又與鰥寡共之既足以爲不費之惠而亦不棄於地也不然則粒米狼戾不殆於輕視天物而慢棄之乎

○曾孫來止。以其婦子。饁彼南畝。田畯至喜。來方禋音因祀。叶逸織反以其騂黑。與其黍稷。以享以祀。同上以介景福。叶筆力反○賦也精意以享謂之禋○農夫相告曰曾孫來矣於是與其婦子饁彼南畝之穫者而田畯亦至而喜之也曾孫之來又禋祀四方之神而賽禱焉四方各用其方色之牲此言騂黑舉南北以見其餘也以介景福農夫欲曾孫之受福也

大田四章。二章章八句。二章章九句。前篇有擊鼓以御田祖之文故或疑此楚茨信南山甫田大田四篇即爲豳雅其詳見於豳風之末亦未知其是否也然前篇上之人以我田既臧爲農夫之慶而欲報之以介福此篇農夫以雨我公田遂及我私而欲其享祀以介景福上下之情所以相賴而相報者如此非盛德其孰能之

瞻彼洛矣。維水泱泱。（音秧）君子至止。福祿如茨。韎（音昧）韐（音閤）有奭。（音赩）以作六師。（賦也洛水名在東都會諸侯之處也泱泱深廣也君子指天子也茨積也韎茅蒐所染色也韐韠也合韋爲之周官所謂韋弁兵事之服也奭赤貌作猶起也六師六軍也天子六軍○此天子會諸侯於東都以講武事而諸侯美天子之詩言天子至此洛水之上御戎服而起六師也）○瞻彼洛矣。維水泱泱。君子至止。鞞（補頂反）琫（音菶）有珌。（音必）君子萬年。保其家室。（賦也鞞容刀之鞞今刀鞘也琫上飾珌下飾亦戎服也）○瞻彼洛矣。維水泱泱。君子至止。福祿既同。君子萬年。保其家邦。（叶卜工反○賦也同猶聚也）

瞻彼洛矣三章。章六句。

裳裳者華。其葉湑（上聲）兮。我覯之子。我心寫（叶想與反）兮。我心寫兮。是以有譽處兮。（興也裳裳猶堂堂董氏曰古本作常常棣也湑盛貌覯見處安也○此天子美諸侯之辭蓋以答瞻彼洛矣也言裳裳者華則其葉湑然而美盛矣我覯之子則其心傾寫而悅樂之矣夫能使見者悅樂之如此則其有譽處宜矣此章與蓼蕭首章文勢全相似）○裳裳者華。芸其黃矣。我覯之子。維其有章矣。維其有章矣。是以有慶（叶虛羊反）矣。（興也芸黃盛也章文章也有文章斯有福慶矣）○裳裳者華。或黃或白。（叶僕各反）我覯之子。乘其四駱。乘其四駱。六轡沃若。（興也言其車馬威儀之盛）○左（叶祖戈反）之左（同上）之。君子宜（叶牛何反）之。右（叶羽巳反）之右（同上）之。君子有（叶羽巳反）之。維其有（同上）之。是以似（叶養里反）之。（賦也言其才全德備以左之則無所不宜以右之則無所不有維其有之於內是以形之於外者無不似其所有也）

裳裳者華四章。章六句。

北山之什十篇。四十六章。三百三十四句。

桑扈之什二之七。

交交桑扈。扈音戶 有鶯其羽。君子樂音洛 胥。叶思呂反 受天之祜。音戶○興也交交飛往來之貌桑扈竊脂也鶯然有文章也君子指諸侯胥語辭祜福也○此亦天子燕諸侯之詩言交交桑扈則有鶯其羽矣君子樂胥則受天之祜矣頌禱之辭也 ○交交桑扈。有鶯其領。君子樂胥。萬邦之屏。音丙○興也領頸屏蔽也言其能爲小國之藩衛蓋任方伯連帥之職者也 ○之屏之翰。叶胡見反 百辟音璧 爲憲。不戢音緝 不難。叶乃多反 受福不那。賦也翰幹也所以當牆兩邊障土者也辟君憲法也言其所統之諸侯皆以之爲法也戢斂難愼那多也不戢戢也不難難也不那那也蓋曰豈不斂乎豈不愼乎其受福豈不多乎古語聲急而然也後放此 ○兕觥其觩。音求 旨酒思柔。彼交匪敖。去聲 萬福來求。賦也兕觥爵也觩角上曲貌旨美也思語辭也敖傲通交際之閒無所傲慢則我無事於求福而福反來求我矣

桑扈四章。章四句。

鴛鴦于飛。畢之羅之。君子萬年。福祿宜叶牛何反 之。興也鴛鴦匹鳥也畢小罔長柄者也羅罔也君子指天子也○此諸侯所以答桑扈也鴛鴦于飛則畢之羅之矣君子萬年則福祿宜之矣亦頌禱之辭也 ○鴛鴦在梁。戢其左翼。君子萬年。宜其遐福。叶筆力反○興也石絕水爲梁戢斂也張子曰禽鳥並棲一正一倒戢其左翼以相依於內舒其右翼以防患於外蓋左不用而右便故也遐遠也久也 ○乘去聲 馬在廄。音救 摧音剉 之秣音末 之。叶莫佩反 君子萬年。福祿艾叶魚肺反 之。興也摧莝秣粟艾養也蘇氏曰艾老也言以福祿終其身也亦通○乘馬在廄則摧之秣之矣君子萬年則福祿艾之矣 ○乘馬在廄。秣之摧叶如字又音剉 之。君子萬年。福祿綏叶如字又土果反 之。興也綏安也

鴛鴦四章。章四句。

有頍音跬 者弁。實維伊何。爾酒既旨。爾殽既嘉。叶居何反 豈伊異人。兄弟匪他。音拖 蔦音鳥 與女蘿。音羅 施音異 于松柏。叶逋莫反 未見君子。憂心奕奕。叶弋灼反 既見君子。庶幾說音悅 懌。叶弋灼反○賦而興又比也頍弁貌或曰舉首貌弁皮弁嘉旨皆美也匪他非他人也蔦寄生也葉似當盧子如覆盆子赤黑甜美女蘿兔絲也蔓連草上黃赤如金此則比也君子兄弟爲賓者也奕奕憂心無所薄也○此亦

燕兄弟親戚之詩故言有頍者弁實維伊何乎爾酒既旨爾殽既嘉則豈伊異人乎乃兄弟而匪他也又言蔦蘿施于木上以比兄弟親戚纏緜依附之意是以未見而憂既見而喜也

○有頍者弁。實維何期。爾酒既旨。爾殽既時。豈伊異人。兄弟具來。叶陵之反蔦與女蘿。施于松上。叶時亮反未見君子。憂心怲怲。音柄叶兵旺反既見君子。庶幾有臧。叶才浪反○賦而興又比也何期猶伊何也時善具俱也怲怲憂盛滿也臧善也

○有頍者弁。實維在首。爾酒既旨。爾殽既阜。豈伊異人。兄弟甥舅。如彼雨去聲雪。先集維霰。音線死喪去聲無日。無幾音己相見。樂酒今夕。君子維宴。賦而興又比也阜猶多也甥舅謂母姑姊妹妻族也霰雪之始凝者也將大雨雪必先微溫雪自上下遇溫氣而摶謂之霰久而寒勝則大雪矣言霰集則將雪之候以比老至則將死之徵也故卒言死喪無日不能久相見矣但當樂飲以盡今夕之歡篤親親之意也

頍弁三章章十二句。

間關車之舝兮。思孌音戀季女逝兮。匪飢匪渴。德音來括。雖無好友。叶羽已反式燕且喜。賦也間關設舝聲也舝車軸頭鐵也無事則脫行則設之昏禮親迎者乘車孌美貌逝往括會也○此燕樂其新昏之詩故言間關然設此車舝者蓋思彼孌然之季女故乘此車往而迎之也匪飢也匪渴也望其德音來括而心如飢渴耳雖無他人亦當燕飲以相喜樂也

○依彼平林。有集維鷮。音驕辰彼碩女。令德來教。叶居爻反式燕且譽。好去聲爾無射。音亦叶都故反○興也依茂木貌鷮雉也微小於翟走而且鳴其尾長肉甚美辰時碩大也爾即季女也射厭也○依彼平林則有集維鷮辰彼碩女則以令德來配已而教誨之是以式燕且譽而悅慕之無厭也

○雖無旨酒。式飲庶幾。雖無嘉殽。式食庶幾。雖無德與女。音汝式歌且舞。賦也旨嘉皆美也女亦指季女也○言我雖無旨酒嘉殽美德以與女女亦當飲食歌舞以相樂也

○陟彼高岡。析音錫其柞音昨薪。叶音襄析其柞薪。其葉湑上聲兮。鮮我覯爾。我心寫叶想羽反兮。興也陟登柞櫟湑盛鮮少覯見也○陟岡而析薪則其葉湑兮矣我得見爾則我心寫兮矣

○高山仰叶五剛反止。景行行叶戶郎反止。四牡騑騑。音霏六轡如琴。覯爾新

昏。以慰我心。興也仰瞻望也景行大道也如琴謂六轡調和如琴瑟也慰安也○高山則可仰景行則可行馬服御良則可以迎季女而慰我心也此又舉其始終而言也表記曰小雅曰高山仰止景行行止子曰詩之好仁如此鄉道而行中道而廢忘身之老也不知年數之不足也俛焉日有孳孳斃而後已

車舝五章。章六句。

營營青蠅。止于樊。音煩叶汾乾反豈弟君子。無信讒言。比也營營往來飛聲亂人聽也青蠅汙穢能變白黑樊藩也君子謂王也○詩人以王好聽讒言故以青蠅飛聲比之而戒王以勿聽也　○營營青蠅。止于棘。讒人罔極。交亂四國。叶越逼反○興也棘所以爲藩也極猶已也

○營營青蠅。止于榛。讒人罔極。構音姤我二人。興也構合也猶交亂也已與聽者爲二人

青蠅三章。章四句。

賓之初筵。左右秩秩。籩豆有楚。殽核維旅。酒既和旨。飲酒孔偕。音皆叶舉里反鐘鼓既設。叶書質反舉醻音酬逸逸。大侯既抗。叶居郎反弓矢斯張。射夫既同。獻爾發功。發彼有的。叶丁藥反以祈爾爵。賦也初筵初即席也左右筵之左右也秩秩有序也楚列貌殽豆實也核籩實也旅陳也和旨調美也孔甚也偕齊一也設宿設而又遷于下也大射樂人宿縣厥明將射乃遷樂于下以避射位是也舉醻舉所奠之醻爵也逸逸往來有序也大侯君侯也天子熊侯白質諸侯麋侯赤質大夫布侯畫以虎豹士布侯畫以鹿豕天子侯身一丈其中三分居一白質畫熊其外則丹地畫以雲氣抗張也凡射張侯而不繫左下綱中掩束之至將射司馬命張侯弟子脫束遂繫下綱也大侯張而弓矢亦張節也射夫既同比其耦也射禮選羣臣爲三耦三耦之外其餘各自取匹謂之衆耦獻猶奏也發發矢也的質也祈求也爵射不中者飲豐上之觶也○衛武公飲酒悔過而作此詩此章言因射而飲者初筵禮儀之盛酒既調美而飲者齊一至於設鐘鼓舉醻爵抗大侯張弓矢而衆耦拾發各心競云我以此求爵汝也　○籥舞笙鼓。樂既和奏。叶宗五反烝衎音看烈祖。以洽百禮。百禮既至。有壬有林。錫爾純嘏。子孫其湛。音耽叶持林反其湛曰樂。音洛各奏爾能。叶奴金反賓載手仇。音拘叶音求其室人入又。叶音由怡酌彼康爵。以奏爾時。叶音醻○賦也籥舞文舞也烝進衎樂烈業洽合也百禮言其備也壬大林盛也言禮之盛大也錫神錫之也爾主祭者也嘏福湛樂也各奏爾能謂子孫各酌獻尸口

酢而卒爵也仇讀曰𣪠室人有室中之事者謂佐食也又復也賓手挹酒室人復酌爲加爵也康安也酒所以安體也或曰康讀曰抗記曰崇坫康圭此亦謂坫上之爵也時時祭也蘇氏曰時物也〇此言因祭而飲者始時禮樂之威知此也

〇賓之初筵。溫溫其恭。其未醉止。威儀反反。叶分邅反 曰既醉止。威儀幡幡。叶分邅反 舍音捨 其坐遷。屢舞僊僊。其未醉止。威儀抑抑。曰既醉止。威儀怭怭。音弼 是曰既醉。不知其秩。賦也反反顧禮也幡幡輕數也遷徙屢數也僊僊軒舉之狀抑抑愼密也怭怭媟嫚也秩常也〇此言凡飲酒者常始乎治而卒乎亂也

〇賓既醉止。載號音毫 載呶。音鐃 亂我籩豆。屢舞僛僛。音欺 是曰既醉。不知其郵。叶于其反 則弁之俄。屢舞傞傞。音娑 既醉而出。並受其福。叶筆力反 醉而不出。是謂伐德。飲酒孔嘉。叶居何反 維其令儀。叶牛何反〇賦也號呼呶讙也僛僛傾側之狀郵與尤同過也側傾也俄傾貌傞傞不止也出去伐害孔甚令善也〇此章極言醉者之狀因言賓醉而出則與主人俱有美譽醉至若此是害其德也飲酒之所以甚美者以其有令儀爾今若此則無復有儀矣

〇凡此飲酒。或醉或否。叶補美反 既立之監。或佐之史。彼醉不臧。不醉反恥。式勿從謂。無俾大音泰 怠。叶養里反 匪言勿言。匪由勿語。由醉之言。俾出童羖。音古 三爵不識。叶音失志 矧敢多又。叶夷益夷豉二反〇賦也監史司正之屬燕禮鄉射恐有解倦失禮者立司正以監之察儀法也謂告由從也童羖無角之羖羊必無之物也識記也〇言飲酒者或醉或不醉故既立監而佐之以史則彼醉者所爲不善而不自知使不醉者反爲之羞愧也安得從而告之使勿至於大怠乎告之若曰所不當言者勿言所不當從者勿語醉而忘言則將罰汝使出童羖矣設言必無之物以恐之也汝飲至三爵已昏然無所記矣況敢又多飲乎又丁寧以戒之

賓之初筵五章。章十四句。毛氏序曰衛武公刺幽王也韓氏序曰衛武公飲酒悔過也今按此詩意與大雅抑戒相類必武公自悔之作當從韓義

魚在在藻。有頒音焚 其首。王在在鎬。豈音愷 樂音洛 飲酒。興也藻水草也頒大首貌豈亦樂也〇此天子燕諸侯而諸侯美天子之詩也言魚何在乎在乎藻也則有頒其首矣王何在乎在乎鎬京也則豈樂飲酒矣

〇魚在在藻。有莘其尾。王在在鎬。飲酒樂豈。叶去幾反〇興也莘長也

〇魚在在藻。依于其蒲。王在在鎬。有那其居。興也那安居處也

魚藻三章章四句。

采菽采菽。筐音匡之筥音舉之。君子來朝。音潮何錫音與予之。雖無予之。路車乘去聲馬。叶滿補反又何予之。玄袞及黼。音甫○興也菽大豆也君子諸侯也路車金路以賜同姓象路以賜異姓也玄袞玄衣而畫以卷龍也黼如斧形刺之於裳也周制諸公袞冕九章已見九罭篇侯伯鷩冕七章則自華蟲以下子男毳冕五章衣自宗彝以下而裳黼黻孤卿絺冕三章則衣粉米而裳黼黻大夫玄冕則玄衣黻裳而已○此天子所以答魚藻也采菽采菽則必以筐筥盛之君子來朝則必有以錫予之又言今雖無以予之然已有路車乘馬玄袞及黼之賜矣其言如此者好之無已意猶以爲薄也

○觱音必沸音弗檻胡覽反泉。叶才匀反言采其芹。音勤君子來朝。言觀其旂。音祈叶巨斤反其旂淠淠。音譬鸞聲嘒嘒。載驂載駟。君子所屆。叶居氣反○興也觱沸泉出貌檻泉正出也芹水草可食淠淠動貌嘒嘒聲也屆至也○觱沸檻泉則言采其芹諸侯來朝則言觀其旂見其旂聞其鸞聲又見其馬則知君子之至於是也

○赤芾音弗在股。邪幅在下。叶後五反彼交匪紓。音舒叶上與反天子所予。音與樂音洛只音止君子。天子命之。叶彌并反樂只君子。福祿申之。賦也脛本曰股邪幅偪也邪纏於足如今行縢所以束脛在股下也交交際也紓緩也○言諸侯服此芾偪見於天子恭敬齊遬不敢紓緩則爲天子所予而申之以福祿也

○維柞之枝。其葉蓬蓬。樂只君子。殿多見反天子之邦。叶卜工反樂只君子。萬福攸同。平平音楩左右。亦是率從。興也柞見車舝篇蓬蓬盛貌殿鎮也平平辯治也左右諸侯之臣也率循也○維柞之枝則其葉蓬蓬然樂只君子則宜殿天子之邦而爲萬福之所聚又言其左右之臣亦從之而至此也

○汎汎芳劍反楊舟。紼音弗纚音黎維之。樂只君子。天子葵之。樂只君子。福祿膍音琵之。優哉游哉。亦是戾叶郎之反矣。興也紼繂也纚維皆繫也言以大索纚其舟而繫之也葵揆也揆猶度也膍厚戾至也○汎汎楊舟則必以紼纚維之樂只君子則天子必葵之福祿必膍之於是又歎其優游而至於此也

采菽五章章八句。

騂騂音騂角弓。翩音篇其反叶分邅反矣。兄弟昏姻。無胥遠叶於圓反矣。興也騂騂弓調和貌角弓以角飾弓也翩反貌弓之爲物張之

則內向而來弛之則外反而去有似兄弟昏姻親疏遠近之意胥相也○此刺王不親九族而好讒佞使宗族相怨之詩言騂騂角弓既翩然而反矣兄弟昏姻則豈可以相遠哉

○爾之遠（同前）矣。民胥然矣。爾之教矣。民胥傚矣。（賦也爾王也上之所為下必有甚者）

○此令兄弟。綽綽有裕。（預與二音）不令兄弟。交相為瘉。（同上○賦也令善綽寬裕饒瘉病也○言雖王化之不善然此善兄弟則綽有裕而不變彼不善之兄弟則由此而交相病矣蓋指讒己之人而言也）

○民之無良。相怨一方。受爵不讓。（叶如羊反）至于已斯亡。（賦也一方彼一方也○相怨者各據其一方耳若以責人之心責己愛己之心愛人使彼己之間交見而無蔽則豈有相怨者哉況兄弟相怨相讒以取爵位而不知遜讓終亦必亡而已矣）

○老馬反為駒。（叶去聲）不顧其後。（叶下故反）如食宜饇。（音飫）如酌孔取。（叶音娶○比也饇飽孔甚也○言其但知讒害人以取爵位而不知其不勝任如老馬憊矣而反自以為駒不顧其後將有不勝任之患也又如食之已多而宜飽矣酌之所取亦已甚矣）

○毋教猱升木。如塗塗附。君子有徽猷。小人與屬。（音蜀叶殊遇反○比也猱獼猴也性善升木不待教而能也塗泥附著徽美猷道屬附也○言小人骨肉之恩本薄王又好讒佞以來之是猶教猱升木又如於泥塗之上加以泥塗附之也苟王有美道則小人將反為善以附之不至於如此矣）

○雨（去聲）雪瀌瀌。（音標）見晛（音現）曰消。莫肯下（去聲）遺。式居婁（音慮）驕。（比也瀌瀌盛貌晛日氣也張子曰讒言遇明者當自止而王甘信之不肯貶下而遺棄之更益以長慢也）

○雨雪浮浮。見晛曰流。如蠻如髦。（叶莫侯反）我是用憂。（比也浮浮猶瀌瀌也流流而去也蠻南蠻也髦夷髦也書作髳言其無禮義而相殘賊也）

角弓八章。章四句。

有菀（音鬱）者柳。不尚息焉。上帝甚蹈。無自暱焉。俾予靖之。後予極焉。（比也柳茂木也尚庶幾也上帝指王也蹈當作神言威靈可畏也暱近靖定也極求之盡也○王者暴虐諸侯不朝而作此詩言彼有菀然茂盛之柳行路之人豈不庶幾欲就止息乎以比人誰不欲朝事王者而王甚威神使人畏之而不敢近耳使我朝而事之以靖王室後必將極其所欲以求於我蓋諸侯皆不朝而己獨至則王必責之無已如齊威王朝周而後反為所辱也或曰興也下章放此）

○有菀者柳。不尚愒（音器）焉。上帝甚蹈。無自瘵（音債叶子例反）焉。俾予靖之。後予邁（叶力制反）焉。（比也愒息瘵病也邁過也求之過其分也）

○有

鳥高飛。亦傅（音附）于天。（叶鐵因反）彼人之心。于何其臻。曷予靖之。居以凶矜。（興也傅臻皆至也彼人斥王也居猶徒然也凶矜遭凶禍而可憐也○鳥之高飛極至於天耳彼王之心於何所極乎言其貪縱無極求責無已人不知其所至也如此則豈予能靖之乎乃徒然自取凶矜耳）

菀柳三章章六句。

桑扈之什十篇。四十三章。二百八十二句。

都人士之什二之八

彼都人士。狐裘黃黃。其容不改。出言有章。行歸于周。萬民所望。（叶音亡○賦也都王都也黃黃狐裘色也不改有常也章文章也周鎬京也○亂離之後人不復見昔日都邑之盛人物儀容之美而作此詩以歎惜之也）○彼都人士。臺笠緇撮。（叶租悅反）彼君子女。綢直如髮。（叶方月反）我不見兮。我心不說。（音悅○賦也臺夫須也緇撮緇布冠也其制小僅可撮其髻也君子女都人貴家之女也綢直如髮未詳其義然以四章五章推之亦言其髮之美耳）○彼都人士。充耳琇（音秀）實。彼君子女。謂之尹吉。我不見兮。我心苑（音鬱）結。（叶繳質反○賦也琇美石也以美石爲瑱尹吉未詳鄭氏曰吉讀爲姞尹氏姞氏周之昏姻舊姓也人見都人之女咸謂尹氏姞氏之女言其有禮法也李氏曰所謂尹吉猶晉言王謝唐言崔盧也苑猶屈也積也）○彼都人士。垂帶而厲。（叶落蓋反）彼君子女。卷（音權）髮如蠆。（音瘥）我不見兮。言從之邁。（賦也厲垂帶之貌卷髮鬢旁短髮不可斂者曲上卷然以爲飾也蠆螫蟲也尾末揵然似髮之曲上者邁行也蓋曰是不可得見也得見則我從之邁矣思之甚也）○匪伊垂之。帶則有餘。匪伊卷之。髮則有旟。我不見兮。云何盱（音吁）矣。（賦也旟揚也盱望也說見何人斯篇○此言士之帶非故垂之也帶自有餘耳女之髮非故卷之也髮自有旟耳言其自然閑美不假修飾也然不可得而見矣則如何而不望之乎）

都人士五章章六句。

終朝采綠。不盈一匊。（音菊）予髮曲局。薄言歸沐。（賦也自旦及食時爲終朝綠王芻也兩手曰匊局卷也猶言首如飛蓬也○婦人思其君子而言終朝采綠而不盈一匊者思念之深不專於事也又念其髮之曲局於是舍之而歸沐以待其君子之還也 ○終朝采藍。不盈一襜。尺占反叶都甘反 五日爲期。六日不詹。音占叶多甘反○賦也藍染草也衣蔽前謂之襜即蔽膝也詹與瞻同五日爲期去時之約也六日不詹過期而不見也 ○之子于狩。音獸 言韔音暢其弓。叶姑弘反 之子于釣。言綸之繩。賦也之子謂其君子也理絲曰綸○言君子若歸而欲往狩邪我則爲之韔其弓欲往釣邪我則爲之綸其繩望之切思之深欲無往而不與之俱也 ○其釣維何。維魴音房及鱮。音敘叶音湑 維魴及鱮。薄言觀者。叶掌與反○賦也於其釣而有獲也又將從而觀之亦上章之意也

采綠四章。章四句。

芃芃音蓬黍苗。陰雨膏去聲之。悠悠南行。召伯勞去聲之。興也芃芃長大貌悠悠遠行之意○宣王封申伯於謝命召穆公往營城邑故將徒役南行而行者作此言芃芃黍苗則唯陰雨能膏之悠悠南行則唯召伯能勞之也 ○我任音壬我輦。我車我牛。叶魚其反 我行既集。蓋云歸哉。將黎反○賦也任負任者也輦人輓車也牛所以駕大車也集成也營謝之役既成而歸也 ○我徒我御。我師我旅。我行既集。蓋云歸處。賦也徒步行者御乘車者五百人爲旅五旅爲師春秋傳曰君行師從卿行旅從 ○肅肅謝功。召伯營之。烈烈征師。召伯成之。賦也肅肅嚴正之貌謝邑名申伯所封國也今在鄧州信陽軍功工役之事也營治也烈烈威武貌征行也 ○原隰既平。泉流既清。召伯有成。王心則寧。賦也土治曰平水治曰清○言召伯營謝邑相其原隰之宜通其水泉之利此功既成宣王之心則安也

黍苗五章。章四句。此宣王時詩與大雅崧高相表裏

隰桑有阿。其葉有難。音那 既見君子。其樂音洛如何。興也隰下溼之處宜桑者也阿美貌難盛貌皆言枝葉條垂之狀○此喜見君子之詩言隰桑有阿則其葉有難矣既見君子則其樂如何哉辭意大槩與菁莪相類然所謂君子則不知其何所指矣或曰比也下章放此 ○隰桑有阿。其葉有沃。叶鬱縛反 既見君子。云何不樂。興也沃光澤貌 ○隰桑有阿。其葉有幽。叶於交反 既見君子。德音孔膠。

音交○興也幽黑色也膠固也○心平愛（叶許既反）矣。遐不謂矣。中心藏之。何日忘之。賦也遐與何同表記作瑕鄭氏註曰瑕之言胡也謂猶告也○言我中心誠愛君子而既見之則何不遂以告之而但中心藏之將使何日而忘之邪楚辭所謂思公子兮未敢言意蓋如此愛之根於中者深故發之遲而存之久也

隰桑四章。章四句。

白華（音花）菅（音姦）兮。白茅束兮。之子之遠。俾我獨兮。比也白華野菅也已漚爲菅之子斥幽王也俾使也我申后自我也○幽王娶申女以爲后又得褒姒而黜申后故申后作此詩言白華爲菅則白茅爲束二物至微猶必相須爲用何之子之遠而俾我獨邪○英英白雲。露彼菅茅。（叶莫侯反）天步艱難。之子不猶。比也英英輕明之貌白雲水土輕清之氣當夜而上騰者也露卽其散而下降者也步行也天步猶言時運也猶圖也或曰猶如也○言雲之澤物無微不被今時運艱難而之子不圖不如白雲之露菅茅也○滮（符彪反）池北流。浸彼稻田。（叶地因反）嘯歌傷懷。念彼碩人。比也滮流貌北流豐鎬之閒水多北流碩人尊大之稱亦謂幽王也○言小水微流尙能浸灌王之尊大而反不能通其寵澤所以使我嘯歌傷懷而念之也○樵彼桑薪。卬（音昂）烘于煁。（音忱）維彼碩人。實勞我心。比也樵采也桑薪薪之善者也卬我烘燎也煁無釜之竈可燎而不可烹飪者也○桑薪宜以烹飪而但爲燎燭以比嫡后之尊而反見卑賤也○鼓鐘于宮。聲聞（音問）于外。念子懆懆。（音慘）視我邁邁。比也懆懆憂貌邁邁不顧也○鼓鐘于宮則聲聞于外矣念子懆懆而反視我邁邁何哉○有鶖（音秋）在梁。有鶴在林。維彼碩人。實勞我心。比也鶖禿鶖也梁魚梁也○蘇氏曰鶖鶴皆以魚爲食然鶴之於鶖清濁則有閒矣今鶖在梁而鶴在林鶖則飽而鶴則飢矣幽王進褒姒而黜申后譬之養鶖而棄鶴也○鴛鴦在梁。戢其左翼。之子無良。二三其德。比也戢其左翼言不失其常也良善也二三其德則鴛鴦之不如也○有扁（音辯）斯石。履之卑兮。之子之遠。俾我疧（音底叶喬移反）兮。比也扁卑貌俾使疧病也○有扁然而卑之石則履之者亦卑矣如妾之賤則寵之者亦賤矣是以之子之遠而俾我疧也

白華八章。章四句。

緜蠻黃鳥。止于丘阿。道之云遠。我勞如何。飲（去聲）之食（音嗣）之。教之誨之。命彼後

車。謂之載之。比也緜蠻鳥聲阿曲阿也後車副車也○此微賤勞苦而思有所託者爲鳥言以自比也蓋曰緜蠻之黃鳥自言至于丘阿而不能前蓋道遠而勞甚矣當是時也有能飮之食之敎之誨之又命後車以載之者乎○緜蠻黃鳥。止于丘隅。豈敢憚行。畏不能趨。飮之食之。敎之誨之。命彼後車。謂之載之。比也隅角憚畏也趨疾行也○緜蠻黃鳥。止于丘側。豈敢憚行。畏不能極。飮之食之。敎之誨之。命彼後車。謂之載之。比也側旁極至也國語云齊朝駕則夕極于魯國

緜蠻三章。章八句。

幡幡音翻瓠葉。采之亨叶鋪郎反之。君子有酒。酌言嘗之。賦也幡幡瓠葉貌○此亦燕飮之詩言幡幡瓠葉采之亨之至薄也然君子有酒則亦以是酌而嘗之蓋述主人之謙辭言物雖薄而必與賓客共之也○有兔斯首。炮音庖之燔音煩叶汾乾反之。君子有酒。酌言獻叶虛言反之。賦也有兔斯首一兔也猶數魚以尾也毛曰炮加火曰燔亦薄物也獻獻之於賓也○有兔斯首。燔之炙音隻叶陟略反之。君子有酒。酌言酢之。賦也炕火曰炙謂以物貫之而舉於火上以炙之酢報也賓旣卒爵而酌主人也○有兔斯首。燔之炮叶蒲侯反之。君子有酒。酌言醻音酬之。賦也醻導飮也

瓠葉四章。章四句。

漸漸音巉之石。維其高矣。山川悠遠。維其勞矣。武人東征。不遑朝叶直高反矣。賦也漸漸高峻之貌武人將帥也遑暇也言無朝旦之暇也○將帥出征經歷險遠不堪勞苦而作此詩也○漸漸之石。維其卒音萃矣。山川悠遠。曷其沒叶莫筆反矣。武人東征。不遑出矣。賦也卒崔嵬也謂山巓之末也曷何沒盡也言所登歷何時而可盡也不遑出謂但知深入不暇謀出也○有豕白蹢音的。烝涉波矣。月離于畢。俾滂沱矣。武人東征。不遑他音拖矣。賦也蹢蹄烝衆也離月所宿也畢星名豕涉波月離畢將雨之驗也○張子曰豕之負塗曳泥其常性也今其足皆白衆與涉波而去水患之多可知矣此言久役又逢大雨甚勞苦而不暇及他事也

漸漸之石三章章六句。

苕音條之華。音花芸音云其黃矣。心之憂矣。維其傷矣。比也苕陵苕也本草云即今之紫葳蔓生附於喬木之上其華黃赤色亦名淩霄○詩人自以身逢周室之衰如苕附物而生雖榮不久故以爲比而自言其心之憂傷也　○苕之華。其葉青青。音精知我如此。不如無生。叶桑經反○比也青青盛貌然亦何能久哉　○牂音臧羊墳音焚首。三星在罶。音柳人可以食。鮮上聲可以飽。叶補苟反○賦也牂羊牝羊也墳大也羊瘠則首大也罶笱也罶中無魚而水靜但見三星之光而已○言饑饉之餘百物彫耗如此苟且得食足矣豈可望其飽哉

苕之華三章章四句。陳氏曰此詩其辭簡其情哀周室將亡不可救矣詩人傷之而已

何草不黃。何日不行。叶戶郎反何人不將。經營四方。與也草衰則黃將亦行也○周室將亡征役不息行者苦之故作此詩言何草而不黃何日而不行何人而不將以經營於四方也哉　○何草不玄。叶胡勻反何人不矜。音鰥哀我征夫。獨爲匪民。與也玄赤黑色也既黃而玄也無妻曰矜言從役過時而不得歸失其室家之樂也哀我征夫豈獨爲匪民哉　○匪兕匪虎。率彼曠野。叶上與反哀我征夫。朝夕不暇。叶後五反○賦也率循也曠空也○言征夫非兕非虎何爲使之循曠野而朝夕不得閑暇也　○有芃音蓬者狐。與車叶率彼幽草。有棧士板反之車。行彼周道。與也芃尾長貌棧車役車也周道大道也言不得休息也

何草不黃四章章四句。

都人士之什十篇四十三章二百句。

詩經卷之六

朱熹集傳

大雅三（說見小雅）

文王之什三之一

文王在上。於（音烏下同）昭于天。（叶鐵因反）周雖舊邦。其命維新。有周不顯。帝命不時。（叶上紙反）文王陟降。在帝左右。（叶羽已反）○賦也於歎辭昭明也命天命也不顯猶言豈不顯也帝上帝也不時猶言豈不時也左右旁側也○周公追述文王之德明周家所以受命而代商者皆由於此以戒成王此章言文王既沒而其神在上昭明于天是以周邦雖自后稷始封千有餘年而其受天命則自今始也夫文王在上而昭于天則其德顯矣周雖舊邦而命則新則其命時矣故又曰有周豈不顯乎帝命豈不時乎蓋以文王之神在天一升一降無時不在上帝之左右是以子孫蒙其福澤而君有天下也春秋傳天王追命諸侯之辭曰叔父陟恪在我先王之左右以佐事上帝語意與此正相似或疑恪亦降字之誤理或然也

○亹亹（音尾）文王。令聞（音問）不已。陳錫哉周。侯文王孫子。（叶獎里反）文王孫子。本支百世。凡周之士。不顯亦世。賦也亹亹強勉之貌令聞善譽也陳猶敷也哉語辭侯維也本宗子也支庶子也○文王非有所勉也純亦不已而人見其若有所勉耳有德不已故今既沒而其令聞猶不已也令聞不已是以上帝敷錫于周維文王孫子則使之本宗百世爲天子支庶百世爲諸侯而又及其臣子使凡周之士亦世世脩德與周匹休焉

○世之不顯。厥猶翼翼。思皇多士。生此王國。（叶于逼反）王國克生。維周之楨。（音貞）濟濟（上聲）多士。文王以寧。賦也猶謀翼翼勉敬也思語辭皇美楨榦也濟濟多貌○此承上章而言其傳世豈不顯乎而其謀猷皆能勉敬如此也美哉此衆多之賢士而生於此文王之國也文王之國能生此衆多之士則足以爲國之榦而文王亦賴以爲安矣蓋言文王得人之盛而宜其傳世之顯也

○穆穆文王。於緝熙敬止。假（上聲）哉天命。有商孫子。商之孫子。其麗不億。上帝既命。侯于周服。（叶蒲北反）○賦也穆穆深遠之意緝續熙明亦不已之意止語辭假大麗數也不億不止於億也侯維也○言穆穆然文王之德不已其敬如此是以大命集焉以有商孫子觀之則可見矣蓋商之孫子其數不止於億然以上帝之命集於文王而今皆維服于周矣

○侯服于周。天命

靡常。殷士膚敏。祼音灌將于京。叶居良反厥作祼將。常服黼音甫冔。音許王之藎音盡臣。無念爾祖。賦也諸侯之大夫入天子之國曰某士則殷士者商孫子之臣屬也膚美敏疾也祼灌鬯也將行也酌而送之也京周之京師也黼黼裳也冔殷冠也蓋先代之後統承先王脩其禮物作賓於王家時王不敢變焉而亦所以爲戒也王指成王也藎進也言其忠愛之篤進進無已也無念猶言豈得無念也爾祖文王也○言商之孫子而侯服于周以天命之不可常也故殷之士助祭于周京而服商之服也於是呼王之藎臣而告之曰得無念爾祖文王之德乎蓋以戒王而不敢斥言猶所謂敢告僕夫云爾劉向曰孔子論詩至於殷士膚敏祼將于京喟然歎曰大哉天命善不可不傳於後嗣是以富貴無常蓋傷微子之事周而痛殷之亡也○無念爾祖。聿脩厥德。永言配命。自求多福。叶筆力反殷之未喪去聲師。克配上帝。宜鑒于殷。駿音峻命不易。去聲○賦也聿發語辭永長配合也命天理也師衆也上帝天之主宰也駿大也不易言其難也○言欲念爾祖在於自脩其德而又常自省察使其所行無不合於天理則盛大之福自我致之有不外求而得矣又言殷未失天下之時其德足以配乎上帝矣今其子孫乃如此宜以爲鑒而自省焉則知天命之難保矣大學傳曰得衆則得國失衆則失國此之謂也○命之不易。無遏爾躬。叶姑弘反宣昭義問。有虞殷自天。叶鐵因反上天之載。無聲無臭。叶初尤反儀刑文王。萬邦作孚。叶房尤反○賦也遏絕宣布昭明義善也問聞通有又通虞度載事儀象刑法孚信也○言天命之不易保故告之使無若紂之自絕於天而布明其善譽於天下又度殷之所以廢興者而折之於天然上天之事無聲無臭不可得而度也惟取法於文王則萬邦作而信之矣子思子曰維天之命於穆不已蓋曰天之所以爲天也於乎不顯文王之德之純蓋曰文王之所以爲文也純亦不已夫知天之所以爲天又知文王之所以爲文則夫與天同德者可得而言矣是詩首言文王在上於昭于天文王陟降在帝左右而終之以此其旨深矣

文王七章章八句。東萊呂氏曰呂氏春秋引此詩以爲周公所作味其辭意信非周公不能作也○今按此詩一章言文王有顯德而上帝有成命也二章言天命集於文王則不唯尊榮其身又使其子孫百世爲天子諸侯也三章言命周之福不唯及其子孫而又及其羣臣之後嗣也四章言天命既絕於商則不唯誅罰其身又使其子孫亦來臣服于周也五章言絕商之禍不唯及其子孫而又及其羣臣之後嗣也六章言周之子孫臣庶當以文王爲法而以商爲鑒也七章又言當以商爲鑒而以文王爲法也其於天人之際興亡之理丁寧反覆至深切矣故立之樂官而因以爲天子諸侯朝會之樂蓋將以戒乎後世之君臣而又以昭先王之德於天下也國語以爲兩君相見之樂特舉其一端而言耳然此詩之首章言文王之昭于天而不言其所以昭次章言其令聞不已而不言其所以聞至於四章然後所以昭明而不已者乃可得而見焉然亦多詠歎之言而語其所以爲德之實則不越乎敬之一字而已然則後章所謂脩厥德而儀刑之者豈可以他求哉亦勉於此而已矣

明明在下。赫赫在上。叶辰羊反天難忱音諶斯。不易去聲維王。天位殷適。音的使不挾子燮反四方。賦也明明德之明也赫赫命之顯也忱信也不易難也天位天子之位也殷適殷之適嗣也挾有也○此亦周公戒成王之詩將陳文武受命故先言在下者有明明之德則在上者有赫赫之命達於上下去就無常此天之所以難忱而爲君之所以不易也紂居天位爲殷嗣乃使之不得挾四方而有之蓋以此爾

○摯音至仲氏任。音壬自彼殷商。來嫁于周。曰嬪音貧于京。叶居良反乃及王季。維德之行。叶戶郎反大音泰任有身。叶戶羊反生此文王。賦也摯國名仲中女也任摯國姓也殷商商之諸侯也嬪婦也京周京也曰嬪于京疊言以釋上句之意猶曰釐降二女于嬀汭嬪于虞也王季文王父也身懷孕也○將言文王之聖而追本其所從來者如此蓋曰自其父母而已然矣

○維此文王。小心翼翼。昭事上帝。聿懷多福。叶筆力反厥德不回。以受方國。叶越逼反○賦也小心翼翼恭愼之貌卽前篇之所謂敬也文王之德於此爲盛昭明懷來回邪也方國四方來附之國也

○天監在下。有命既集。叶昨合反文王初載。天作之合。在洽之陽。在渭之涘。音士叶羽己反文王嘉止。大邦有子。叶奬里反○賦也監視集就載年合配也洽水名本在今同州郃陽夏陽縣今流已絕故去水而加邑渭水亦逕此入河也嘉昏禮也大邦莘國也子大姒也○將言武王伐商之事故此又推其本而言天之監照實在於下其命既集於周矣故於文王之初年而默定其配所以洽陽渭涘當文王將昏之期而大邦有子也蓋曰非人之所能爲矣

○大邦有子。俔牽遍反天之妹。文定厥祥。親迎去聲于渭。造舟爲梁。不顯其光。賦也俔磬也韓詩作磬說文云俔譬也孔氏曰如今俗語譬喻物曰磬作然也文禮祥吉也言卜得吉而以納幣之禮定其祥也造作梁橋也作船於水比之而加版於其上以通行者卽今之浮橋也傳曰天子造舟諸侯維舟大夫方舟士特舟張子曰造舟爲梁文王所制而周世遂以爲天子之禮也不顯顯也

○有命自天。命此文王。于周于京。叶居良反纘女維莘。長上聲子維行。叶戶郎反篤生武王。保右音祐命爾。燮伐大商。賦也纘繼也莘國名長子長女大姒也行嫁篤厚也言既生文王而又生武王也右助燮和也○言天既命文王於周之京矣而克纘大任之女事者維此莘國以其長女來嫁于我也天又篤厚之使生武王保之助之命之而使之順天命以伐商也

○殷商之旅。其會如林。矢于牧野。維予侯興。叶音歆上帝臨女。音汝無貳爾心。賦也如林言衆也書曰受率其旅若林矢陳也牧野在朝歌南七十里侯維貳疑也爾武王也○此章言武王伐紂之時紂衆會集如林以拒武王而皆陳于牧野則維我之師爲有興起之

勢耳然衆心猶恐武王以衆寡之不敵而有所疑也故勉之曰上帝臨女無貳爾心蓋知天命之必然而贊其決也然武王非必有所疑也設言以見衆心之同非武王之得已耳 〇牧野洋洋。檀車煌煌。駟騵音元彭彭。叶鋪郎反維師尙父。時維鷹揚。涼音亮彼武王。肆伐大商。會朝清明。叶謨郎反〇賦也洋洋廣大之貌檀堅木宜爲車者也煌煌鮮明貌駵馬白腹曰騵彭彭強盛貌師尙父太公望爲大師而號尙父也鷹揚如鷹之飛揚而將擊言其猛也涼漢書作亮佐助也肆縱兵也會朝會戰之旦也〇此章言武王師衆之盛將帥之賢伐商以除穢濁不崇朝而天下淸明所以終首章之意也

大明八章。四章章六句。四章章八句。名義見小旻篇一章言天命無常惟德是與二章言王季大任之德以及文王三章言文王之德四章五章六章言文王大姒之德以及武王七章言武王伐紂八章言武王克商以終首章之意其章以六句八句相閒又國語以此及下篇皆爲兩君相見之樂說見上篇

緜緜瓜瓞。音垤民之初生。自土沮音疽漆。音七古公亶父。音甫陶音桃復音福陶穴。叶戶橘反未有家室。比也緜緜不絕貌大曰瓜小曰瓞瓜之近本初生者常小其蔓不絕至末而後大也民周人也自從土地也沮漆二水名在豳地古公號也亶父名也或曰字也後乃追稱大王焉陶窰竈也復重窰也穴土室也家門內之通名也豳地近西戎而苦寒故其俗如此〇此亦周公戒成王之詩追述大王始遷岐周以開王業而文王因之以受天命也此其首章言瓜之先小後大以比周人始生於漆沮之土而古公之時居於窰竈土室之中其國甚小至文王而後大也 〇古公亶父。來朝走馬。叶滿補反率西水滸。音虎至于岐下。叶後五反爰及姜女。聿來胥宇。賦也朝早也走馬避狄難也率循也滸水厓也漆沮之側也岐下岐山之下也姜女大王妃也胥相宇宅也孟子曰大王居邠狄人侵之事之以皮幣珠玉犬馬而不得免乃屬其耆老而告之曰狄人之所欲者吾土地也吾聞之也君子不以其所以養人者害人二三子何患乎無君我將去之去邠踰梁山邑于岐山之下居焉邠人曰仁人也不可失也從之者如歸市 〇周原膴膴。音武菫音謹荼如飴。音移爰始爰謀。叶謨悲反爰契音器我龜。曰止曰時。築室于茲。叶津之反〇賦也周原地名在岐山之南廣平曰原膴膴肥美貌菫烏頭也荼苦菜蓼屬也飴餳也契所以然火而灼龜者也儀禮所謂楚焞是也或曰以刀刻龜甲欲鑽之處也〇言周原土地之美雖物之苦者亦甘於是大王始與豳人之從己者謀居之又契龜而卜之旣得吉兆乃告其民曰可以止於是而築室矣或曰時謂土功之時也 〇迺慰迺止。迺左迺右。叶羽已反迺疆迺理。迺宣迺畝。叶滿彼反自西徂東。周爰執事。叶上止反〇賦也慰安止居也左右東西列之也疆謂畫其大界理謂別其條理也宣布散而居也或曰導其溝洫也畝治其田疇

也自西徂東自西水滸而徂東也周徧也言靡事不爲也○乃召司空。乃召司徒。俾立室家。叶古胡反其繩則直。縮音蹜版以載。叶節力反作廟翼翼。賦也司空掌營國邑司徒掌徒役之事繩所以爲直凡營度位處皆先以繩正之既正則束版而築也縮束也載上下相承也言以索束版投土築訖則升下而上以相承載也君子將營宮室宗廟爲先廐庫爲次居室爲後翼翼嚴正也○捄音俱之陾陾。音仍度入聲之薨薨。築之登登。削屢馮馮。音憑百堵皆興。鼛音皐鼓弗勝。賦也捄盛土於器也陾陾衆也度投土於版也薨薨衆聲也登登相應聲削屢牆成而削治重複也馮馮牆堅聲五版爲堵興起也此言治宮室也鼛鼓長一丈二尺以鼓役事弗勝者言其樂事勸功鼓不能止也○迺立皐門。皐門有伉。音抗叶苦郎反迺立應門。應門將將。音搶迺立冢土。戎醜攸行。叶戶郎反○賦也傳曰王之郭門曰皐門伉高貌王之正門曰應門將將嚴正也大王之時未有制度特作二門其名如此及周有天下遂尊以爲天子之門而諸侯不得立焉冢土大社也亦大王所立而後因以爲天子之制也戎醜大衆也起大事動大衆必有事乎社而後出謂之宜○肆不殄音佃厥慍。亦不隕音尹厥問。柞音昨棫音域拔音佩矣。行道兌吐外反矣。混音昆夷駾音隊矣。維其喙音諱矣。賦也肆故今也猶言遂也承上起下之辭殄絕慍怒隕墜也問聞通謂聲譽也柞櫟也枝長葉盛叢生有刺棫白桵也小木亦叢生有刺拔挺拔而上不拳曲蒙密也兌通也始通道於柞棫之閒也駾突喙息也○言大王雖不能殄絕混夷之慍怒亦不隕墜已之聲聞蓋雖聖賢不能必人之不怒己但不廢其自脩之實耳然大王始至此岐下之時林木深阻人物鮮少至於其後生齒漸繁歸附日衆則木拔道通混夷畏之而奔突竄伏維其喙息而已言德盛而混夷自服也蓋已爲文王之時矣○虞芮質厥成。文王蹶音媿厥生。叶桑經反予曰有疏附。叶上聲予曰有先去聲後。去聲叶下五反予曰有奔奏。音走叶宗五反予曰有禦侮。賦也虞芮二國名質正成平也傳曰虞芮之君相與爭田久而不平乃相與朝周入其境則耕者讓畔行者讓路入其邑男女異路斑白者不提挈入其朝士讓爲大夫大夫讓爲卿二國之君感而相謂曰我等小人不可以履君子之境乃相讓以其所爭田爲閒田而退天下聞之而歸者四十餘國蘇氏曰虞在陝之平陸芮在同之馮翊平陸有閒原焉則虞芮之所讓也蹶生未詳其義或曰蹶動而疾也生猶起也予詩人自予也率下親上曰疏附相道前後曰先後喩德宣譽曰奔奏武臣折衝曰禦侮○言混夷既服而虞芮來質其訟之成於是諸侯歸周者衆而文王由此動其興起之勢是雖其德之盛然亦由有此四臣之助而然故各以予曰起之其辭繁而不殺者所以深歎其得人之盛也

緜九章。章六句。

一章言在豳二章言至岐三章言定宅四章言授田居民五章言作宗廟六章言治宮室七章言作門社八章言至文王而服混夷九章遂言文王受命之事

餘說見上篇

芃芃音逢棫音域樸音卜薪之槱音酉之。濟濟上聲辟音璧王。左右趣叶此苟反之。興也芃芃木盛貌樸叢生也言根枝迫迮相附著也槱積也濟濟容貌之美也辟君也君王謂文王也○此亦以詠歌文王之德言芃芃棫樸則薪之槱之矣濟濟辟王則左右趣之矣蓋德盛而人心歸附趣向之也　○濟濟辟王。左右奉璋。奉璋峩峩。髦士攸宜。叶牛何反○賦也半珪曰璋祭祀之禮王祼以圭瓚諸臣助之亞祼以璋瓚左右奉之其判在內亦有趣向之意峩峩盛壯也髦俊也　○淠音譬彼涇音經舟。烝徒楫音接叶籍入反之。周王于邁。六師及之。興也淠舟行貌涇水名烝衆楫櫂于往邁行也六師六軍也○言淠彼涇舟則舟中之人無不楫之周王于邁則六師之衆追而及之蓋衆歸其德不令而從也　○倬音卓彼雲漢。爲章于天。叶鐵因反周王壽考。遐不作人。興也倬大也雲漢天河也在箕斗二星之閒其長竟天章文章也文王九十七乃終故言壽考遐與何同作人謂變化鼓舞之也　○追音堆琢音卓其章。金玉其相。勉勉我王。綱紀四方。興也追雕也金曰雕玉曰琢相質也勉勉猶言不已也凡網罟張之爲綱理之爲紀○追之琢之則所以美其文者至矣金之玉之則所以美其質者至矣勉勉我王則所以綱紀乎四方者至矣

棫樸五章。章四句。此詩前三章言文王之德爲人所歸後二章言文王之德有以振作綱紀天下之人而人歸之自此以下至假樂皆不知何人所作疑多出於周公也

瞻彼旱麓。音鹿榛楛音戶濟濟。上聲豈弟君子。干祿豈弟。興也旱山名麓山足也榛似栗而小楛似荊而赤濟濟衆多也豈弟樂易也君子指文王也○此亦以詠歌文王之德言旱山之麓則榛楛濟濟然矣豈弟君子則其干祿也豈弟矣干祿豈弟言其干祿之有道猶曰其爭也君子云爾　○瑟彼玉瓚。才旱反黃流在中。豈弟君子。福祿攸降。叶乎攻反○興也瑟縝密貌玉瓚圭瓚也以圭爲柄黃金爲勺青金爲外而朱其中也黃流鬱鬯也釀秬黍爲酒築鬱金煑而和之使芬芳條鬯以瓚酌而祼之也攸所降下也○言瑟然之玉瓚則必有黃流在其中豈弟之君子則必有福祿下其躬明寶器不薦於褻味而黃流不注於瓦缶則知盛德必享於祿壽而福澤不降於淫人矣　○鳶音沿飛戾天。叶鐵因反魚躍于淵。叶一均反豈弟君子。遐不作人。興也鳶鴟類戾至也李氏曰抱朴子曰鳶之在下無力及至乎上聳身直翅而已蓋鳶之飛全不用力亦如魚躍怡然自得而不知其所以然也遐何通○言鳶之飛則戾于天矣魚之躍則出于淵矣豈弟君子而何不作人乎言其必作人也　○清酒既載。叶節力反騂音觲

牡既備。叶蒲北反以享以祀。叶逸織反以介景福。叶筆力反○賦也載在尊也備全具也承上章言有豈弟之德則祭必受福也○瑟彼柞棫。民所燎矣。豈弟君子。神所勞去聲矣。興也瑟茂密貌燎爨也或曰熂燎除其旁草使木茂也勞慰撫也○莫莫葛藟。音壘施音異于條枚。音梅豈弟君子。求福不回。興也莫莫盛貌回邪也

旱麓六章章四句。

思齊音齋大任。文王之母。思媚周姜。京室之婦。音阜大姒嗣徽音。則百斯男。叶尼心反○賦也思語辭齊莊媚愛也周姜大王之妃大姜也京周也大姒文王之妃也徽美也百男舉成數而言其多也○此詩亦歌文王之德而推本言之曰此莊敬之大任乃文王之母實能媚於周姜而稱其爲周室之婦至於大姒又能繼其美德之音而子孫衆多上有聖母所以成之者遠內有賢妃所以助之者深也○惠于宗公。神罔時怨。神罔時恫。音通刑于寡妻。至于兄弟。以御音迓于家邦。叶卜工反○賦也惠順也宗公宗廟先公也恫痛也刑儀法也寡妻猶言寡小君也御迎也○言文王順于先公而鬼神歆之無怨恫者其儀法內施於閨門而至于兄弟以御于家邦也孔子曰家齊而後國治孟子曰言舉斯心加諸彼而已張子曰言接神人各得其道也○雝雝音雍在宮。肅肅在廟。叶音貌不顯亦臨。無射音亦亦保。叶音鮑○賦也雝雝和之至也肅肅敬之至也不顯幽隱之處也射與斁同厭也保猶守也○言文王在閨門之內則極其和在宗廟之中則極其敬雖居幽隱亦常若有臨之者雖無厭射亦常有所守焉其純亦不已蓋如是○肆戎疾不殄。烈假上聲不瑕。不聞亦式。不諫亦入。賦也肆故今也戎大也疾猶難也大難如羑里之囚及昆夷玁狁之屬也殄絕烈光假大瑕過也此兩句與不殄厥慍不隕厥問相表裏聞猶前聞也式法也○承上章言文王之德如此故其大難雖不殄絕而光大亦無玷缺雖事之無所前聞者而亦無不合於法度雖無諫諍之者而亦未嘗不入於善傳所謂性與天合是也○肆成人有德。小子有造。古之人無斁。音亦譽髦斯士。賦也冠以上爲成人小子童子也造爲也古之人指文王也譽名髦俊也○承上章言文王之德見於事者如此故一時人材皆得其所成就蓋由其德純而不已故令此士皆有譽於天下而成其俊乂之美也

思齊五章二章章六句三章章四句。

皇矣上帝。臨下有赫。叶黑各反 監觀四方。求民之莫。維此二國。其政不獲。叶胡郭反 維彼四國。爰究爰度。入聲 上帝耆之。憎其式廓。乃眷西顧。此維與宅。叶達各反○賦也皇大臨視也赫威明也監亦視也莫定也二國夏商也不獲謂失其道也四國四方之國也究尋度謀也耆憎式廓未詳其義或曰耆致也憎當作增式廓猶言規模也此謂岐周之地也○此詩敍大王大伯王季之德以及文王伐密伐崇之事也此其首章先言天之臨下甚明但求民之安定而已彼夏商之政既不得矣故求於四方之國苟上帝之所欲致者則增大其疆境之規模於是乃眷然顧視西土以此岐周之地與大王爲居宅也 ○作之屛音丙之。其菑音緇其翳。音意 修之平之。其灌其栵。音例 啓之辟音闢之。其檉其椐。音居叶紀庶反 攘之剔之。其檿音厭其柘。叶都故反 帝遷明德。串音貫夷載路。天立厥配。受命既固。賦也作拔起也屛去之也菑木立死者也翳自斃者也或曰小木蒙密蔽翳者也修平皆治之使疏密正直得宜也灌叢生者也栵行生者也啓辟芟除也檉河柳也似楊赤色生河邊椐樻也腫節似扶老可爲杖者也攘剔謂穿剔去其繁冗使成長也檿山桑也與柘皆美材可爲弓幹又可蠶也明德謂明德之君即大王也串夷載路未詳或曰串夷即昆夷載路謂滿路而去所謂混夷駾矣者也配賢妃也謂大姜○此章言大王遷於岐周之事蓋岐周之地本皆山林險阻無人之境而近於昆夷大王居之人物漸盛然後漸次開闢如此乃上帝遷此明德之君使居其地而昆夷遠遁天又爲之立賢妃以助之是以受命堅固而卒成王業也 ○帝省其山。柞棫斯拔。音佩 松柏斯兌。徒外反 帝作邦作對。自大音泰伯王季。維此王季。因心則友。叶羽已反 則友其兄。叶虛王反 則篤其慶。叶袪羊反 載錫之光。受祿無喪。去聲叶平聲 奄有四方。賦也拔兌見緜篇此亦言其山林之閒道路通也對猶當也作對言擇其可當此國者以君之也大伯大王之長子王季大王之少子也因心非勉強也善兄弟曰友兄謂大伯也篤厚載則也奄字之義在忽遽之閒○言帝省其山而見其木拔道通則知民之歸之者益衆矣於是既作之邦又與之賢君以嗣其業蓋自其初生大伯王季之時而已定矣於是大伯見王季生文王又知天命之有在故適吳不反大王沒而國傳於王季及文王而周道大興也然以大伯而避王季則王季疑於不友故又特言王季所以友其兄者乃因其心之自然而無待於勉強既受大伯之讓則益脩其德以厚周家之慶而與其兄以讓德之光猶曰彰其知人之明不爲徒讓耳其德如是故能受天祿而不失至於文武而奄有四方也 ○維此王季。帝度入聲其心。貊音麥其德音。其德克明。克明克類。克長克君。王如字去聲 此大邦。克順克比。音匕比去聲 于文王。其德靡悔。叶虎洧反 既受帝祉。

施于孫子。音異 叶獎里反○賦也度能度物制義也貊春秋傳樂記皆作莫謂其莫然淸靜也克明能察是非也克類能分善惡也克長敎誨不倦也克君賞慶刑威也言其賞不僭故人以爲慶刑不濫故人以爲威也順慈和徧服也比上下相親也比于至于也悔遺恨也○言上帝制王季之心使有尺寸能度義又淸靜其德音使無非閒之言是以王季之德能此六者至於文王而其德尤無遺恨是以旣受上帝之福而延及于子孫也

○帝謂文王。無然畔援。音院 無然歆羨。誕先登于岸。叶魚戰反 密人不恭。敢距大邦。叶卜攻反 侵阮徂共。音恭 王赫斯怒。叶暖五反 爰整其旅。以按徂旅。按音遏 以篤周祜。音戶 以對于天下。叶後五反○賦也帝謂文王設爲天命文王之辭如下所言也無然猶言不可如此也畔離畔也援攀援也言舍此而取彼也歆欲之動也羨愛慕也言肆情以徇物也岸道之極至處也密密須氏也姞姓之國在今寧州阮國名在今涇州徂往也共阮國之地名今涇州之共池是也其旅周師也按遏也徂旅密師之往共者也祜福對答也○人心有所畔援有所歆羨則溺於人欲之流而不能以自濟文王無是二者故獨能先知先覺以造道之極至蓋天實命之而非人力之所及也是以密人不恭敢違其命而擅興師旅以侵阮而往至于共則赫怒整兵而往遏其衆以厚周家之福而答天下之心蓋亦因其可怒而怒之初未嘗有所畔援歆羨也此文王征伐之始也

○依其在京。叶居良反 侵自阮疆。陟我高岡。無矢我陵。我陵我阿。無飲我泉。我泉我池。叶徒何反 度其鮮原。居岐之陽。在渭之將。萬邦之方。下民之王。 賦也依安貌京周京也矢陳鮮善將側方鄉也○言文王安然在周之京而所整之兵旣遏密人遂從阮疆而出以侵密所陟之岡卽爲我岡而人無敢陳兵於陵飲水於泉以拒我也於是相其高原而徙都焉所謂程邑也其地於漢爲扶風安陵今在京兆府咸陽縣

○帝謂文王。予懷明德。不大聲以色。不長夏以革。不識不知。順帝之則。帝謂文王。詢爾仇方。同爾兄弟。以爾鉤援。音爰 與爾臨衝。以伐崇墉。 賦也予設爲上帝之自稱也懷眷念也明德文王之明德也以猶與也夏革未詳則法也仇方讎國也兄弟與國也鉤援鉤梯也所以鉤引上城所謂雲梯者也臨臨車也在上臨下者也衝衝車也從旁衝突者也皆攻城之具也崇國名在今京兆府鄠縣墉城也史記崇侯虎譖西伯於紂紂囚西伯於羑里西伯之臣閎夭之徒求美女奇物善馬以獻紂紂乃赦西伯賜之弓矢鈇鉞得專征伐曰譖西伯者崇侯虎也西伯歸三年伐崇侯虎而作豐邑○言上帝眷念文王而言其德之深微不暴著其形迹又能不作聰明以循天理故又命之以伐崇也呂氏曰此言文王德不形而功無迹與天同體而已雖興兵以伐崇莫非順帝之則而非我也

○臨衝閑閑。叶胡貞反 崇墉言言。執訊連連。音信 攸馘安安。音虢 叶於肩反 是類是禡。音罵 是致

是附。叶上聲四方以無侮。臨衝茀茀。音弗叶分聿反崇墉仡仡。音屹是伐是肆。是絕是忽。叶虛屈反四方以無拂。叶分聿反○賦也閑閑徐緩也言言高大也連連屬續狀馘割耳也軍法獲者不服則殺而獻其左耳安安不輕暴也類將出師祭上帝也禡至所征之地而祭始造軍法者謂黃帝及蚩尤也致致其至也附使之來附也茀茀強盛貌仡仡堅壯貌肆縱兵也忽滅拂戾也春秋傳曰文王伐崇三旬不降退脩教而復伐之因壘而降○言文王伐崇之初緩攻徐戰告祀羣神以致附來者而四方無不畏服及終不服則縱兵以滅之而四方無不順從也夫始攻之緩戰之徐也非力不足也非示之弱也將以致附而全之也及其終不下而肆之也則天誅不可以留而罪人不可以不得故也此所謂文王之師也

皇矣八章。章十二句。一章二章言天命大王三章四章言天命王季五章六章言天命文王伐密七章八章言天命文王伐崇

經始靈臺。叶田飴反經之營之。庶民攻之。不日成之。經始勿亟。音棘庶民子來。叶六直反○賦也經度也靈臺文王所作謂之靈者言其倏然而成如神靈之所為也營表攻作也不日不終日也亟急也○國之有臺所以望氛祲察災祥時觀游節勞佚也文王之臺方其經度營表之際而庶民已來作之所以不終日而成也雖文王心恐煩民戒令勿亟而民心樂之如子趨父事不召自來也孟子曰文王以民力為臺為沼而民歡樂之謂其臺曰靈臺謂其沼曰靈沼此之謂也

○王在靈囿。叶音郁麀音憂鹿攸伏。麀鹿濯濯。音擢白鳥翯翯。音鶴王在靈沼。叶音灼於音烏牣音刃魚躍。賦也靈囿臺之下有囿所以域養禽獸也麀牝鹿也伏言安其所處不驚擾也濯濯肥澤貌翯翯潔白貌靈沼囿之中有沼也牣滿也魚滿而躍言多而得其所也

○虡音巨業維樅。音悤賁音焚鼓維鏞。音庸於論平聲鼓鐘。於樂音洛辟音璧廱。賦也虡植木以懸鐘磬其橫者曰栒業栒上大版刻之捷業如鋸齒者也樅業上懸鐘磬處以綵色為崇牙其狀樅樅然者也賁大鼓也長八尺鼓四尺中圍加三之一鏞大鐘也論倫也言得其倫理也辟璧通廱澤也辟廱天子之學大射行禮之處也水旋丘如璧以節觀者故曰辟廱

○於論鼓鐘。於樂辟廱。鼉音駝鼓逢逢。音蓬矇音蒙瞍音叟奏公。賦也鼉似蜥蜴長丈餘皮可冒鼓逢逢和也有眸子而無見曰矇無眸子曰瞍古者樂師皆以瞽者為之以其善聽而審於音也公事也聞鼉鼓之聲而知矇瞍方奏其事也

靈臺四章。二章章六句。二章章四句。東萊呂氏曰前二章樂文王有臺池鳥獸之樂也後二章樂文王有鐘鼓之樂也皆述民樂之詞也

下武維周。世有哲王。三后在天。王配于京。叶居良反○賦也下義未詳或曰字當作文言文王武王實造周也哲王通言大王王季也王后大王王季文王也在天旣沒而其精神上與天合也王武王也配對也謂繼其位以對三后也京鎬京也○此章美武王能纘大王王季文王之緒而有天下也 ○王配于京。世德作求。永言配命。成王之孚。叶孚尤反○賦也言武王能繼先王之德而長言合於天理故能成王者之信於天下也若暫合而遽離暫得而遽失則不足以成其信矣

○成王之孚。下土之式。永言孝思。孝思維則。賦也式則皆法也○言武王所以能成王者之信而爲四方之法者以其長言孝思而不忘是以其孝可爲法耳若有時而忘之則其孝者僞耳何足法哉

○媚茲一人。應侯順德。永言孝思。昭哉嗣服。叶蒲北反○賦也媚愛也一人謂武王應如丕應徯志之應侯維服事也○言天下之人皆愛戴武王以爲天子而所以應之維以順德是武王能長言孝思而明哉其嗣先王之事也

○昭茲來許。繩其祖武。於萬斯年。受天之祜。音戶○賦也昭茲承上句而言茲哉聲相近古蓋通用也來後世也許猶所也繩繼武迹也○言武王之道昭明如此來世能繼其迹則久荷天祿而不替矣

○受天之祜。四方來賀。於萬斯年。不遐有佐。賦也賀朝賀也周末秦強天子致胙諸侯皆賀遐何通佐助也蓋曰豈不有助乎云爾

下武六章。章四句。或疑此詩有成王字當爲康王以後之詩然考尋文意恐當只如舊說且其文體亦與上下篇血脈通貫非有誤也

文王有聲。遹音聿駿音峻有聲。遹求厥寧。遹觀厥成。文王烝哉。賦也遹義未詳疑與聿同發語辭駿大烝君也○此詩言文王遷豐武王遷鎬之事而首章推本之曰文王之有聲也甚大乎其有聲也蓋以求天下之安寧而觀其成功耳文王之德如是信乎其克君也哉

○文王受命。有此武功。既伐于崇。作邑于豐。文王烝哉。賦也伐崇事見皇矣篇作邑徙都也豐卽崇國之地在今鄠縣杜陵西南

○築城伊淢。音洫作豐伊匹。匪棘其欲。遹追來孝。叶許六反或呼侯反王后烝哉。賦也淢成溝也方十里爲成成閒有溝深廣各八尺匹稱棘急也王后亦指文王也○言文王營豐邑之城因舊溝爲限而築之其作邑居亦稱其城而不侈大皆非急成己之所欲也特追先人之志而來致其孝耳

○王公伊濯。維豐之垣。音袁四方攸同。王后維翰。叶胡田反王后烝哉。賦也公功也濯著明也○王之功所以著明者以其能築此豐之垣故爾四方於是來歸而以文王爲楨榦也○

豐水東注。維禹之績。四方攸同。皇王維辟。皇王烝哉。賦也豐水東北流徑豐邑之東入渭而注于河績功也皇王有天下之號指武王也辟君也○言豐水東注由禹之功故四方得以來同於此而以武王爲君此武王未作鎬京時也

○鎬京辟廱。自西自東。自南自北。無思不服。叶蒲北反 皇王烝哉。賦也鎬京武王所營也在豐水東去豐邑二十五里張子曰周家自后稷居部公劉居豳大王邑岐而文王則遷于豐至武王又居于鎬當是時民之歸者日衆其地有不能容不得不遷也辟廱說見前篇張子曰靈臺辟廱文王之學也鎬京辟廱武王之學也至此始爲天子之學矣無思不服心服也孟子曰天下不心服而王者未之有也○此言武王徙居鎬京講學行禮而天下自服也

○考卜維王。宅是鎬京。叶居良反 維龜正之。叶諸盈反 武王成之。武王烝哉。賦也考稽宅居正決也成之作邑居也張子曰此舉謚者追述其事之言也

○豐水有芑。武王豈不仕。詒厥孫謀。以燕翼子。叶獎里反 武王烝哉。興也芑草名仕事詒遺燕安翼敬也子成王也○鎬京猶在豐水下流故取以起興言豐水猶有芑武王豈無所事乎詒厥孫謀以燕翼子則武王之事也謀及其孫則子可以無事矣或曰賦也言豐水之旁生物繁茂武王豈不欲有事於此哉但以欲遺孫謀以安翼子故不得而不遷耳

文王有聲八章章五句。此詩以武功稱文王至於武王則言皇王維辟無思不服而已蓋文王既造其始則武王續而終之無難也又以見文王之文非不足於武而武王之有天下非以力取之也

文王之什十篇。六十六章。四百一十四句。鄭譜此以上爲文武時詩以下爲成王周公時詩今按文王首句卽云文王在上則非文王之詩矣又曰無念爾祖則非武王之詩矣大明有聲幷言文武者非一安得爲文武之時所作乎蓋正雅皆成王周公以後之詩但此什皆爲追述文武之德故譜因此而誤耳

生民之什三之二

厥初生民。時維姜嫄。音原叶魚倫反 生民如何。克禋音因 克祀。叶養里反 以弗無子。叶獎里反 履帝武敏歆。叶母鄙反 攸介攸止。載震載夙。叶相卽反 載生載育。叶日逼反 時維后稷。賦也民人也謂周人也時是也姜嫄炎帝後姜姓有部氏女名嫄爲高辛之世妃精意以享謂之禋祀祀郊禖也弗之言祓也祓無子求有子也古者立郊禖蓋祭天於郊而以先媒配也變媒言禖者神之也其禮以玄鳥至之日用大牢祀之天子親往后率九嬪御乃禮天

子所御帶以弓韣授以弓矢于郊禖之前也履踐也帝上帝也武迹敏拇歆動也猶驚異也介大也震娠也夙肅也生子者及月辰居側室也育養也○姜嫄出祀郊禖見大人跡而履其拇遂歆歆然如有人道之感於是即其所大所止之處而震動有娠乃周人所由以生之始也周公制禮尊后稷以配天故作此詩以推本其始生之祥明其受命於天固有以異於常人也然巨跡之說先儒或頗疑之而張子曰天地之始固未嘗先有人也則人固有化而生者矣蓋天地之氣生之也蘇氏亦曰凡物之異於常物者其取天地之氣常多故其生也或異麒麟之生異於犬羊蛟龍之生異於魚鼈物固有然者矣神人之生而有以異於人何足怪哉斯言得之矣

○誕彌厥月。先生如達。音闥不坼叶敕宅反不副。音劈叶孚迫反無菑音災無害。叶音曷以赫厥靈。上帝不寧。不康禋祀。叶養里反居然生子。叶奬里反○賦也誕發語辭彌終也終十月之期也先生首生也達小羊也羊子易生無留難也坼副皆裂也赫顯也不寧寧也不康康也居然猶徒然也○凡人之生必坼副災害其母而首生之子尤難今姜嫄首生后稷如羊子之易無坼副災害之苦是顯其靈異也上帝豈不寧乎豈不康我之禋祀乎而使我無人道而徒然生是子也

○誕寘之隘巷。牛羊腓音肥字之。誕寘之平林。會伐平林。誕寘之寒冰。鳥覆去聲翼音異之。鳥乃去矣。后稷呱叶去聲矣。實覃實訏。叶去聲厥聲載路。賦也隘狹腓芘字愛會值也值人伐木而收之覆蓋翼藉也以一翼覆之以一翼藉之也呱啼聲也覃長訏大載滿也滿路言其聲之大也○無人道而生子或者以為不祥故棄之而有此異也於是始收而養之

○誕實匍音蒲匐。克岐克嶷。以就口食。蓺之荏音飪菽。荏菽旆旆。禾役穟穟。音遂麻麥幪幪。莫孔反瓜瓞唪唪。音蚌○賦也匍匐手足並行也岐嶷峻茂之狀就向也口食自能食也蓋六七歲時也蓺樹也荏菽大豆也旆旆枝旟揚起也役列也穟穟苗美好之貌也幪幪然茂密也唪唪然多實也○言后稷能食時已有種殖之志蓋其天性然也史記曰棄為兒時其遊戲好種殖麻麥麻麥美及為成人遂好耕農堯舉以為農師

○誕后稷之穡。有相去聲之道。叶徒口反茀音弗厥豐草。叶此苟反種去聲之黃茂。叶莫口反實方實苞。叶補苟反實種上聲實褎。叶徐久反實發實秀。叶思久反實堅實好。叶許口反實穎實栗。即有邰音台家室。賦也相助也言盡人力之助也茀治也種布之也黃茂嘉穀也方房也苞甲而未坼也此漬其種也種甲拆而可為種也褎漸長也發盡發也秀始穟也堅其實堅也好形味好也穎實繁碩而垂末也栗不秕也既收成見其實皆栗栗然不秕也邰后稷之母家也豈其或滅或遷而遂以其地封后稷與○言后稷之穡如此故堯以其有功於民封於邰使即其母家而居之以主姜嫄之祀故周人亦世祀姜嫄焉

○誕降嘉種。維秬音巨維秠。音痞維穈音門維芑。音起恆音亘之秬秠。

是穫是畝。叶蒲洧反恒之穈芑。是任音壬是負。叶扶委反以歸肇祀。叶養里反○賦也降降是種於民也書曰稷降播種是也秬黑黍也秠黑黍一稃二米者也穈赤粱粟也芑白粱粟也恒徧也謂徧種之也任肩任也負背負也既成則穫而棲之於畝任負而歸以供祭祀也秬秠言穫畝穈芑言任負互文耳肇始也稷始受國爲祭主故曰肇祀○誕我祀如何。或舂或揄。音由或簸波我皮或蹂。音柔釋之叟叟。音搜烝之浮浮。載謀載惟。取蕭祭脂。取羝音底以軷。音鈸叶蒲昧反載燔載烈。如字叶力制反以興嗣歲。叶音雪又如字○賦也我祀承上章而言后稷之祀也揄抒臼也簸揚去糠也蹂蹂禾取穀以繼之也釋淅米也叟叟聲也浮浮氣也謀卜日擇士也惟齋戒具脩也蕭蒿也脂膟膋也宗廟之祭取蕭合膟膋爇之使臭達牆屋也羝牡羊也軷祭行道之神也燔傅諸火也烈貫之而加於火也四者皆祭祀之事所以興來歲而繼往歲也○卬音昂盛音成于豆。于豆于登。其香始升。上帝居歆。胡臭亶時。叶上止反后稷肇祀。叶養里反庶無罪悔。叶呼委反以迄音肸于今。賦也卬我也木曰豆以薦菹醢也瓦曰登以薦大羹也居安也鬼神食氣曰歆胡何臭香亶誠也時言得其時也庶近迄至也○此章言其尊祖配天之祭其香始升而上帝已安而饗之言應之疾也此何但芳臭之薦信得其時哉蓋自后稷之肇祀則庶無罪悔而至于今矣曾氏曰自后稷肇祀以來前後相承兢兢業業惟恐一有罪悔獲戾於天閱數百年而此心不易故曰庶無罪悔以迄于今言周人世世用心如此也

生民八章。四章章十句。四章章八句。此詩未詳所用豈郊祀之後亦有受釐頒胙之禮也歟舊說第三章八句第四章十句今按第三章當爲十句第四章當爲八句則去呱訏路音韻諧協呱聲載路文勢通貫而此詩八章皆以十句八句相閒爲次又二章以後七章以前每章章之首皆有誕字

敦音團彼行葦。牛羊勿踐履。方苞方體。維葉泥泥。音禰戚戚兄弟。莫遠具爾。或肆之筵。或授之几。興也敦聚貌句萌之時也行道也勿戒止之辭也苞甲而未坼也體成形也泥泥柔澤貌戚戚親也莫猶勿也具俱也爾與邇同肆陳也○疑此祭畢而燕父兄耆老之詩故言敦彼行葦而牛羊勿踐履則方苞方體而葉泥泥矣戚戚兄弟而莫遠具爾則或肆之筵而或授之几矣此方言其開燕設席之初而慇懃篤厚之意藹然已見於言語之外矣讀者詳之○肆筵設席。叶祥勺反授几有緝御。叶魚駕反或獻或酢。洗爵奠斝。音假叶居訝反醓音貪醢以薦。叶即略反或燔或炙。叶陟略反嘉殽脾音琵臄。音劇或歌或咢。音岳○賦也設席重席也緝續御侍也有相續代而侍者言不乏使也進酒於客曰獻客答之曰酢主人又洗爵醻客客受而奠之

不舉也斝爵也夏曰醆殷曰斝周曰爵醓醢之多汁者也燔用肉炙用肝臄口上肉也歌者比於琴瑟也徒擊鼓曰咢○言侍御獻酬飲食歌樂之盛也○敦音雕弓既堅。叶古因反四鍭音侯既鈞。舍矢既均。序賓以賢。叶下珍反敦弓既句。音姤既挾子協反四鍭。四鍭如樹。叶上主反序賓以不侮。賦也敦雕通畫也天子雕弓堅猶勁也鍭金鏃翦羽矢也鈞參亭也謂參分之一在前二在後三訂之而平者前有鐵重也舍釋也謂發矢也均皆中也賢射多中也投壺曰某賢於某若干純奇則曰奇均則曰左右均是也句穀通謂引滿也射禮搢三挾一既挾四鍭則徧釋矣如樹如手就樹之言貫革而堅正也不侮敬也令弟子辭所謂無憮無敖無偝立無踰言者也或曰不以中病不中者也射以中多為雋以不侮為德○言既燕而射以為樂也○曾孫維主。如字或叶當口反酒醴維醹。音乳或叶奴口反酌以大斗。叶腫庾反或如字以祈黃耇。叶果五反或如字黃耇台湯來反背。叶必墨反以引以翼。壽考維祺。音其以介景福。叶筆力反○賦也曾孫主祭者之稱今祭畢而燕故因而稱之也醹厚也大斗柄長三尺祈求也黃耇老人之稱以祈黃耇猶曰以介眉壽云耳古器物款識云用蘄萬壽用蘄眉壽永命多福用蘄眉壽萬年無疆皆此類也台鮐也人老則背有鮐文引導翼輔祺吉也○此頌禱之辭欲其飲此酒而得老壽又相引導輔翼以享壽祺介景福也

行葦四章章八句。毛七章二章章六句五章章四句鄭八章章四句毛首章以四句興二句不成文理二章又不協韻鄭首章有起興而無所興皆誤今正之如此

既醉以酒。既飽以德。君子萬年。介爾景福。叶筆力反○賦也德恩惠也君子謂王也爾亦指王也○此父兄所以答行葦之詩言享其飲食恩意之厚而願其受福如此也○既醉以酒。爾殽既將。君子萬年。介爾昭明。叶謨郎反○賦也殽俎實也將行也亦奉持而進之意昭明猶光大也○昭明有融。高朗令終。令終有俶。尺六反公尸嘉告。叶姑沃反○賦也融明之盛也春秋傳曰明而未融朗虛明也令終善終也洪範所謂考終命古器物銘所謂令終令命是也俶始也公尸君尸也周稱王而尸但曰公尸蓋因其舊如秦已稱皇帝而其男女猶稱公子公主也嘉告以善言告之謂嘏辭也蓋欲善其終者必善其始今固未終也而既有其始矣於是公尸以此告之○其告維何。籩豆靜嘉。叶居何反朋友攸攝。攝以威儀。叶牛何反○賦也靜嘉清潔而美也朋友指賓客助祭者說見楚茨篇攝檢也○公尸告以汝之祭祀籩豆之薦既靜嘉矣而朋友相攝佐者又皆有威儀當神意也自此至終篇皆述尸告之辭○威儀孔時。叶上止反君子有孝子。叶獎里反孝子不匱。永錫爾類。賦也孝子主人之嗣子也儀禮祭祀之終有嗣舉奠匱竭類善也○言汝之威儀既得其宜又有孝子以舉奠孝子

之孝誠而不竭則宜永錫爾以善矣東萊呂氏曰君子既孝而嗣子又孝其孝可謂源源不竭矣 ○其類維何。室家之壼。音悃叶苦俊反 君子萬年。
永錫祚胤。音孕○賦也壼宮中之巷也言深遠而嚴肅也祚福祿也胤子孫也錫之以善莫大於此 ○其胤維何。天被音備爾祿。君子萬
年。景命有僕。賦也僕附也○言將使爾有子孫者先當使爾被天祿而爲天命之所附屬下章乃言子孫之事 ○其僕維何。釐音離爾女士。釐
爾女士。從以孫子。叶獎里反○賦也釐予也女士女之有士行者謂生淑媛使爲之妃也從隨也謂又生賢子孫也

既醉八章章四句。

鳧音扶鷖音醫在涇。公尸來燕來寧。爾酒既清。爾殽既馨。公尸燕飲。福祿來成。興也
鳧水鳥如鴨者鷖鷗也涇水名爾自歌工而指主人也馨香之遠聞也○此祭之明日繹而賓尸之樂故言鳧鷖則在涇矣公尸則來燕來寧矣酒清殽馨則公尸燕飲而福祿來成矣 ○鳧鷖在沙。
叶桑何反公尸來燕來宜。叶牛何反爾酒既多。爾殽既嘉。叶居何反公尸燕飲。福祿來爲。叶胡禾反○興
也爲猶助也 ○鳧鷖在渚。公尸來燕來處。爾酒既湑。上聲爾殽伊脯。公尸燕飲。福祿
來下。叶後五反○興也渚水中高地也湑酒之泲者也 ○鳧鷖在潨。音叢公尸來燕來宗。既燕于宗。福祿攸降。
叶乎攻反公尸燕飲。福祿來崇。興也潨水會也來宗之宗尊也于宗之宗廟也崇積而高大也 ○鳧鷖在亹。音門公尸來止熏
熏。叶眉貧反旨酒欣欣。燔炙芬芬。叶豐勻反公尸燕飲。無有後艱。叶居銀反○興也亹水流峽中兩岸如門也熏熏和說也欣欣樂也
芬芬香也

鳧鷖五章章六句。

假音嘉樂音洛君子。叶音則顯顯令德。宜民宜人。受祿于天。叶鐵因反保右音又命叶彌并反之。自天
申之。賦也嘉美也君子指王也民庶民也人在位者也申重也○言王之德既宜民人而受天祿矣而天之於王猶反覆眷顧之不厭既保之右之命之而又申重之也疑此即公尸之所以答鳧鷖者也 ○

干祿百福。叶筆力反子孫千億。穆穆皇皇。宜君宜王。不愆不忘。率由舊章。賦也穆穆敬也皇皇美也君諸侯也王天子也愆過率循也舊章先王之禮樂政刑也○言王者干祿而得百福故其子孫之蕃至於千億適爲天子庶爲諸侯無不穆穆皇皇以遵先王之法者 ○威儀抑抑。德音秩秩。無怨無惡。去聲率由羣匹。受福無疆。四方之綱。賦也抑抑密也秩秩有常也匹類也○言有威儀聲譽之美又能無私怨惡以任衆賢是以能受無疆之福爲四方之綱此與下章皆稱願其子孫之辭也或曰無怨無惡不爲人所怨惡也 ○之綱之紀。燕及朋友。叶羽已反百辟卿士。媚于天子。叶獎里反不解音懈于位。民之攸塈。音戲○賦也燕安也朋友亦謂諸臣也解惰塈息也○言人君能綱紀四方而臣下賴之以安則百辟卿士媚而愛之維欲其不解于位而爲民所安息也東萊呂氏曰君燕其臣臣媚其君此上下交而爲泰之時也泰之時所憂者怠荒而已此詩所以終於不解于位民之攸塈也方嘉之又規之者蓋皐陶賡歌之意也民之勞逸在下而樞機在上上逸則下勞矣上勞則下逸矣不解于位乃民之所由休息也

假樂四章。章六句。

篤公劉。匪居匪康。迺埸音易迺疆。迺積迺倉。迺裹音果餱音侯糧。音良于橐音託于囊。思輯音集用光。弓矢斯張。干戈戚揚。爰方啓行。叶戶郎反○賦也篤厚也公劉后稷之曾孫也事見豳風居安康寧也埸疆田畔也積露積也餱食糧糗也無底曰橐有底曰囊輯和戚斧揚鉞方始也○舊說召康公以成王將涖政當戒以民事故詠公劉之事以告之曰厚哉公劉之於民也其在西戎不敢寧居治其田疇實其倉廩既富且強於是裹其餱糧思以輯和其民人而光顯其國家然後以其弓矢斧鉞之備爰始啓行而遷都於豳焉蓋亦不出其封內也 ○篤公劉。于胥斯原。既庶既繁。叶紛乾反既順迺宣。而無永歎。音灘陟則在巘。音巘叶魚軒反復降在原。何以舟之。叶之遙反維玉及瑤。音遙鞞必頂反琫音菶容刀。叶徒招反○賦也胥相也庶繁謂居之者衆也順安宣徧也言居之徧也無永歎得其所不思舊也巘山頂也舟帶也鞞刀鞘也琫刀上飾也容刀容飾之刀也或曰容刀如言容臭謂鞞琫之中容此刀耳○言公劉至豳欲相土以居而帶此劍佩以上下於山原也東萊呂氏曰以如是之佩服而親如是之勞苦斯其所以爲厚於民也歟 ○篤公劉。逝彼百泉。瞻彼溥音普原。迺陟南岡。乃覯于京。叶居良反京師之野。叶上與反于時處處。于時廬旅。于時

言言。于時語語。賦也溥大觀見也京高丘也師衆也京師高丘而衆居也董氏曰所謂京師者蓋起於此其後世因以所都爲京師也時是也處處居室也廬寄也旅賓旅也直言曰言論難曰語○此章言營度邑居也自下觀之則往百泉而望廣原自上觀之則陟南岡而觀于京於是爲之居室於是廬其賓旅於是言其所言於是語其所語無不於斯焉　○篤公劉。于京斯依。叶於豈反蹌蹌音搶濟濟。上聲俾筵俾几。既登乃依。上同乃造音糙其曹。執豕于牢。酌之用匏。音庖食音嗣之飲之。君之宗之。賦也依安也蹌蹌濟濟羣臣有威儀貌俾使也使人爲之設筵几也登登筵也依依几也曹羣牧之處也以豕爲殺用匏爲爵儉以質也宗尊也主也嫡子孫主祭祀而族人尊之以爲主也○此章言宮室既成而落之既以飲食勞其羣臣而又爲之君爲之宗焉東萊呂氏曰既饗燕而定經制以整屬其民上則皆統於君下則各統於宗蓋古者建國立宗其事相須楚執戎蠻子而致邑立宗以誘其遺民卽其事也　○篤公劉。既溥既長。既景迺岡。相去聲其陰陽。觀其流泉。其軍三單。音丹叶多涓反度其隰原。徹田爲糧。度其夕陽。豳居允荒。賦也溥廣也言其芟夷墾辟土地既廣而且長也景考日景以正四方也岡登高以望也相視也陰陽向背寒暖之宜也流泉水泉灌溉之利也三單未詳徹通也一井之田九百畝八家皆私百畝同養公田耕則通力而作收則計畝而分也周之徹法自此始其後周公蓋因而脩之耳山西曰夕陽允信荒大也○此言辨土宜以授所徙之民定其軍賦與其稅法又度山西之田以廣之而豳人之居於此益大矣　○篤公劉。于豳斯館。叶古玩反涉渭爲亂。取厲取鍛。丁亂反止基迺理。爰衆爰有。叶羽已反夾其皇澗。遡其過澗。平聲止旅迺密。芮鞫音菊之卽。賦也館客舍也亂舟之截流橫渡者也厲砥鍛鐵止居基定也理疆理也衆人多也有財足也遡鄉也皇過二澗名芮水名出吳山西北東入涇周禮職方作汭鞫水外也○此章又總敘其始終言其始來未定居之時涉渭取材而爲舟以來往取厲取鍛而成宮室既止基於此矣乃疆理其田野則日益繁庶富足其居有夾澗者有遡澗者其止居之衆日以益密乃復卽芮鞫而居之而豳地日以廣矣

公劉六章。章十句。

洞音迥酌彼行潦。音老挹音揖彼注茲。可以饙音分饎。音熾叶昌里反豈弟君子。民之父母。叶滿彼反○興也洞遠也行潦流潦也饙烝米一熟而以水沃之乃再烝也饎酒食也君子指王也○舊說以爲召康公戒成王言遠酌彼行潦挹之於彼而注之於此尙可以饙饎況豈弟之君子豈不爲民之父母乎傳曰豈以強教之

弟以悅安之民皆有父之尊有母之親又曰民之所好好之民之所惡惡之此之謂民之父母

○洞酌彼行潦。挹彼注茲。可以濯罍。音雷 豈弟君子。民之攸歸。叶古回反○興也濯滌也

○洞酌彼行潦。挹彼注茲。可以濯溉。音蓋叶古氣反 豈弟君子。民之攸塈。音戲○興也溉亦滌也塈息也

洞酌三章。章五句。

有卷音權者阿。飄風自南。叶尼心反 豈弟君子。來游來歌。以矢其音。賦也卷曲也阿大陵也豈弟君子指王也矢陳也○此詩舊說亦召康公作疑公從成王游歌於卷阿之上因王之歌而作此以爲戒此章總敘以發端也

○伴音判奐音喚爾游矣。優游爾休矣。豈弟君子。俾爾彌爾性。似先公酋音囚矣。賦也伴奐優游閑暇之意爾君子皆指王也彌終也性猶命也酋終也○言爾旣伴奐優游矣又呼而告之言使爾終其壽命似先君善始而善終也自此至第四章皆極言壽考福祿之盛以廣王心而歆動之五章以後乃告以所以致此之由也

○爾土宇昄符版反章。亦孔之厚叶佷口下主二反矣。豈弟君子。俾爾彌爾性。百神爾主叶當口主庚二反矣。賦也昄章大明也或曰昄當作版版章猶版圖也○言爾土宇昄章旣甚厚矣又使爾終其身常爲天地山川鬼神之主也

○爾受命長矣。茀音弗祿爾康矣。豈弟君子。俾爾彌爾性。純嘏爾常矣。賦也茀嘏皆福也常常享之也

○有馮音憑有翼。有孝有德。以引以翼。豈弟君子。四方爲則。賦也馮謂可爲依者翼謂可爲輔者孝謂能事親者德謂得於己者引導其前也翼相其左右也東萊呂氏曰賢者之行非一端必曰有孝有德何也蓋人主常與慈祥篤實之人處其所以興起善端涵養德性鎮其躁而消其邪日改月化有不在言語之間者矣○言得賢以自輔如此則其德日脩而四方以爲則矣自此章以下乃言所以致上章福祿之由也

○顒顒魚容反卬卬。五綱反如圭如璋。令聞音問令望。叶無方反 豈弟君子。四方爲綱。賦也顒顒卬卬尊嚴也如圭如璋純潔也令聞善譽也令望威儀可望法也○承上章言得馮翼孝德之助則能如此而四方以爲綱矣

○鳳凰于飛。翽翽音諱其羽。亦集爰止。藹藹王多吉士。維君子使。媚于天子。興也鳳凰靈鳥也雄曰鳳雌曰凰翽翽羽聲也鄭氏以爲因時鳳凰至故以爲喻理或然也藹藹衆多也媚順愛也○鳳凰于飛則翽翽其羽而集於其所止矣藹藹王

多吉士則維王之所使而皆媚于天子矣既曰君子又曰天子猶曰王于出征以佐天子云爾

○鳳凰于飛。翽翽其羽。亦傅(音附)于天。(叶鐵因反)藹藹王多吉人。維君子命。(叶彌并反)媚于庶人。(與也媚于庶人順愛于民也)

○鳳凰鳴矣。于彼高岡。梧桐生矣。于彼朝陽。菶菶(音琫)萋萋。(音妻)雝雝喈喈。(叶居奚反○比也又以興下章之事也山之東曰朝陽鳳凰之性非梧桐不棲非竹實不食菶菶萋萋梧桐生之盛也雝雝喈喈鳳凰鳴之和也)

○君子之車。既庶且多。君子之馬。既閑且馳。(叶唐何反)矢詩不多。維以遂歌。(賦也承上章之興也菶菶萋萋則雝雝喈喈矣君子之車馬則既衆多而閑習矣其意若曰是亦足以待天下之賢者而不厭其多矣遂歌蓋繼王之聲而遂歌之猶書所謂賡載歌也)

卷阿十章六章章五句四章章六句。

民亦勞止。汔(章訖)可小康。惠此中國。以綏四方。無縱詭(音鬼)隨。以謹無良。式遏寇虐。憯(音慘)不畏明。(叶謨郎反)柔遠能邇。以定我王。(賦也汔幾也中國京師也四方諸夏也京師諸夏之根本也詭隨不顧是非而妄隨人也謹斂束之意憯曾也明天之明命也柔安也能順習也○序說以此為召穆公刺厲王之詩以今考之乃同列相戒之辭耳未必專為刺王而發然其憂時感事之意亦可見矣蘇氏曰人未有無故而妄從人者維無良之人將悅其君而竊其權以為寇虐則為之故無縱詭隨則無良之人肅而寇虐無畏之人止然後柔遠能邇而王室定矣穆公名虎康公之後厲王名胡成王七世孫也)

○民亦勞止。汔可小休。惠此中國。以為民逑。無縱詭隨。以謹惛怓。(音鐃叶尼猶反)式遏寇虐。無俾民憂。無棄爾勞。以為王休。(賦也逑聚也惛怓猶讙譁也勞猶功也言無棄爾之前功也休美也)

○民亦勞止。汔可小息。惠此京師。以綏四國。(叶于逼反)無縱詭隨。以謹罔極。式遏寇虐。無俾作慝。敬慎威儀。以近有德。(賦也罔極為惡無窮極之人也有德有德之人也)

○民亦勞止。汔可小愒。(音器)惠此中國。俾民憂泄。(音異)無縱詭隨。以謹醜厲。式遏寇虐。無俾正敗。(叶蒲寐反)戎雖小子。而式弘大。(叶特計反○賦也愒息泄去厲惡也)

正敗正道敗壞也戎汝也言汝雖小子而其所爲甚廣大不可不謹也　○民亦勞止。汔可小安。惠此中國。國無有殘。無縱詭隨。以謹繾綣。式遏寇虐。無俾正反。王欲玉女。是用大諫。賦也繾綣小人之固結其君者也正反反於正也玉寶愛之意言王欲以女爲玉而寶愛之故我用王之意大諫正於女蓋託爲王意以相戒也

民勞五章章十句。

上帝板板。下民卒癉。音亶 出話不然。爲猶不遠。靡聖管管。不實於亶。猶之未遠。是用大諫。叶音簡○賦也板板反也卒盡癉病猶謀也管管無所依也亶誠也○序以此爲凡伯刺厲王之詩今考其意亦與前篇相類但責之益淺切耳此章首言天反其常道而使民盡病矣而女之出言皆不合理爲謀又不久遠其心以爲無復聖人但恣己忘行而無所依據又不實之於誠信豈其謀之未遠而然乎世亂乃人所爲而曰上帝板板者無所歸咎之辭耳

○天之方難。叶泥滑反 無然憲憲。叶虛言反 天之方蹶。音媿 無然泄泄。音異 辭之輯矣。音集叶祖合反 民之洽矣。辭之懌矣。叶弋灼反 民之莫矣。賦也憲憲欣欣也蹶動也泄泄猶沓沓也蓋弛緩之意孟子曰事君無義進退無禮言則非先王之道者猶沓沓也輯和洽合懌悅莫定也辭輯而懌則言必以先王之道矣所以民無不合無不定也

○我雖異事。及爾同僚。我卽爾謀。聽我囂囂。音鴞 我言維服。勿以爲笑。叶思邀反 先民有言。詢于芻。初俱反 蕘。音饒○賦也異事不同職也同僚同爲王臣也春秋傳曰同官爲僚卽就也囂囂自得不肯受言之貌服事也猶曰我所言者乃今之急事也先民古之賢人也芻蕘采薪者古人尙詢及芻蕘況其僚友乎

○天之方虐。無然謔謔。老夫灌灌。小子蹻蹻。其略反 匪我言耄。音帽叶毛博反 爾用憂謔。多將熇熇。叶許各反 不可救藥。賦也謔戲侮也老夫詩人自稱灌灌款款也蹻蹻驕貌耄老而昏也熇熇熾盛也○蘇氏曰老者知其不可而盡其款誠以告之少者不信而驕之故曰非我老耄而妄言乃汝以憂爲戲耳夫憂未至而救之猶可爲也苟俟其益多則如火之盛不可復救矣

○天之方懠。音劑叶箋西反 無爲夸毗。音誇 威儀卒迷。善人載尸。民之方殿屎。音犧 則莫我敢葵。喪去聲 亂蔑資。叶箋西反 曾莫惠我師。叶霜夷反○賦也懠怒夸大毗附也小人之於人不以大言夸之則以諛言毗之也尸則不言不爲飲食而已者也殿屎呻吟也葵揆也蔑猶

滅也資與咨同嗟歎聲也惠順師衆也○戒小人毋得夸毗使威儀迷亂而善人不得有所爲也又言民方愁苦呻吟而莫敢揆度其所以然者是以至於散亂滅亡而卒無能惠我師者也

○天之牖民。如壎音塤如篪。音池如璋如圭。如取如攜。攜無曰益。牖民孔易。去聲叶夷益反民之多辟。音僻無自立辟。同上○賦也牖開明也猶言天啓其心也壎唱而篪和璋判而圭合取求攜得而無所費皆言易也辟邪也○言天之開民其易如此以明上之化下其易亦然今民既多邪辟矣豈可又自立邪辟以道之邪

○价音介人維藩。叶分邅反大師維垣。大邦維屏。大宗維翰。叶胡田反懷德維寧。宗子維城。無俾城壞。叶胡罪胡威二反無獨斯畏。叶紆會於非二反○賦也价大也大德之人也藩籬也師衆垣牆也大邦強國也屏樹也所以爲蔽也大宗強族也翰幹也宗子同姓也○言是六者皆君之所恃以安而德其本也有德則得是五者之助不然則親戚叛之而城壞城壞則藩垣屏翰皆壞而獨居獨居而所可畏者至矣

○敬天之怒。無敢戲豫。敬天之渝。音兪無敢馳驅。昊天曰明。叶謨郎反及爾出王。音往叶如字昊天曰旦。叶得絹反及爾游衍。叶怡戰反○賦也渝變也王往通言出而有所往也旦亦明也衍寬縱之意○言天之聰明無所不及不可以不敬也板板也難也蹶也虐也懠也其怒而變也甚矣而不之敬也亦知其有日監在茲者乎張子曰天體物而不遺猶仁體事而無不在也禮儀三百威儀三千無一事而非仁也昊天曰明及爾出王昊天曰旦及爾游衍無一物之不體也

板八章章八句。

生民之什十篇。六十一章。四百三十三句。

詩經卷之七

朱熹集傳

蕩之什三之三

蕩蕩上帝。下民之辟。音璧 疾威上帝。其命多辟。音僻 天生烝民。其命匪諶。音忱或叶布隆反 靡不有初。鮮克有終。叶諸深反○賦也蕩蕩廣大貌辟君也疾威猶暴虐也多辟多邪辟也烝衆諶信也○言此蕩蕩之上帝乃下民之君也今此暴虐之上帝其命乃多邪僻者何哉蓋天生衆民其命有不可信者蓋其降命之初無有不善而人少能以善道自終是以致此大亂使天命亦罔克終如疾威而多僻也蓋始爲怨天之辭而卒自解之如此劉康公曰民受天地之中以生所謂命也能者養之以福不能者敗以取禍此之謂也 ○文王曰咨。咨女音汝 殷商。曾是彊禦。曾是掊音抔 克。曾是在位。曾是在服。叶蒲北反 天降慆音滔 德。女興是力。賦也此設爲文王之言也咨嗟也殷商紂也彊禦暴虐之臣也掊克聚斂之臣也服事也慆慢與起也力如力行之力○詩人知厲王之將亡故爲此詩託於文王所以嗟歎殷紂者言此暴虐聚斂之臣在位用事乃天降慆慢之德而害民然非其自爲之也乃汝興起此人而力爲之耳 ○文王曰咨。咨女殷商。而秉義類。彊禦多懟。音隊 流言以對。寇攘式內。侯作音詛 侯祝。音呪 靡屆靡究。賦也而亦女也義善懟怨也流言浮浪不根之言也侯維也作讀爲詛詛祝怨謗也○言汝當用善類而反任此暴虐多怨之人使用流言以應對則是爲寇盜攘竊而反居內矣是以致怨謗之無極也 ○文王曰咨。咨女殷商。女炰音庖 烋音哮 于中國。叶于逼反 斂怨以爲德。不明爾德。時無背無側。爾德不明。以無陪音培 無卿。賦也炰烋氣健貌斂怨以爲德多爲可怨之事而反自以爲德也背後側旁陪貳也言前後左右公卿之臣皆不稱其官如無人也 ○文王曰咨。咨女殷商。天不湎音免 爾以酒。不義從式。叶式吏反 既愆爾止。靡明靡晦。叶呼洧反 式號式呼。去聲 俾晝作夜。叶羊茹反○賦也湎飲酒齊色也式用也言天不使爾沈湎於酒而惟不義是從是用也止容止也 ○文王曰咨。咨女殷商。如蜩如螗。音唐 如沸如羹。叶盧當反 小大近喪。去聲叶平聲 人尚乎由行。叶戶

郎反　內奰音避于中國。覃及鬼方。賦也蜩螗皆蟬也如蟬鳴如沸羹皆亂意也小者大者幾於喪亡矣尚且由此而行不知變也奰怒覃延也鬼方遠夷之國也言自近及遠無不怨怒也　○文王曰咨。咨女殷商。匪上帝不時。叶上止反　殷不用舊。叶巨已反　雖無老成人。尚有典刑。曾是莫聽。大命以傾。賦也老成人舊臣也典刑舊法也○言非上帝爲此不善之時但以殷不用舊致此禍爾雖無老成人與圖先王舊政然典刑尚在可以循守乃無聽用之者是以大命傾覆而不可救也　○文王曰咨。咨女殷商。人亦有言。顛沛之揭。紀竭去例二反　枝葉未有害。許曷憩二反　本實先撥。音跋叶方吠筆烈二反　殷鑒不遠。在夏后之世。叶始制私列二反○賦也顛沛仆拔也揭本根蹶起之貌撥猶絕也鑒視也夏后桀也○言大木揭然將蹶枝葉未有折傷而其根本之實已先絕然後此木乃相隨而顛拔爾蘇氏曰商周之衰典刑未廢諸侯未畔四夷未起而其君先爲不義以自絕於天莫可救止正猶此爾殷鑒在夏蓋爲文王歎紂之辭然周鑒之在殷亦可知矣

蕩八章章八句。

抑抑威儀。維德之隅。人亦有言。靡哲不愚。庶人之愚。亦職維疾。叶集二反　哲人之愚。亦維斯戾。賦也抑抑密也隅廉角也鄭氏曰人密審於威儀者是其德必嚴正也故古之賢者道行心平可外占而知內如宮室之制內有繩直則外有廉隅也哲知庶衆職主戾反也○衛武公作此詩使人日誦於其側以自警言抑抑威儀乃德之隅則有哲人之德者固必有哲人之威儀矣而今之所謂哲者未嘗有其威儀則是無哲而不愚矣夫衆人之愚蓋有稟賦之偏宜有是疾不足爲怪哲人而愚則反戾其常矣　○無競維人。四方其訓之。有覺德行。去聲　四國順之。訏音吁　謨定命。遠猶辰告。叶古得反　敬慎威儀。維民之則。賦也競強也覺直大也訏大謨謀也大謀謂不爲一身之謀而有天下之慮也定審定不改易也命號令也猶圖也遠圖謂不爲一時之計而爲長久之規也辰時告戒也辰告謂以時播告也則法也○言天地之性人爲貴故能盡人道則四方皆以爲訓有覺德行則四國皆順從之故必大其謨定其命遠圖時告敬其威儀然後可以爲天下法也　○其在于今。叶音經　興迷亂于政。叶音征　顛覆厥德。荒湛音耽于酒。叶子小反　女音汝　雖湛樂音洛從。弗念厥紹。罔敷求先王。克共音拱　明刑。叶胡光反○賦也今武公自言已今日之所爲也興尚也女武公使人誦詩而命己之辭也後凡言女言爾言小子者放

此湛樂從言惟湛樂之是從也紹謂所承之緒也
斅求先王廣求先王所行之道也共執刑法也
○肆皇天弗尙。叶平聲 如彼泉流。無淪胥以
亡。夙興夜寐。洒埽廷內。維民之章。脩爾車馬。弓矢戎兵。叶晡亡反 用戒戎作。用逷
音剔 蠻方。賦也弗尙厭棄之也淪陷胥相章表戒備戎兵作起逷遠也○言天所不尙則無乃淪陷相與而亡如泉流之易乎是以內自庭除之近外及蠻方之遠細而寢興洒埽之常大而車馬戎兵之變慮無不周
備無不飭也上章所謂訏謨定命遠猶辰告者於此見矣 ○質爾人民。謹爾侯度。用戒不虞。叶元具反 愼爾出話。敬爾
威儀。叶牛何反 無不柔嘉。叶居何反 白圭之玷。音點 尙可磨也。斯言之玷。不可爲也。叶吾禾反 賦也質成
也定也侯度諸侯所守之法度也虞慮話言柔安嘉善玷缺也○言旣治民守法防意外之患矣又當謹其言語蓋玉之玷缺尙可磨鑢使平言語一失莫能救之其戒深切矣故南容一日三復此章而孔子以其兄之子妻之
○無易去聲 由言。無曰苟矣。莫捫音門 朕舌。言不可逝矣。叶音折 無言不讎。叶市又反 無德
不報。叶蒲救反 惠于朋友。叶羽已反 庶民小子。叶奬里反 子孫繩繩。萬民靡不承。賦也易輕捫持逝去讎荅承奉也○言不
可輕易其言蓋無人爲我執持其舌者故言語由己易致差失常當執持不可放去也且天下之理無有言而不讎無有德而不報者若爾能惠于朋友庶民小子則子孫繩繩而萬民無不承矣皆謹言之效也 ○視
爾友君子。輯音集 柔爾顏。叶魚堅反 不遐有愆。相去聲 在爾室。尙不愧于屋漏。無曰不
顯。莫予云覯。神之格叶剛鶴反 思。不可度入聲 思。矧可射音弋叶弋灼反 思。賦也輯和也遐何也愆過也尙庶幾也屋漏室西北
隅也覯見也格至度測矧況也射斁通厭也○言視爾友於君子之時和柔爾之顏色其戒懼之意常若自省曰豈不至於有過乎蓋常人之情其脩於顯者無不如此然視爾獨居於室之時亦當庶幾不愧于屋漏然後可爾無曰此非顯明之處而莫予見也當知鬼神之妙無物不體其至於是有不可得而測者不顯亦臨猶懼有失況可厭射而不敬乎此言不但脩之於外又當戒謹恐懼乎其所不睹不聞也子思子曰君子不動而敬不言而信
又曰夫微之顯誠之不可揜如此此正心誠意之極功而武公及之則亦聖賢之徒矣 ○辟爾爲德。俾臧俾嘉。叶居何反 淑愼爾止。不愆
于儀。叶牛何反 不僭不賊。鮮上聲 不爲則。投我以桃。報之以李。彼童而角。實虹音紅 小
子。叶奬里反○賦也辟君也指武公也止容止也僭差賊害則法也無角曰童虹潰亂也○旣戒以脩德之事而又言爲德而人法之猶投桃報李之必然也彼謂不必脩德而可以服人者是牛羊之童者而求其角也

亦徒瀆亂汝而已豈可得哉○荏音飪染柔木。言緡之絲。叶新夷反溫溫恭人。維德之基。其維哲人。告之話言。順德之行。其維愚人。覆謂我僭。叶七尋反民各有心。與也荏染柔貌柔木柔忍之木也緡綸也被之綸以為弓也話言古之善言也覆猶反也僭不信也民各有心言人心不同愚智相越之遠也○於音烏乎音呼小子。叶奬里反未知臧否。音鄙匪手攜之。言示之事。叶上止反匪面命之。言提其耳。借曰未知。亦既抱子。同上民之靡盈。誰夙知而莫音慕成。賦也非徒手攜之也而又示之以事非徒面命之也而又提其耳所以喻之者詳且切矣假令言汝未有知識則汝既長大而抱子宜有知矣人若不自盈滿能受教戒則豈有既早知而反晚成者乎

○昊天孔昭。叶音灼我生靡樂。音洛視爾夢夢。音蒙我心慘慘。音懆叶七各反誨爾諄諄。音肫聽我藐藐。音邈匪用為教。叶入聲覆用為虐。借曰未知。亦聿既耄。叶音莫○賦也夢夢不明亂意也慘慘憂貌諄諄詳熟也藐藐忽略貌耄老也八十九十曰耄左史所謂年九十有五時也○於乎小子。告爾舊止。聽用我謀。庶無大悔。叶虎委反天方艱難。曰喪厥國。叶于逼反取譬不遠。昊天不忒。回遹音聿其德。俾民大棘。賦也舊章也或曰久也止語辭庶幸悔恨忒差遹僻棘急也○言天運方此艱難將喪厥國矣我之取譬夫豈遠哉觀天道禍福之不差忒則知之矣今汝乃回遹其德而使民至於困急則喪厥國也必矣

抑十二章。三章章八句。九章章十句。楚語左史倚相曰昔衛武公年數九十五矣猶箴儆於國曰自卿以下至于師長士苟在朝者無謂我老耄而舍我必恭恪於朝夕以交戒我在輿有旅賁之規位宁有官師之典倚几有誦訓之諫居寢有褻御之箴臨事有瞽史之道宴居有師工之誦史不失書矇不失誦以訓御之於是作懿戒以自儆及其沒也謂之睿聖武公韋昭曰懿讀為抑即此篇也董氏曰侯包言武公行年九十有五猶使人日誦是詩而不離於其側然則序說為刺厲王者誤矣

菀音鬱彼桑柔。其下侯旬。捋力活反采其劉。瘼音莫此下民。不殄心憂。倉音愴兄音況填兮。倬彼昊天。叶鐵因反寧不我矜。比也菀茂旬徧劉殘殄絕也倉兄與愴怳同悲閔之意也填未詳舊說與陳塵同蓋言久也或疑與瘨字同為病之義但召旻篇內二字並出又恐未然今姑闕之倬明貌○舊說此為芮伯刺厲王而作春秋傳亦曰芮良夫之詩則其說是也以桑為比者桑之為物其葉最盛然及其采之也一朝而盡無黃落之漸故取以比周之盛時如葉之茂其陰無所不徧至於厲王

肆行暴虐以敗其成業王室忽焉彫弊如桑之既采民失其蔭而受其病故君子憂之不絕於心悲閔之甚而至於病遂號天而訴之也

○四牡騤騤。旟旐有翩。叶批賓反亂生不夷。靡國不泯。叶彌鄰反民靡有黎。具禍以燼。叶咨辛反於音烏乎音呼有哀。叶音依國步斯頻。賦也夷平泯滅黎黑也謂黑首也具俱也燼灰燼也步猶運也頻急蹙也○厲王之亂天下征役不息故其民見其車馬旌旗而厭苦之自此至第四章皆征役者之怨辭也

○國步蔑資。天不我將。叶子兩反靡所止疑。音屹叶如字云徂何往。君子實維。秉心無競。叶其兩反誰生厲階。叶居奚反至今為梗。音鯁叶古黨反○賦也蔑滅資咨將養也疑讀如儀禮疑立之疑定也徂亦往也競爭厲怨梗病也○言國將危亡天不我養居無所定徂無所往然非君子之有爭心也誰實為此禍階使至今為病乎蓋曰禍有根原其所從來也遠矣

○憂心慇慇。念我土宇。我生不辰。逢天僤音亶怒。叶暖五反自西徂東。叶音丁靡所定處。多我覯痻。音民孔棘我圉。賦也土鄉宇居辰時僤厚覯見痻病棘急圉邊也或曰禦也多矣我之見病也急矣我之在邊也

○為謀為毖。叶音必亂況斯削。告爾憂恤。誨爾序爵。誰能執熱。逝不以濯。其何能淑。載胥及溺。叶奴學反○賦也毖慎況滋也序爵辨別賢否之道也執熱手執熱物也○蘇氏曰王豈不謀且慎哉然而不得其道適所以長亂而自削耳故告之以其所當憂而誨之以序爵且曰誰能執熱而不濯者賢者之能已亂猶濯之能解熱耳不然則其何能善哉相與入於陷溺而已

○如彼遡風。叶孚音反亦孔之僾。音愛民有肅心。荓音烹云不逮。好是稼穡。力民代食。稼穡維寶。代食維好。賦也遡鄉僾唈肅進荓使也○蘇氏曰君子視厲王之亂悶然如遡風之人唈而不能息雖有欲進之心皆使之曰世亂矣非吾所能及也於是退而稼穡盡其筋力與民同事以代祿食而已當是時也仕進之憂甚於稼穡之勞故曰稼穡維寶代食維好言雖勞而無患也

○天降喪去聲亂。滅我立王。降此蟊賊。稼穡卒痒。音羊哀恫音通中國。具贅音惴卒荒。靡有旅力。以念穹蒼。賦也恫痛具俱也贅屬也言危也春秋傳曰君若綴旒然與此贅同卒盡荒虛也旅與膂同穹蒼天也穹言其形蒼言其色○言天降喪亂固已滅我所立之王矣又降此蟊賊則我之稼穡又病而不得以代食矣哀此中國皆危盡荒是以危困之極無力以念天禍也此詩之作不知的在何時其言滅我立王則疑在共和之後也

○維此惠君。民人所瞻。叶側姜反秉心宣猶。考慎其相。去聲叶平聲維彼不順。自獨俾臧。自有肺腸。

俾民卒狂。賦也惠順也順於義理也宣徧猶謀相輔狂惑也○言彼順理之君所以爲民所尊仰者以其能秉持其心周徧謀度考擇其輔相必衆以爲賢而後用之彼不順理之君則自以爲善而不考衆謀自有私見而不通衆志所以使民眩惑至於狂亂也　○瞻彼中林。甡甡音莘其鹿。朋友已譖。音僭叶子林反不胥以穀。人亦有言。進退維谷。興也甡甡衆多並行之貌譖不信也胥相穀善谷窮也言朋友相譖不能相善曾鹿之不如也○言上無明君下有惡俗是以進退皆窮也　○維此聖人。瞻言百里。維彼愚人。覆狂以喜。匪言不能。胡斯畏忌。叶巨己反○賦也聖人炳於幾先所視而言者無遠而不察愚人不知禍之將至而反狂以喜今用事者蓋如此我非不能言也如此畏忌何哉言王暴虐人不敢諫也　○維此良人。弗求弗迪。叶徒沃反維彼忍心。是顧是復。音伏民之貪亂。寧爲荼毒。賦也迪進也忍殘忍也顧念復重也荼苦菜也味苦氣辛能殺物故謂之荼毒也○言不求善人而進用之其所顧念重復而不已者乃忍心不仁之人民不堪命所以肆行貪亂而安爲荼毒也　○大風有隧。音遂有空大谷。維此良人。作爲式穀。維彼不順。征以中垢。音苟叶居六反○興也隧道式用穀善也征以中垢未詳其義或曰征行也中隱暗也垢汚穢也○大風之行有隧蓋多出於空谷之中以與下文君子小人所行亦各有道耳　○大風有隧。貪人敗類。聽言則對。誦言如醉。匪用其良。覆俾我悖。叶蒲寐反○興也敗類猶言圮族也王使貪人爲政我以其或能聽我之言而對之然亦知其不能聽也故誦言而中心如醉由王不用善人而反使我至此悖眊也厲王說榮夷公芮良夫曰王室其將卑乎夫榮公好專利而不備大難夫利百物之所生也天地之所載也而或專之其害多矣此詩所謂貪人其榮公也與芮伯之憂非一日矣　○嗟爾朋友。予豈不知而作。如彼飛蟲。時亦弋獲。叶胡郭反既之陰女。去聲反予來赫。叶黑各反○賦也如彼飛蟲時亦弋獲言已之所言或亦有中猶曰千慮而一得也之往陰覆也赫威怒之貌我以言告女是往陰覆於女女反來加赫然之怒於己也張子曰既往密告於女反謂我來恐動也亦通　○民之罔極。職涼善背。叶必墨反爲民不利。如云不克。民之回遹。音聿職競用力。賦也職專也涼義未詳傳曰涼薄也鄭讀作諒信也疑鄭說爲得之善背工爲反覆也克勝也回遹邪僻也○言民之所以貪亂而不知所止者專由此人名爲直諒而實善背又爲民所不利之事如恐不勝而力爲之也又言民之所以邪僻者亦由此輩專競用力而然也反覆其言所以深惡之也　○民之未戾。職盜爲寇。涼曰不可。覆背善詈。音利雖曰匪予。既作爾歌。賦也戾定也民之所以未定者由有盜臣爲之寇也蓋其爲信也亦以小人爲不可矣及其反背也則又工爲惡言以詈君子是其色厲內荏眞可謂穿窬之盜矣然其人又自文飾以爲此非我言也則我已作爾歌矣言得其情且事已著明不可揜覆也

桑柔十六章八章章八句八章章六句。

倬彼雲漢。昭回于天。(叶鐵因反)王曰於(音烏)乎(音呼)何辜今之人。天降喪(去聲)亂。饑饉薦(音荐)臻。靡神不舉。靡愛斯牲。(叶桑經反)圭璧既卒。寧莫我聽。(平聲)○賦也雲漢天河也昭光回轉也言其光隨天而轉也薦荐通重也臻至也靡神不舉所謂國有凶荒則索鬼神而祭之也圭璧禮神之玉也卒盡寧猶何也○舊說以爲宣王承厲王之烈內有撥亂之志遇烖而懼側身脩行欲消去之天下喜於王化復行百姓見憂故仍叔作此詩以美之言雲漢者夜晴則天河明故述王仰訴於天之辭如此也

○旱既大(音泰)甚。蘊隆蟲蟲。不殄禋祀。自郊徂宮。上下奠瘞。靡神不宗。后稷不克。上帝不臨。(叶力中反)耗斁(音妒)下土。寧丁我躬。賦也蘊蓄隆盛也蟲蟲熱氣也殄絕也郊祀天地也宮宗廟也上祭天下祭地奠其禮瘞其物宗尊也克勝也言后稷欲救此旱災而不能勝也臨享也稷以親言帝以尊言也斁敗丁當也何以當我之身而有是災也或曰與其耗斁下土寧使災害當我身也亦通

○旱既大甚。則不可推。(叶雷回反)兢兢業業。如霆如雷。周餘黎民。靡有孑遺。(叶夷回反)昊天上帝。則不我遺。胡不相畏。先祖于摧。(音崔)○賦也推去也兢兢恐也業業危也如霆如雷言畏之甚也孑無右臂貌遺餘也言大亂之後周之餘民無復有半身之遺者而上天又降旱災使我亦不見遺摧滅也言先祖之祀將自此而滅也

○旱既大甚。則不可沮。(上聲)赫赫炎炎。云我無所。大命近止。靡瞻靡顧。(叶果五反)羣公先正。則不我助。(叶牀所反)父母先祖。胡寧忍予。(叶演女反)○賦也沮止也赫赫旱氣也炎炎熱氣也無所無所容也大命近止死將至也瞻仰顧望也羣公先正月令所謂雩祀百辟卿士之有益於民者以祈穀實者也於羣公先正但言其不見助至父母先祖則以恩望之矣所謂垂涕泣而道之也

○旱既大甚。滌滌山川。(叶樞倫反)旱魃(音跋)爲虐。如惔(音談)如焚。(叶符勻反)我心憚暑。憂心如熏。羣公先正。則不我聞。(叶微勻反)昊天上帝。寧俾我遯。(叶徒勻反)○賦也滌滌言山無木川無水如滌而除之也魃旱神也惔燎之也憚勞也畏也熏灼也遯逃也言天又不肯使我得逃遯而去也

○旱既大甚。黽勉畏去。胡寧瘨(音顚)我以

旱。憯七感反不知其故。祈年孔夙。方社不莫。音慕昊天上帝。則我不虞。叶元具反敬恭明神。宜無悔怒。賦也黽勉畏去出無所之也瘨病憯曾也祈年孟春祈穀于上帝孟冬祈來年于天宗是也方祭四方也社祭土神也虞度悔恨也言天曾不度我之心如我之敬事明神宜可以何恨怒也

○旱既大甚。散無友紀。鞫哉庶正。疚哉冢宰。叶奬里反趣七口反馬師氏。膳夫左右。叶羽已反靡人不周。無不能止。瞻卬音仰昊天。云如何里。賦也友紀猶言綱紀也或曰友疑作有鞫窮也庶正衆官之長也疚病也冢宰又衆長之長也趣馬掌馬之官師氏掌以兵守王門者膳夫掌食之官也歲凶年穀不登則趣馬不秣師氏弛其兵馳道不除祭事不縣膳夫徹膳左右布而不脩大夫不食粱士飲酒不樂周救也無不能止言諸臣無有一人不周救百姓者無有自言不能而遂止不爲也里憂也與漢書無俚之俚同聊賴之意也

○瞻卬昊天。有嘒音暳其星。大夫君子。昭假音格無贏。音盈大命近止。無棄爾成。何求爲我。以戾庶正。叶諸盈反瞻卬昊天。曷惠其寧。賦也嘒明貌昭明假至也○久旱而仰天以望雨則有嘒然之明星未有雨徵也然羣臣竭其精誠而助王以昭假于天者已無餘矣雖今死亡將近而不可以棄其前功當益求所以昭假者而脩之固非求爲我之一身而已乃所以定衆正也於是語終又仰天而訴之曰果何時而惠我以安寧乎張子曰不敢斥言用者畏懼之甚且不敢必云爾

雲漢八章。章十句。

崧音嵩高維嶽。駿音峻極于天。叶鐵因反維嶽降神。生甫及申。維申及甫。維周之翰。叶胡干反四國于蕃。叶分邅反四方于宣。賦也山大而高曰崧嶽山之尊者東岱南霍西華北恒是也駿大也甫甫侯也即穆王時作呂刑者或曰此是宣王時人而作呂刑者之子孫也申申伯也皆姜姓之國也翰幹蕃蔽也○宣王之舅申伯出封于謝而尹吉甫作詩以送之言嶽山高大而降其神靈和氣以生甫侯申伯實能爲周之楨榦屛蔽而宣其德澤於天下也蓋申伯之先神農之後爲唐虞四嶽總領方嶽諸侯而奉嶽神之祭能脩其職嶽神享之故此詩推本申伯之所以生以爲嶽降神而爲之也

○亹亹申伯。王纘之事。于邑于謝。南國是式。叶失吏反王命召伯。叶逋莫反定申伯之宅。叶達各反登是南邦。叶卜工反世執其功。賦也亹亹強勉之貌纘繼也使之繼其先世之事也邑國都之處也謝在今鄧州南陽縣周之南土也式使諸侯以爲法也召伯召穆公虎也登成也世執其功言使申伯後世常守其功也或曰大封之禮召公之世職也

○王命申

伯。式是南邦。叶卜功反 因是謝人。以作爾庸。王命召伯。徹申伯土田。叶他因反 王命傅
御。遷其私人。賦也庸城也言因謝邑之人而爲國也鄭氏曰庸功也爲國以起其功也徹定其經界正其賦稅也傅御申伯家臣之長也私人家人遷使就國也漢明帝送侯印與東平王蒼諸子而以手詔賜其國中傅蓋古制如此 ○申伯之功。召伯是營。有俶音蓄 其城。寢廟既成。既成藐藐。王錫
申伯。叶逋各反 四牡蹻蹻。鉤膺濯濯。賦也俶始作也藐藐深貌蹻蹻壯貌濯濯光明貌 ○王遣申伯。路車乘去聲 馬。叶滿補反
我圖爾居。莫如南土。錫爾介圭。以作爾寶。叶音補 往近王舅。南土是保。叶音補○賦也介圭諸侯之封圭也近辭也 ○申伯信邁。王餞音賤 于郿。音眉 申伯還南。謝于誠歸。王命召伯。徹
申伯土疆。以峙音痔 其粻。音張 式遄音椽 其行。叶戶郎反○賦也郿在今鳳翔府郿縣在鎬京之西岐周之東而申在鎬京之東南時王在岐周故餞于郿也言信邁誠歸以見王之數留疑於行之不果故也峙積粻糧遄速也召伯之營謝也則已斂其稅賦積其餱糧使廬市有止宿之委積故能使申伯無留行也 ○申伯番番。音波叶分邅反
既入于謝。徒御嘽嘽。音灘 周邦咸喜。戎有良翰。叶胡干反 不顯申伯。王之元舅。文武
是憲。叶虛言反○賦也番番武勇貌嘽嘽衆盛也戎女也申伯既入于謝周人皆以爲喜而相謂曰女今有良翰矣元長憲法也言文武之士皆以申伯爲法也或曰申伯能以文王武王爲法也 ○申
伯之德。柔惠且直。揉汝又反 此萬邦。聞音問 于四國。叶于逼反 吉甫作誦。其詩孔碩。其風
肆好。以贈申伯。賦也揉治也吉甫尹吉甫周之卿士誦工師所誦之辭也碩大風聲肆遂也

崧高八章。章八句。

天生烝民。有物有則。民之秉彝。音夷 好是懿德。天監有周。昭假音格 于下。叶後五反 保
茲天子。生仲山甫。賦也烝衆則法秉執彝常懿美監視昭明假至保祐也仲山甫樊侯之字也○宣王命樊侯仲山甫築城于齊而尹吉甫作詩以送之言天生衆民有是物必有是則蓋自百骸九竅五藏而達之君臣父子夫婦長幼朋友無非物也而莫不有法焉如視之明聽之聰貌之恭言之從君臣有義父子有親之類是也是乃民所執之常性故其情無不好此美德者而況天之監視有周能以昭明之

德威格于下故保祐之而爲之生此賢佐曰仲山甫焉則所以鍾其秀氣而全其美德者又非特如凡民而已也昔孔子讀詩至此而贊之曰爲此詩者其知道乎故有物必有則民之秉彝也故好是懿德而孟子引之以證性善之說其旨深矣讀者其致思焉

○仲山甫之德。柔嘉維則。令儀令色。小心翼翼。古訓是式。威儀是力。天子是若。明命使賦。賦也嘉美令善也儀威儀也色顏色也翼翼恭敬貌古訓先王之遺典也式法力勉若順賦布也○東萊呂氏曰柔嘉維則不過其則也過其則斯爲弱不得謂之柔嘉矣令儀令色小心翼翼言其表裏柔嘉也古訓是式威儀是力言其學問進脩也天子是若明命使賦言其發而措之事業也此章首備舉仲山甫之德

○王命仲山甫。式是百辟。音璧 纘戎祖考。王躬是保。出納王命。王之喉舌。賦政于外。四方爰發。叶方月反○賦也式法戎女也王躬是保所謂保其身體者也然則仲山甫蓋以冢宰兼大保抑其世官也與出承而布之也納行而復之也喉舌所以出言也發發而應之也○東萊呂氏曰仲山甫之職外則總領諸侯內則輔養君德入則典司政本出則經營四方此章蓋備舉仲山甫之職

○肅肅王命。仲山甫將之。邦國若否。音鄙 仲山甫明之。叶謨郎反 既明且哲。以保其身。夙夜匪解。音懈 以事一人。賦也肅肅嚴也將奉行也若順也順否猶臧否也明謂明於理哲謂察於事保身蓋順理以守身非趨利避害而偸以全軀之謂也解怠也一人天子也

○人亦有言。柔則茹之。音汝 剛則吐之。維仲山甫。柔亦不茹。剛亦不吐。不侮矜音鰥 寡。叶果五反 不畏彊禦。賦也人亦有言世俗之言也茹納也○不茹柔故不侮矜寡不吐剛故不畏彊禦以此觀之則仲山甫之柔嘉非軟美之謂而其保身未嘗枉道以徇人可知矣

○人亦有言。德輶音酉 如毛。民鮮上聲 克舉之。我儀圖叶丁五反 之。維仲山甫舉之。愛莫助叶牀五反 之。衮職有闕。維仲山甫補之。賦也輶輕儀度圖謀也衮職王職也天子龍衮不敢斥言王闕故曰衮職有闕也○言人皆言德甚輕而易舉然人莫能舉也我於是謀度其能舉之者則惟仲山甫而已是以心誠愛之而恨其不能有以助之蓋愛之者秉彝好德之性也而不能助者能舉與否在彼而已固無待於人之助而亦非人之所能助也至於王職有闕矣亦維仲山甫獨能補之蓋唯大人然後能格君心之非未有不能自舉其德而能補君之闕者也

○仲山甫出祖。四牡業業。征夫捷捷。每懷靡及。叶極業反 四牡彭彭。叶鋪郎反 八鸞鏘鏘。王命仲山甫。城彼東方。賦也祖行祭也業業健貌捷捷疾貌東方齊也傳曰古者諸侯之居逼隘則王者遷其邑而定其居蓋去薄姑而遷於臨菑也孔氏曰史記齊獻公元年徙

姑都治臨菑計獻公當夷王之時與此傳不合豈徙於夷王之時至是而始備其城郭之守歟

〇四牡騤騤。(音逵) 八鸞喈喈。(音皆叶居奚反) 仲山甫徂齊。式遄其歸。吉甫作誦。穆如清風。(叶孚愔反) 仲山甫永懷。以慰其心。賦也式遄其歸不欲其久於外也穆深長也清風清微之風化養萬物者也以其遠行而有所懷思故以此詩慰其心焉曾氏曰賦政於外雖仲山甫之職然保王躬補王闕尤其所急城彼東方其心永懷蓋有所不安者尹吉甫深知之作誦而告以遄歸所以安其心也

烝民八章。章八句。

奕奕梁山。維禹甸之。有倬其道。韓侯受命。王親命之。纘戎祖考。無廢朕命。夙夜匪解。(音懈叶訖力反) 虔共爾位。朕命不易。榦(音幹) 不庭方。以佐戎辟。(音璧) 〇賦也奕奕大也梁山韓之鎮也今在同州韓城縣甸治也倬明貌韓國名侯爵武王之後也受命蓋即位除喪以士服入見天子而聽命也纘繼戎汝也言王錫命之使繼世而為諸侯也虔敬易改榦正也不庭方不來庭之國也辟君也此又戒之以脩其職業之辭也〇韓侯初立來朝始受王命而歸詩人作此以送之序亦以為尹吉甫作今未有據下篇云召穆公凡伯者放此

〇四牡奕奕。孔脩且張。韓侯入覲。以其介圭。入覲于王。王錫韓侯。淑旂綏章。簟茀錯衡。(叶戶郎反) 玄袞赤舄。鉤膺鏤(音漏) 錫。(音羊) 鞹(音廓) 鞃淺幭。(音覓) 鞗(音條) 革金厄。(叶於栗反) 〇賦也脩長張大也介圭封圭執之為贄以合瑞于王也淑善也交龍曰旂綏章染鳥羽或旄牛尾為之注於旂竿之首為表章者也鏤刻金也馬眉上飾曰錫今當盧也鞹去毛之革也鞃式中也謂兩較之閒橫木可憑者以鞹持之使牢固也淺虎皮也幭覆式也字一作幦又作幎以有毛之皮覆式上也鞗革轡首也金厄以金為環纏搤轡首也

〇韓侯出祖。出宿于屠。顯父(音甫) 餞之。清酒百壺。其殽維何。炰(音庖) 鱉鮮魚。其蔌(音速) 維何。維筍(音笋) 及蒲。其贈維何。乘(去聲) 馬路車。籩豆有且。(音疽) 侯氏燕胥。賦也既覲而反國必祖者尊其所往去則如始行焉屠地名或曰即杜也顯父周之卿士也蔌菜殽也筍竹萌也蒲蒲蒻也且多貌侯氏諸侯來朝者之稱胥相也或曰語辭

〇韓侯取(去聲) 妻。汾(音焚) 王之甥。蹶(音媿) 父(音甫) 之子。(叶奬里反) 韓侯迎(去聲) 止。于蹶之里。百兩(音亮又如字) 彭彭。(叶蒲郎反)

八鸞鏘鏘。不顯其光。諸娣 音第 從之。祁祁如雲。韓侯顧之。爛其盈門。叶眉貧反○賦也此言韓侯旣覲而還遂以親迎也汾王厲王也厲王流于彘在汾水之上故時人以目王焉猶言莒郊公黎比公也蹶父周之卿士姞姓也諸娣衆妾也諸侯一娶九女二國媵之皆有娣姪也祁祁徐靚也如雲衆多也 ○蹶父孔武。靡國不到。爲 去聲 韓姞 音佶 相 去聲 攸。莫如韓樂。音洛叶力告反 孔樂韓土。川澤訏訏。音許 魴鱮甫甫。麀鹿噳噳。音語 有熊有羆。有貓 苗茅二音 有虎。慶既令居。叶斤御斤於二反 韓姞燕譽。叶羊茹羊諸二反○賦也韓姞蹶父之子韓侯妻也相攸擇可嫁之所也訏訏甫甫大也噳噳衆也貓似虎而淺毛慶喜令善也喜其有此善居也燕安譽樂也 ○溥彼韓城。燕 平聲 師所完。以先祖受命。因時百蠻。王錫韓侯。其追其貊。音麥 奄受北國。因以其伯。實墉實壑。實畝實籍。獻其貔 音毗 皮。赤豹黃羆。賦也溥大也燕召公之國也師衆也追貊夷狄之國也墉城壑池籍稅也貔猛獸名○韓初封時召公爲司空王命以其衆爲築此城如召伯營謝山甫城齊春秋諸侯城邢城楚丘之類也王以韓侯之先因是百蠻而長之故錫之追貊使爲之伯以脩其城池治其田畝正其稅法而貢其所有於王也

韓奕六章。章十二句。

江漢浮浮。武夫滔滔。叶他侯反 匪安匪遊。淮夷來求。既出我車。既設我旟。匪安匪舒。淮夷來鋪。賦也浮浮水盛貌滔滔順流貌淮夷夷之在淮上者也鋪陳也陳師以伐之也○宣王命召穆公平淮南之夷詩人美之此章總序其事言行者皆莫敢安徐而曰吾之來也惟淮夷是求是伐耳 ○江漢湯湯。音傷 武夫洸洸。音光 經營四方。告成于王。四方既平。王國庶定。叶唐丁反 時靡有爭。叶甾陘反 王心載寧。賦也洸洸武貌庶幸也○此章言既伐而成功也 ○江漢之滸。音虎 王命召虎。式辟 音闢 四方。徹我疆土。匪疚匪棘。王國來極。于疆于理。至于南海。叶虎委反○賦也虎召穆公名也辟與闢同徹井其田也疚病棘急也極中之表也居中而爲四方所取正也○言江漢既平王又命召公闢四方之侵地而治其疆界非以病之非以急之也但使其來取正於王國而已於是遂疆理之盡南海而止也 ○王命召虎。來旬來宣。文武受命。召公維翰。叶胡干反 無曰予小子。叶獎里反 召公是似。叶

呈反 肇敏戎公。用錫爾祉。賦也旬徧宣布也自江漢之滸言之故曰來召公召康公奭也翰榦也予小子王自稱也肇開戎女公功也○又言王命召虎來此江漢之滸徧治其事以布王命而曰昔文武受命惟召公爲楨榦今女無曰以予小子之故也但自爲嗣女召公之事耳能開敏女功則我當錫女以祉福如下章所云也 ○釐音離爾圭瓚。才旱反 秬音巨鬯音暢一卣。音酉 告于文人。錫山土田。叶他因反 于周受命。叶滿幷反 自召祖命。虎拜稽首。天子萬年。叶彌因反○賦也釐賜卣尊也文人先祖之有文德者謂文王也周岐周也召祖穆公之祖康公也○此序王賜召公策命之辭言錫爾圭瓚秬鬯者使之以祀其先祖又告于文人而錫之山川土田以廣其封邑蓋古者爵人必於祖廟示不敢專也又使往受命於岐周從其祖康公受命於文王之所以寵異之而召公拜稽首以受王命之策書也人臣受恩無可以報謝者但言使君壽考而已 ○虎拜稽首。對揚王休。叶虛久反 作召公考。叶去久反 天子萬壽。叶殖酉反 明明天子。叶獎里反 令聞不已。矢其文德。洽此四國。叶越逼反○賦也對答揚稱休美考成矢陳也○言穆公既受賜遂答稱天子之美命作康公之廟器而勒王策命之辭以考其成且祝天子以萬壽也古器物銘云鄦拜稽首敢對揚天子休命用作朕皇考龔伯尊敦鄦其眉壽萬年無疆語正相類但彼自祝其壽而此祝君壽耳既又美其君之令聞而進之以不已勸其君以文德而不欲其極意於武功古人愛君之心於此可見矣

江漢六章。章八句。

赫赫明明。王命卿士。叶音所 南仲大祖。音泰 大師皇父。音甫 整我六師。以脩我戎。叶音汝 既敬既戒。叶訖力反 惠此南國。叶越逼反○賦也卿士即皇父之官也南仲見出車篇大祖始祖也大師皇父之兼官也我爲宣王之自我也戎兵器也○宣王自將以伐淮北之夷而命卿士之謂南仲爲大祖兼大師而字皇父者整治其從行之六軍脩其戎事以除淮夷之亂而惠此南方之國詩人作此以美之必言南仲大祖者稱其世功以美大之也 ○王謂尹氏。命程伯休父。左右陳行。音杭 戒我師旅。率彼淮浦。省此徐土。不留不處。三事就緒。音序○賦也尹氏吉甫也蓋爲內史掌策命卿大夫也程伯休父周大夫三事未詳或曰三農之事也○言王詔尹氏策命程伯休父爲司馬使之左右陳其行列循淮浦而省徐州之土蓋伐淮北徐州之夷也上章既命皇父而此章又命程伯休父者蓋王親命大師以三公治其軍事而使內史命司馬以六卿副之耳 ○赫赫業業。叶宜卻反 有嚴天子。王舒保作。

匪紹匪遊。徐方繹騷。叶蘇侯反 震驚徐方。如雷如霆。徐方震驚。賦也赫赫顯也業業大也嚴威也天子自將其威可畏也王舒保作未詳其義或曰舒徐保安作行也言王師舒徐而安行也紹糾緊也遊遨遊也繹連絡也騷擾動也○夷厲以來周室衰弱至是而天子自將以征不庭其師始出不疾不徐而徐方之人皆已震動如雷霆作於其上不遑安矣

○王奮厥武。如震如怒。叶暖五反 進厥虎臣。闞音喊 如虓音哮 虎。鋪平聲 敦淮濆。音焚 仍執醜虜。截彼淮浦。王師之所。賦也進鼓而進之也闞奮怒之貌虓虎之自怒也鋪布也布其師旅也敦厚也厚集其陳也仍就也孝子曰攘臂而仍之截截然不可犯之貌

○王旅嘽嘽。音灘 如飛如翰。如江如漢。如山之苞。叶補鉤反 如川之流。緜緜翼翼。不測不克。濯征徐國。叶越逼反○賦也嘽嘽衆盛貌翰羽翮也本也如飛如翰疾也如江如漢衆也如山不可動也如川不可禦也緜緜不可絕也翼翼不可亂也不測不可知也不克不可勝也濯大也

○王猶允塞。徐方既來。叶六直反 徐方既同。天子之功。四方既平。徐方來庭。徐方不回。王曰還歸。叶古回反○賦也猶道允信塞實庭朝回違也還歸班師而歸也○前篇召公帥師以出歸告成功故備載其褒賞之辭此篇王實親行故於卒章反復其辭以歸功於天子言王道甚大而遠方懷之非獨兵威然也序所謂因以為戒者是也

常武六章。章八句。

瞻卬音仰 昊天。則不我惠。孔填不寧。降此大厲。邦靡有定。士民其瘵。音債叶側例反 蟊賊蟊疾。音牟 靡有夷屆。音戒叶居氣反 罪罟不收。靡有夷瘳。音抽○賦也填久厲亂瘵病也蟊賊害苗之蟲也疾害夷平屆極罟網也○此刺幽王嬖褒姒任奄人以致亂之詩首言昊天不惠而降亂無所歸咎之辭也蘇氏曰國有所定則民受其福無所定則受其病於是有小人為之蟊賊刑罪為之網罟凡此皆民之所以病也

○人有土田。女音汝 反有酉由二音 之。人有民人。女覆奪之。此宜無罪。女反收殖酉殖由二反 之。彼宜有罪。女覆說音脫 之。賦也反覆收拘說赦也

○哲夫成城。哲婦傾城。懿厥哲婦。為梟為鴟。婦有長舌。維厲之階。叶居奚反 亂匪降自天。叶鐵因反 生自婦人。匪教匪誨。叶呼位反 時維婦寺。賦也

哲知也城猶國也哲婦蓋指褒姒也傾覆也懿美也梟鴟惡聲之鳥也長舌能多言者也階梯也寺奄人也○言男子正位乎外爲國家之主故有知則能立國婦人以無非無儀爲善無所事哲哲則適以覆國而已故此懿美之哲婦而反爲梟鴟蓋以其多言而能爲禍亂之梯也若是則亂豈眞自天降如首章之說哉特由此婦人而已蓋其言雖多而非有敎誨之益者是惟婦人與奄人耳豈可近哉上文但言婦人之禍末句兼以奄人爲言蓋二者常相倚而爲姦不可不幷以爲戒也歐陽公嘗言宦者之禍甚於女寵其言尤爲深切有國家者可不戒哉

○鞫人忮音志忒。譖音僭始竟背。音佩叶必墨反豈曰不極。伊胡爲慝。如賈音古三倍。君子是識。婦無公事。休其蠶織。賦也鞫窮忮害忒變也譖不信也竟終背反極已慝惡也賈居貨者也三倍獲利之多也公事朝廷之事蠶織婦人之業○言婦寺能以其智辯窮人之言其心忮害而變詐無常既以譖妄倡始於前而終或不驗於後則亦不復自謂其言之放恣無所極已而反曰是何足爲慝乎夫商賈之利非君子之所宜識如朝廷之事非婦人之所宜與也今賈三倍而君子識其所以然婦人無朝廷之事而舍其蠶織以圖之則豈不爲慝哉

○天何以刺。叶音砌何神不富。叶方味反舍音捨爾介狄。維予胥忌。不弔不祥。威儀不類。人之云亡。邦國殄瘁。賦也刺責介大胥相弔閔也○言天何用責王神何用不富王哉凡以王信用婦人之故也是必將有夷狄之大患今王舍之不忌而反以我之正言不諱爲忌何哉夫天之降不祥庶幾王懼而自脩今王遇災而不恤又不謹其威儀又無善人以輔之則國之殄瘁宜矣或曰介狄卽指婦寺猶所謂女戎者也

○天之降罔。維其優矣。人之云亡。心之憂矣。天之降罔。維其幾矣。人之云亡。心之悲矣。賦也罔罟優多幾近也蓋承上章之意而重言之以警王也

○觱音必沸音弗檻胡覽反泉。維其深矣。心之憂矣。寧自今矣。不自我先。不自我後。叶下五反藐藐昊天。無不克鞏。叶音古無忝皇祖。式救爾後。與也觱沸泉涌貌檻泉泉正出者藐藐高遠貌鞏固也○言泉水瀵涌上出其源深矣我心之憂亦非適今日然也然而禍亂之極適當此時蓋已無可爲者惟天高遠雖若無意於物然其功用神明不測雖危亂之極亦無不能鞏固之者幽王苟能改過自新而不忝其祖則天意可回來者猶必可救而子孫亦蒙其福矣

瞻卬七章。三章章十句。四章章八句。

旻天疾威。天篤降喪。去聲叶桑郎反瘨音顚我饑饉。民卒流亡。我居圉音語卒荒。賦也篤厚瘨病卒盡也居

國中也圉邊陲也○此刺幽王任用小人以致饑饉侵削之詩也

○天降罪罟。蟊賊內訌。音紅昏椓音卓靡共。音恭潰潰回遹。實靖夷我邦。叶卜工反○賦也訌潰也昏椓昏亂椓喪之人也共與恭同一說與供同謂供其職也潰潰亂也回遹邪僻也靖治夷平也○言此蟊賊昏椓者皆潰亂邪僻之人而王乃使之治平我邦所以致亂也

○皋皋訿訿。音紫曾不知其玷。音店兢兢業業。孔填不寧。我位孔貶。賦也皋皋頑慢之意訿訿務為謗毀也玷缺也填久也○言小人在位所為如此而王不知其缺至於戒敬恐懼甚久而不寧者其位乃更見貶黜其顛倒錯亂之甚如此

○如彼歲旱。草不潰茂。如彼棲音西苴。七如反我相去聲此邦。無不潰止。賦也潰遂也棲苴水中浮草棲於水上者言枯槁無潤澤也相視潰亂也

○維昔之富。不如時。維今之疚。不如茲。彼疏斯粺。音敗胡不自替。職兄音況斯引。賦也時是疚病也疏糲也粺則精矣替廢也兄怳同引長也○言昔之富未嘗若是之疚也而今之疚又未有若此之甚也彼小人之與君子如疏與粺其分審矣而曷不自替以避君子乎而使我心專為此故至於愴怳引長而不能自已也

○池之竭矣。不云自頻。泉之竭矣。不云自中。叶諸仍反溥斯害矣。職兄斯弘。不烖我躬。叶姑弘反○賦也頻厓溥廣弘大也○池水之鍾也泉水之發也故池之竭由外之不入泉之竭由內之不出言禍亂有所從起而今不云然也此其為害亦已廣矣是使我心專為此故至於愴怳日益弘大而憂之日是豈不烖及我躬也乎

○昔先王受命。有如召公。日辟音闢國百里。今也日蹙音蹴國百里。於音烏乎音呼哀哉。維今之人。不尚有舊。叶巨已反○賦也先王文武也召公康公也辟開蹙促也○文王之世周公治內召公治外故周人之詩謂之周南諸侯之詩謂之召南所謂日辟國百里云者言文王之化自北而南至於江漢之間服從之國日以益衆及虞芮質成而其旁諸侯聞之相帥歸周者四十餘國焉今謂幽王之時蹙國蓋犬戎內侵諸侯外畔也又歎息哀痛而言今世雖亂豈不猶有舊德可用之人哉言有之而不用耳

召旻七章。四章章五句。三章章七句。因其首章稱旻天卒章稱召公故謂之召旻以別小旻也

蕩之什十一篇。九十二章。七百六十九句。

詩經卷之八

朱熹集傳

頌四　頌者宗廟之樂歌大序所謂美盛德之形容以其成功告於神明者也蓋頌與容古字通用故序以此言之周頌三十一篇多周公所定而亦或有康王以後之詩魯頌四篇商頌五篇因亦以類附焉

凡五卷

周頌清廟之什四之一

於音烏穆清廟。肅雝顯相。去聲濟濟上聲多士。秉文之德。對越在天。駿奔走在廟。不顯不承。無射音亦於人斯。賦也於歎辭穆深遠也清清靜也肅敬雝和顯明相助也謂助祭之公卿諸侯也濟濟衆也多士與祭執事之人也越於也駿大而疾也承尊奉也斯語辭○此周公既成洛邑而朝諸侯因率之以祀文王之樂歌言於穆哉此清靜之廟其助祭之公侯皆敬且和而其執事之人又無不執行文王之德既對越其在天之神而又駿奔走其在廟之主如此則是文王之德豈不顯乎豈不承乎信乎其無有厭斁於人也

清廟一章。八句。書稱王在新邑烝祭歲文王騂牛一武王騂牛一實周公攝政之七年而此其升歌之辭也書大傳曰周公升歌清廟苟在廟中嘗見文王者愀然如復見文王焉樂記曰清廟之瑟朱弦而疏越壹倡而三歎有遺音者矣鄭氏曰朱弦練朱弦練則聲濁越瑟底孔也疏之使聲遲也倡發歌句也三歎三人從歎之耳漢因秦樂乾豆上秦登歌獨上歌不以筦絃亂人聲欲在位者徧聞之猶古清廟之歌也

維天之命。於音烏穆不已。於同上乎音呼不顯。文王之德之純。賦也天命卽天道也不已言無窮也純不雜也○此亦祭文王之詩言天道無窮而文王之德純一不雜與天無閒以贊文王之德之盛也子思子曰維天之命於穆不已蓋曰天之所以爲天也於乎不顯文王之德之純蓋曰文王之所以爲文也純亦不已程子曰天道不已文王純於天道亦不已純則無二無雜不已則無閒斷先後

假以溢我。我其收之。駿惠我文王。曾孫篤之。何之爲假聲之轉也恤之爲溢字之訛也收受駿大惠順也曾孫後王也篤厚也○言文王之神將何以恤我乎有則我當受之以大順文王之道後王又當篤厚之而不忘也

維天之命一章。八句。

維清緝熙。文王之典。肇禋。音因迄音肸用有成。維周之禎。賦也清清明也緝續熙明肇始禋祀迄至也○此亦祭文王之詩言所當清明而緝熙者文王之典也故自始祀至今有成實維周之禎祥也然此詩疑有闕文焉

維清一章。五句。

烈文辟音璧公。錫茲祉福。惠我無疆。子孫保之。賦也烈光也辟公諸侯也○此祭於宗廟而獻助祭諸侯之樂歌言諸侯助祭使我獲福則是諸侯錫此祉福而惠我以無疆使我子孫保之也　無封靡于爾邦。維王其崇之。念茲戎功。繼序其皇之。封靡之義未詳或曰封專利以自封殖也靡汰侈也崇尊尚也戎大皇大也○言汝能無封靡于汝邦則王當尊汝又念汝有此助祭錫福之大功則使汝之子孫繼序而益大之也　無競維人。四方其訓之。不顯維德。百辟其刑之。於音烏乎音呼前王不忘。又言莫強於人莫顯於德先王之德所以人不能忘者用此道也此戒飭而勸勉之也中庸引不顯惟德百辟其刑之而曰故君子篤恭而天下平大學引於乎前王不忘而曰君子賢其賢而親其親小人樂其樂而利其利此以沒世不忘也

烈文一章。十三句。此篇以公疆兩韻相叶未審當從何讀意亦可互用也

天作高山。大音泰王荒之。彼作矣。文王康之。彼徂矣岐。有夷之行。叶戶郎反子孫保之。賦也高山謂岐山也荒治康安也徂險僻之意也夷平行路也○此祭大王之詩言天作岐山而大王始治之大王既作而文王又安之於是彼險僻之岐山人歸者衆而有平易之道路子孫當世世保守而不失也

天作一章。七句。

昊天有成命。二后受之。成王不敢康。夙夜基命宥密。於音烏緝熙。單厥心。肆其靖之。賦也二后文武也成王名誦武王之子也基積累於下以承藉乎上者也宥宏深也密靜密也於歎辭靖安也○此詩多道成王之德疑祀成王之詩也言天祚周以天下既有定命而文武受之矣成王繼之又能不敢康寧而其夙夜積德以承藉天命者又宏深而靜密是能繼續光明文武之業而盡其心故今能安靜天下而保其所受之命也國語叔向引此詩而言曰是道成王之德也成王能明文昭定武烈者也以此

證之則其爲祀成王之詩無疑矣

昊天有成命一章。七句。此康王以後之詩

我將我享。維羊維牛。維天其右之。叶音由 賦也將奉享獻右尊也神坐東向在饌之右所以尊之也○此宗祀文王於明堂以配上帝之樂歌言奉其牛羊以享上帝而曰天庶其降而在此牛羊之右乎蓋不敢必也 儀式刑文王之典。日靖四方。伊嘏音假文王。既右饗叶虛良反之。儀式刑皆法也嘏錫福也○言我儀式刑文王之典以靖天下則此能錫福之文王既降而在此之右以饗我祭若有以見其必然矣 我其夙夜。畏天之威。于時保之。又言天與文王既皆右享我矣則我其敢不夙夜畏天之威以保天與文王所以降鑒之意乎

我將一章。十句。程子曰萬物本乎天人本乎祖故冬至祭天而以祖配之以冬至氣之始也萬物成形於帝而人成形於父故季秋享帝而以父配之以季秋成物之時也陳氏曰古者祭天於圜丘掃地而行事器用陶匏牲用犢其禮極簡聖人之意以爲未足以盡其意之委曲故於季秋之月有大享之禮焉天卽帝也郊而曰天所以尊之也故以后稷配焉后稷遠矣配稷於郊亦以尊稷也明堂而曰帝所以親之也以文王配焉文王親也配文王於明堂亦以親文王也尊尊而親親周道備矣然則郊者古禮而明堂者周制也周公以義起之也東萊呂氏曰於天維庶其饗之不敢加一辭焉於文王則言儀式其典日靖四方天不待贊法文王所以法天也卒章惟言畏天之威而不及文王者統於尊也畏天所以畏文王也天與文王一也

時邁其邦。昊天其子之。賦也邁行也邦諸侯之國也周制十有二年王巡守殷國柴望祭告諸侯畢朝○此巡守而朝會祭告之樂歌也言我之以時巡行諸侯也天其子我乎哉蓋不敢必也 實右序有周。薄言震之。莫不震疊。懷柔百神。及河喬嶽。允王維后。右尊序次震動疊懼懷來柔安允信也○既而曰天實右序有周矣是以使我薄言震之而四方諸侯莫不震懼又能懷柔百神以至於河之深廣嶽之崇高而莫不感格則是信乎周王之爲天下君矣 明昭有周。式序在位。載戢干戈。載櫜音高弓矢。我求懿德。肆于時夏。允王保之。戢聚櫜韜肆陳也夏中國也○又言明昭乎我周也既以慶讓黜陟之典式序在位之諸侯又收斂其干戈弓矢而益求懿德之美以布陳于中國則信乎王之能保天命也或曰此詩卽所謂肆夏以其有肆于時夏之語而命之也

時邁一章。十五句。春秋傳曰昔武王克商作頌曰載戢干戈而外傳又以爲周文公之頌則此詩乃武王之世周公所作也外傳又曰金奏肆夏樊遏渠天子以饗元侯也

韋昭注云肆夏一名樊韶夏一名遏納夏一名渠即周禮九夏之三也呂叔玉云肆夏時邁也樊遏執競也渠思文也

執競武王。無競維烈。不顯成康。上帝是皇。賦也此祭武王成王康王之詩競彊也言武王持其自強不息之心故其功烈之盛天下莫得而競豈不顯哉成王康王之德亦上帝之所君也 自彼成康。奄有四方。斤斤去聲其明。叶謨郎反○斤斤明之察也言成康之德明著如此也 鐘鼓喤喤。音橫 磬筦音管將將。音搶 降福穰穰。音攘○喤喤和也將將集也穰穰多也言今作樂以祭而受福也 降福簡簡。威儀反反。既醉既飽。福祿來反。簡簡大也反反謹重也反覆也言受福之多而愈益謹重是以既醉既飽而福祿之來反覆而不厭也

執競一章。十四句。此昭王以後之詩國語說見前篇

思文后稷。克配彼天。立我烝民。莫匪爾極。貽我來牟。帝命率育。叶日逼反 無此疆爾界。叶訖力反 陳常于時夏。賦也思語辭文言有文德也立粒通極至也德之至也貽遺也來小麥牟大麥也率徧育養也○言后稷之德眞可配天蓋使我烝民得以粒食者莫非其德之至也且其貽我民以來牟之種乃上帝之命以此徧養下民者是以無有遠近彼此之殊而得以陳其君臣父子之常道於中國也或曰此詩即所謂納夏者亦以其有時夏之語而命之也

思文一章。八句。國語說見時邁篇

清廟之什十篇十章九十五句。

周頌臣工之什四之二

嗟嗟臣工。敬爾在公。王釐音離爾成。來咨來茹。音孺○賦也嗟嗟重歎以深勅之也臣工羣臣百官也公公家也釐賜也成成法也茹度也○此戒農官之詩先言王有成法以賜女女當來咨度也 嗟嗟保介。維莫音慕之春。亦又何求。如何新畬。音余 於音烏皇來牟。將受厥明。明昭上帝。迄用康年。命我衆人。庤音峙乃錢音翦鎛。音博 奄觀銍音質艾。音刈○保介見月令呂覽其說不同然皆爲籍田而言蓋農官之副也莫春斗柄建辰夏正之三月也畬三歲田也於皇歎美之辭來牟麥也明上帝之明賜也言麥將熟也迄至也康年猶豐年也衆人甸徒也庤具

錢銚鎛鉏皆田器也銍穫禾短鎌也艾穫也○此乃言所戒之事言三月則當治其新畬矣今如何哉然麥已將熟則可以受上帝之明賜而此明昭之上帝又將賜我新畬以豐年也於是命甸徒具農器以治其新畬而又將忽見其收成也

臣工一章十五句。

噫嘻成王。既昭假爾。音格 率時農夫。播厥百穀。駿發爾私。終三十里。亦服爾耕。十千維耦。叶音擬○賦也噫嘻亦歎辭也昭明假格也爾田官也時是駿大發耕也私私田也三十里萬夫之地四旁有川內方三十三里有奇言三十里舉成數也耦二人並耕也○此連上篇亦戒農官之辭昭假爾猶言格汝衆庶蓋成王始置田官而嘗戒命之也爾當率是農夫播其百穀使之大發其私田皆服其耕事萬人爲耦而並耕也蓋耕本以二人爲耦今合一川之衆爲言故云萬人畢出并力齊心如合一耦也此必鄉遂之官司稼之屬其職以萬夫爲界者溝洫用貢法無公田故皆謂之私蘇氏曰民曰雨我公田遂及我私而君曰駿發爾私終三十里其上下之間交相忠愛如此

噫嘻一章八句。

振鷺于飛。于彼西雝。我客戾止。亦有斯容。賦也振羣飛貌鷺白鳥雝澤也客謂二王之後夏之後杞商之後宋於周爲客天子有事膰焉有事拜焉者也○此二王之後來助祭之詩言鷺飛于西雝之水而我客來助祭者其容貌脩整亦如鷺之潔白也或曰興也 在彼無惡。在此無斁。叶丁故反 庶幾夙夜。叶弋茹反 以永終譽。彼其國也在國無惡之者在此無厭之者如是則庶幾其能夙夜以永終此譽矣陳氏曰在彼不以我革其命而有惡於我知天命無常惟德是與其心服也在我不以彼墜其命而有厭於彼崇德象賢統承先王忠厚之至也

振鷺一章八句。

豐年多黍多稌。音杜 亦有高廩。力錦反 萬億及秭。咨履反 爲酒爲醴。烝畀祖妣。以洽百禮。降福孔皆。叶舉里反○賦也稌稻也黍宜高燥而寒稌宜下溼而暑黍稌皆熟則百穀無不熟矣亦助語辭數萬至萬曰億數億至億曰秭烝進畀予洽備皆徧也○此秋冬報賽田事之樂歌蓋祀田祖先農方社之屬也言其收入之多至於可以供祭祀備百禮而神降之福將甚徧也

有瞽有瞽。在周之庭。賦也瞽樂官無目者也○序以此爲始作樂而合乎祖之詩兩句總序其事也設業設虡。音巨崇牙樹羽。應田縣鼓。鞉音桃磬柷尺叔反圉。音語既備乃奏。叶音祖簫管備舉。以上叶瞽字○業虡崇牙見靈臺篇樹羽置五采之羽於崇牙之上也應小鞞田大鼓也鄭氏曰田當作輮小鼓也縣鼓周制也夏后氏足鼓殷楹鼓周縣鼓鞉如鼓而小有柄兩耳持其柄搖之則旁耳還自擊磬石磬也柷狀如漆桶以木爲之中有椎連底挏之令左右擊以起樂者也圉亦作敔狀如伏虎背上有二十七鉏鋙刻以木長尺櫟之以止樂者也簫編小竹管爲之管如篴併兩而吹之者也喤喤音橫厥聲。肅雝和鳴。先祖是聽。我客戾止。永觀厥成。以上叶庭字○我客二王後也觀視也成樂闋也如簫韶九成之成獨言二王後者猶言虞賓在位我有嘉客蓋尤以是爲盛耳

有瞽一章十二句。

猗於宜反與音余漆沮。七余反潛有多魚。有鱣張連反有鮪。叶于軌反鰷音條鱨音常鰋音偃鯉。以享以祀。叶逸織反以介景福。叶筆力反○賦也猗與歎辭潛槮也蓋積柴養魚使得隱藏避寒因以薄圍取之也或曰藏之糝也鰷白鰷也月令季冬命漁師始漁天子親往乃嘗魚先薦寢廟季春薦鮪于寢廟此其樂歌也

潛一章六句。

有來雝雝。與公叶篇內同至止肅肅。相息亮反維辟音璧公。天子穆穆。賦也雝雝和也肅肅敬也相助祭也辟公諸侯也穆穆天子之容也○此武王祭文王之詩言諸侯之來皆和且敬以助我之祭事而天子有穆穆之容也於音烏薦廣牡。相同上予肆祀。叶養里反假古雅反哉皇考。叶音口綏予孝子。叶奬里反○於歎辭廣牡大牲也肆陳假大也皇考文王也綏安也孝子武王自稱也○言此和敬之諸侯薦大牲以助我之祭事而大哉之文王庶其享之以安我孝子之心也宣哲維人。文武維后。燕及皇天。叶鐵因反克昌厥後。宣通哲知燕安也○此美文王之德宣哲則盡人之道文武則備君之德故能安人以及於天而克昌其後嗣也蘇氏曰周人以諱事神文王名昌而此詩曰克昌厥後何也曰周之所謂諱不以其名號之耳不遂廢其文也諱其名而廢其文者周禮之末失也綏我眉壽。叶殖酉反

介以繁祉。既右音又 烈考。叶音口 亦右文母。叶滿彼反○右尊也周禮所謂享右祭祀是也烈考猶皇考也文母大姒也○言文王昌厥後而安之以眉壽助之以多福使我得以右於烈考文母也

雝一章十六句。周禮樂師及徹帥學士而歌徹說者以為即此詩論語亦曰以雍徹然則此蓋徹祭所歌而亦名為徹也

載見音現 辟音璧 王。曰求厥章。龍旂陽陽。和鈴央央。音秧 鞗音條 革有鶬。音槍 休有烈光。賦也載則也發語辭也章法度也交龍曰旂陽明也軾前曰和旂上曰鈴央央有鶬皆聲和也休美也○此諸侯助祭於武王廟之詩先言其來朝稟受法度其車服之盛如此 率見昭考。以孝以享。叶虛良反○昭考武王也廟制太祖居中左昭右穆周廟文王當穆武王當昭故書稱穆考文王而此詩及訪落皆謂武王為昭考此乃言王率諸侯以祭武王廟也 以介眉壽。永言保之。思皇多祜。音戶 烈文辟公。綏以多福。俾緝熙于純嘏。叶音古○思語辭皇大也美也○又言孝享以介眉壽而受多福是皆諸侯助祭有以致之使我得繼而明之以至於純嘏也蓋歸德於諸侯之辭猶烈文之意也

載見一章十四句。

有客有客。亦白其馬。叶滿補反 有萋有且。上聲 敦音堆 琢其旅。賦也客微子也周既滅商封微子於宋以祀其先王而以客禮待之不敢臣也亦語辭也殷尚白脩其禮物仍殷之舊也萋且未詳傳曰敬慎貌敦琢選擇也旅其卿大夫從行者也○此微子來見祖廟之詩而此一節言其始至也 有客宿宿。有客信信。言授之縶。音執 以縶其馬。一宿曰宿再宿曰信縶其馬愛之不欲其去也此一節言其將去也 薄言追之。左右綏之。既有淫威。降福孔夷。追之已去而復還之愛之無已也左右綏之言所以安而留之者無方也淫威未詳舊說淫大也統承先王用天子禮樂所謂淫威也夷易也大也此一節言其留之也

有客一章十二句。

於音烏 皇武王。無競維烈。允文文王。克開厥後。嗣武受之。勝殷遏劉。耆音指 定爾功。賦也於歎辭皇大遏止劉殺耆致也○周公象武王之功為大武之樂言武王無競之功實文王開之而武王嗣而受之勝殷止殺以致定其功也

武一章。七句。春秋傳以此爲大武之首章也大武周公象武王武功之舞歌此詩以奏之禮曰朱干玉戚冕而舞大武然傳以此詩爲武王所作則篇內已有武王之謚而其說誤矣

臣工之什十篇。十章。一百六句。

周頌閔予小子之什四之三

閔予小子。遭家不造。叶徂候反嬛嬛音煢在疚。音救於音烏乎音呼皇考。叶祛候反永世克孝。叶呼候反○賦也成王免喪始朝於先王之廟而作此詩也閔病也予小子成王自稱也造成也嬛與煢同無所依怙之意疚哀病也匡衡曰煢煢在疚言成王喪畢思慕意氣未能平也蓋所以就文武之業崇大化之本也皇考武王也歎武王之終身能孝也　念茲皇祖。陟降庭止。叶去聲維予小子。夙夜敬止。皇祖文王也承上文言武王之孝思念文王常若見其陟降於庭猶所謂見堯於牆見堯於羹也楚辭云三公穆穆登降堂只與此文勢正相似而匡衡引此句顏注亦云若神明臨其朝廷是也　於乎皇王。繼序思不忘。皇王兼指文武也承上文言我之所以夙夜敬止者思繼此序而不忘耳

閔予小子一章。十一句。此成王除喪朝廟所作疑後世遂以爲嗣王朝廟之樂後三篇放此

訪予落止。率時昭考。於乎悠哉。朕未有艾。將予就之。繼猶判渙。維予小子。未堪家多難。去聲紹庭上下。陟降厥家。休矣皇考。以保明其身。賦也訪問落始悠遠也艾如夜未艾之艾判分渙散保安明顯也○成王既朝於廟因作此詩以道延訪羣臣之意言我將謀之於始以循我昭考武王之道然而其道遠矣予不能及也將使予勉强以就之而所以繼之者猶恐其判渙而不合也則亦繼其上下於庭陟降於家庶幾賴皇考之休有以保明吾身而已矣

訪落一章。十二句。說同上篇

敬之敬之。天維顯思。叶新夷反命不易去聲哉。叶獎里反無曰高高在上。陟降厥士。日監在茲。叶津之反○賦也顯明也思語辭也士事也○成王受羣臣之戒而述其言曰敬之哉敬之哉天道甚明其命不易保也無謂其高而不吾察當知其聰明明畏常若陟降於吾之所爲而無日不臨監於此者不可

以不敬也維予小子。叶獎里反不聰敬止。日就月將。學有緝熙于光明。叶謨郎反佛音弼時仔音茲肩。示我顯德行。去聲叶戶郎反○將進也佛弼通仔肩任也○此乃自爲答之之言曰我不聰而未能敬也然願學焉庶幾日有所就月有所進續而明之以至於光明又賴羣臣輔助我所負荷之任而示我以顯明之德行則庶乎其可及爾

敬之一章。十二句。

予其懲而毖後患。莫予荓音傳蜂。自求辛螫。音釋肇允彼桃蟲。拚音翻飛維鳥。未堪家多難。去聲予又集于蓼。音了○賦也懲有所傷而知戒也毖愼荓使也蜂小物而有毒肇始允信也桃蟲鷦鷯小鳥也拚飛貌鳥大鳥也鷦鷯之雛化而爲鵰故古語曰鷦鷯生鵰言始小而終大也蓼辛苦之物也○此亦訪落之意成王自言予何所懲而謹後患乎荓蜂而得辛螫信桃蟲而不知其能爲大鳥此其所當懲者蓋指管蔡之事也然我方幼沖未堪多難而又集于辛苦之地羣臣奈何捨我而弗助哉

小毖一章。八句。蘇氏曰小毖者謹之於小也謹之於小則大患無由至矣

載芟載柞。音窄叶疾各反其耕澤澤。音釋叶徒洛反○賦也除草曰芟除木曰柞秋官柞氏掌攻草木是也澤澤解散也千耦其耘。徂隰徂畛。音眞○耘去苗閒草也隰爲田之處也畛田畔也侯主侯伯。侯亞侯旅。侯彊侯以。有嗿他感反其饁。音曄思媚其婦。有依其士。有略其耜。叶養里反俶載南畝。叶滿委反○主家長也伯長子也亞仲叔也旅衆子弟也彊民之有餘力而來助者遂人所謂以彊予任甿者也以能左右之曰以太宰所謂閒民轉移執事者若今時傭力之人隨主人所左右者也嗿衆飲食聲也媚順依愛士夫也言餉婦與耕夫相慰勞也略利俶始載事也播厥百穀。實函斯活。叶呼酷反○函含活生也旣播之其實含氣而生也驛驛其達。叶他悅反有厭其傑。厭厭其苗。緜緜其麃。表驕反○驛驛苗生貌達出土也厭受氣足也傑先長者也厭厭緜緜詳密也麃耘也載穫濟濟。上聲有實其積。音債叶上聲萬億及秭。爲酒爲醴。烝畀祖妣。以洽百禮。濟濟人衆貌實積之實也積露積也有飶音邲其香。邦家之光。有椒其馨。胡考

之寧。飶芬香也未詳何物胡壽也以燕享賓客則邦家之所以光也以共養耆老則胡考之所以安也 匪且有且。匪今斯今。叶音經 振古如茲。
無韻未詳○且此振極也言非獨此處有此稼穡之事非獨今時有今豐年之慶蓋自極古以來已如此矣猶言自古有年也

載芟一章。三十一句。此詩未詳所用然辭意與豐年相似其用應亦不殊

畟畟音側良耜。叶養里反俶音蓄載南畝。叶滿委反○賦也畟畟嚴利也播厥百穀。實函斯活。叶呼酷反說見前篇或來瞻女。載筐及筥。其饟式亮反伊黍。或來瞻女婦子之來饁者也筐筥饟具也其笠伊糾。叶其了反其鎛音博斯趙。直了反以薅音蒿荼蓼。糾然笠之輕舉也趙刺薅去也荼陸草蓼水草一物而有水陸之異也今南方人猶謂蓼為辣荼或用以毒溪取魚即所謂荼毒也荼蓼朽止。黍稷茂叶莫口反止。毒草朽則土熟而苗盛穫之挃挃。音窒積之栗栗。其崇如墉。其比去聲如櫛。側瑟反以開百室。挃挃穫聲也栗栗積之密也櫛理髮器言密也百室一族之人也五家為比五比為閭四閭為族族人輩作相助故同時入穀也 百室盈止。婦子寧止。盈滿寧安也 殺時犉音純牡。有捄音求其角。叶盧谷反以似以續。續古之人。黃牛黑脣曰犉捄曲貌續謂續先祖以奉祭祀

良耜一章。二十三句。或疑思文臣工噫嘻豐年載芟良耜等篇即所謂豳頌者其詳見於豳風及大田篇之末亦未知其是否也

絲衣其紑。孚浮反載弁俅俅。音求自堂徂基。自羊徂牛。鼐音柰鼎及鼒。叶津之反兕觥其觩。音求旨酒思柔。不吳音話不敖。音傲胡考之休。賦也絲衣祭服也紑潔貌載戴也弁爵弁也士祭於王之服俅俅恭順貌基門塾之基鼐大鼎鼒小鼎也思語辭柔和也吳譁也○此亦祭而飲酒之詩言此服絲衣爵弁之人升門堂視壺濯籩豆之屬降往於基告濯具又視牲從羊至牛反告充已乃舉鼎冪告潔禮之次也又能謹其威儀不諠譁不怠傲故能得壽考之福

絲衣一章。九句。此詩或紑俅牛觩柔休並叶基韻或基鼒並叶紑韻

於音烏鑠音爍王師。遵養時晦。時純熙矣。是用大介。我龍受之。蹻蹻音矯王之造。叶徂候反載用有嗣。叶音祠 實維爾公允師。賦也於歎辭鑠盛遵循熙光介甲也所謂一戎衣也龍寵也蹻蹻武貌造為載則公事允信也○此亦頌武王之詩言其初有於鑠

師而不用退自循養與時皆晦既純光矣然後一戎衣而天下大定後人於是寵而受此蹻蹻然王者之功其所以嗣之者亦惟武王之事是師爾

酌一章八句。酌即勺也內則十三舞勺即以此詩爲節而舞也然此詩與賚般皆不用詩中字名篇疑取樂節之名如曰武宿夜云爾

綏萬邦。婁（音屢）豐年。天命匪解。（音懈）桓桓武王。保有厥士。于以四方。克定厥家。於（音烏）昭于天。皇以閒之。賦也綏安也桓桓武貌大軍之後必有凶年而武王克商則除害以安天下故此屢豐年之祥傳所謂周饑克殷而年豐是也然天命之於周久而不厭也故此桓桓之武王保有其士而用之於四方以定其家其德上昭于天也閒字之義未詳傳曰閒代也言君天下以代商也此亦頌武王之功

桓一章九句。春秋傳以此爲大武之六章則今之篇次蓋已失其舊矣又篇內已有武王之謚則其謂武王時作者亦誤矣序以爲講武類禡之詩豈後世取其義而用之於食事也歟

文王既勤止。我應受之。敷時繹思。我徂維求定。時周之命。於繹思。賦也應當也敷布時是也繹尋繹也於歎辭繹思尋繹而思念也○此頌文王之功而言其大封功臣之意也言文王之勤勞天下至矣其子孫受而有之然而不敢專也布此文王功德之在人而可繹思者以賚有功而往求天下之安定又以爲凡是皆周之命而非復商之舊矣遂歎美之而欲諸臣受封賞者繹思文王之德而不忘也

賚一章六句。春秋傳以此爲大武之三章而序以爲大封於廟之詩說同上篇

於（音烏）皇時周。陟其高山。嶞（音惰）山喬嶽。允猶翕（音吸）河。敷天之下。裒（音抔）時之對。時周之命。賦也高山泛言山耳嶞則其狹而長者喬高也嶽則其高而大者允猶未詳或曰允信也猶與由同翕河河善泛溢今得其性故翕而不爲暴也裒聚也對答也言美哉此周也其巡守而登此山以柴望又道於河以周四嶽凡以敷天之下莫不有望於我故聚而朝之方嶽之下以答其意耳

般一章七句。般義未詳

閔予小子之什。十一篇。十一章。一百三十六句。

魯頌四之四

魯少皞之墟在禹貢徐州蒙羽之野成王以封周公長子伯禽今襲慶東平府沂密海等州卽其地也成王以周公有大勳勞於天下故賜伯禽以天子之禮樂魯於是乎有頌以爲廟樂其後又自作詩以美其君亦謂之頌舊說皆以爲伯禽十九世孫僖公申之詩今無所考獨閟宮一篇爲僖公之詩無疑耳夫以其詩之僭如此然夫子猶錄之者蓋其體固列國之風而所歌者乃當時之事則猶未純於天子之頌若其所歌之事又皆有先王禮樂教化之遺意焉則其文宜若猶可予也況夫子魯人亦安得而削之哉然因其實而著之而其是非得失自有不可揜者亦春秋之法也或曰魯之無風何也先儒以爲時王褒周公之後比於先代故巡守不陳其詩而其篇第不列於大師之職是以宋魯無風其或然歟或謂夫子有所諱而削之則左氏所記當時列國大夫賦詩及吳季子觀周樂皆無曰魯風者其說不得通矣

駉駉音扃牡馬。叶滿補反在坰音扃之野。叶上與反薄言駉者。叶章與反有驈音聿有皇。有驪音離有黃。以車彭彭。叶補郞反思無疆。思馬斯臧。賦也駉駉腹幹肥張貌邑外謂之郊郊外謂之牧牧外謂之野野外謂之林林外謂之坰驪馬白跨曰驈黃白曰皇純黑曰驪黃騂曰黃彭彭盛貌思無疆言其思之深廣無窮也臧善也〇此詩言僖公牧馬之盛由其立心之遠故美之曰思無疆則思馬斯臧矣衞文公秉心塞淵而騋牝三千亦此意也

〇駉駉牡馬。在坰之野。薄言駉者。有騅音佳有駓。音丕有騂有騏。以車伾伾。思無期。思馬斯才。叶前西反〇賦也蒼白雜毛曰騅黃白雜毛曰駓赤黃曰騂青黑曰騏伾伾有力也無期猶無疆也才材力也

〇駉駉牡馬。在坰之野。薄言駉者。有驒音馱有駱。有駵音留有雒。以車繹繹。叶弋灼反思無斁。叶弋灼反思馬斯作。賦也青驪驎曰驒色有深淺斑駁如魚鱗今之連錢驄也白馬黑鬣曰駱赤身黑鬣曰駵黑身白鬣曰雒繹繹不絕貌斁厭也作奮起也

〇駉駉牡馬。在坰之野。薄言駉者。有駰音因有騢。音遐叶洪孤反有驔音簟有魚。以車祛祛。音區思無邪。叶詳余反思馬斯徂。賦也陰白雜毛曰駰陰淺黑色今泥驄也彤白雜毛曰騢豪骭曰驔毫在骭而白也二目白曰魚似魚目也祛祛彊健也徂行也孔子曰詩三百一言以蔽之曰思無邪蓋詩之言美惡不同或勸或懲皆有以使人得其情性之正然其明白簡切通於上下未有若此言者故特稱之以爲可當三百篇之義以其要爲不過于此也學者誠能深味其言而審於念慮之閒必使無所思而不出於正則日用云爲莫非天理之流行矣蘇氏曰昔之爲詩者未必知此也孔子讀詩至此而有合於其心焉是以取之蓋斷章云爾

駉四章章八句

有駜音必有駜。駜彼乘去聲黃。夙夜在公。在公明明。叶謨郎反振振鷺。鷺于下。叶後五反鼓咽咽。音淵醉言舞。于胥樂音洛兮。興也駜馬肥強貌明明辨治也振振羣飛貌鷺鷺羽舞者所持或坐或伏如鷺之下也咽與淵同鼓聲之深長也或曰鷺亦興也胥相也醉而起舞以相樂也此燕飲而頌禱之辭也

○有駜有駜。駜彼乘牡。夙夜在公。在公飲酒。振振鷺。鷺于飛。鼓咽咽。醉言歸。于胥樂兮。興也鷺于飛舞者振作鷺羽如飛也

○有駜有駜。駜彼乘駽。音絢夙夜在公。在公載燕。自今以始。歲其有。叶羽已反君子有穀。詒孫子。叶獎里反于胥樂兮。興也青驪曰駽今鐵驄也載則也有有年也穀善也或曰祿也詒遺也頌禱之辭也

有駜三章章九句

思樂音洛泮音判水。薄采其芹。音勤魯侯戾止。言觀其旂。叶其斤反其旂茷茷。音旆鸞聲噦噦。音嘒無小無大。從公于邁。賦其事以起興也思發語辭也泮水泮宮之水也諸侯之學鄉射之宮謂之泮宮其東西南方有水形如半璧以其半於辟廱故曰泮水而宮亦以名也芹水菜也戾至也茷茷飛揚也噦噦和也此飲於泮宮而頌禱之辭也

○思樂泮水。薄采其藻。魯侯戾止。其馬蹻蹻。其馬蹻蹻。其音昭昭。叶之繞反載色載笑。匪怒伊教。賦其事以起興也蹻蹻盛貌色和顏色也

○思樂泮水。薄采其茆。叶謨九反魯侯戾止。在泮飲酒。既飲旨酒。永錫難老。叶魯吼反順彼長道。叶徒吼反屈此羣醜。賦其事以起興也茆鳧葵也葉大如手赤圓而滑江南人謂之蓴菜者也長道猶大道也屈服醜衆也此章以下皆頌禱之辭也

○穆穆魯侯。敬明其德。敬慎威儀。維民之則。允文允武。昭假音格烈祖。靡有不孝。自求伊祜。音戶○賦也昭明也假與格同烈祖周公魯公也

○明明魯侯。克明其德。既作泮宮。淮夷攸服。叶蒲北反矯矯虎臣。在泮

馘。音獲叶況璧反淑問如皋陶。叶夷周反在泮獻囚。賦也。矯矯武貌。馘所格者之左耳也。淑善也。問訊囚也。囚所虜獲者。蓋古者出兵受成於學。及其反也。釋奠於學。而以訊馘告。故詩人因魯侯在泮而願其有是功也。○濟濟上聲多士。克廣德心。桓桓于征。狄音剔彼東南。叶尼心反烝烝皇皇。不吳音話不揚。不告于訩。音凶在泮獻功。賦也。廣推而大之也。德心善意也。狄猶逷也。東南謂淮夷也。烝烝皇皇盛也。不吳不揚肅也。不告于訩師克而和不爭功也。○角弓其觩。束矢其搜。戎車孔博。徒御無斁。叶弋灼反既克淮夷。孔淑不逆。叶宜脚反式固爾猶。淮夷卒獲。叶黃郭反○賦也。觩弓健貌。五十矢爲束。或曰百矢也。搜矢疾聲也。博廣大也。無斁言競勸也。逆違命也。蓋能審固其謀猶。則淮夷終無不獲矣。○翩彼飛鴞。音梟集于泮林。食我桑黮。音甚懷我好音。憬音耿彼淮夷。來獻其琛。敕金反元龜象齒。大賂南金。興也。鴞惡聲之鳥也。黮桑實也。憬覺悟也。琛寶也。元龜尺二寸。賂遺也。南金荊揚之金也。此章前四句興後四句。如行葦首章之例也。

泮水八章。章八句。

閟音秘宮有侐。音洫實實枚枚。赫赫姜嫄。音元其德不回。上帝是依。叶音隈無災無害。彌月不遲。叶陳回反是生后稷。降之百福。叶筆力反黍稷重平聲穋。音六叶六直反稙音陟穉菽麥。叶訖力反奄有下國。叶于逼反俾民稼穡。有稷有黍。有稻有秬。音巨奄有下土。纘禹之緒。音序○賦也。閟深閉也。宮廟也。侐清靜也。實實鞏固也。枚枚礱密也。時蓋修之。故詩人歌詠其事。以爲頌禱之辭。而推本后稷之生。而下及於僖公耳。回邪也。依猶眷顧也。說見生民篇。先種曰稙。後種曰穉。奄有下國。封於邰也。緒業也。禹治洪水既平。后稷乃播種百穀。○后稷之孫。實維大王。音泰居岐之陽。實始翦商。至于文武。纘大王之緒。致天之屆。于牧之野。叶上與反無貳無虞。上帝臨女。音汝敦音堆商之旅。克咸厥功。叶居古反王曰叔父。建爾元子。叶子古反俾侯于魯。大啓爾宇。爲周室輔。賦也。翦斷也。大王自豳徙居岐陽。四方之民咸歸往之。於是而王迹始著。蓋有翦商之漸矣。屆極也。猶言窮極也。虞慮也。無貳無虞。上帝臨女。猶大明云上帝臨女無貳爾心也。敦治之也。咸同也。言輔佐之臣同有其功。而周公亦與焉也。王成王也。叔父周公也。元子魯公伯魯地啓開字居也○乃命魯公。俾侯于東。錫之山川。土田附庸。周公之孫。莊公之子。叶奬里反龍旂承祀。叶養里反六轡耳耳。春秋匪解。音懈叶訖力反享祀不忒。皇皇后帝。皇祖后稷。享以騂犧。虛宜虛何二反是饗是宜。牛奇牛多二反降福既多。章移當何二反周公皇祖。亦其福女。音汝○賦也附庸猶屬城也小國不能自達於天子而附於大國也上章既告周公以封伯禽之意此乃言其命魯公而封之也莊公之子其一閔公其一僖公知此是僖公者閔公在位不久未有可頌此必是僖公也耳耳柔從也春秋錯舉四時也忒過差也成王以周公有大功於王室故命魯公以夏正孟春郊祀上帝配以后稷牲用騂牲皇祖謂羣公此章以後皆言僖公致敬郊廟而神降之福國人稱願之如此也

○秋而載嘗。夏而楅衡。叶戶郎反白牡騂剛。犧尊將將。音搶毛炰音庖胾音恣羹。叶盧當反籩豆大房。萬舞洋洋。孝孫有慶。叶袪羊反俾爾熾而昌。俾爾壽而臧。保彼東方。魯邦是常。不虧不崩。不震不騰。三壽作朋。如岡如陵。賦也嘗秋祭名楅衡施於牛角所以止觸也周禮封人云凡祭飾其牛牲設其楅衡是也秋將嘗而夏楅衡其牛言夙戒也白牡周公之牲也騂剛魯公之牲也白牡殷牲也周公有王禮故不敢與文武同魯公則無所嫌故用騂剛犧尊畫牛於尊腹也或曰尊作牛形鑿其背以受酒也毛炰周禮封人祭祀有毛炰之豚注云爓去其毛而炰之也胾切肉也羹大羹鉶羹也大羹大古之羹湆煮肉汁不和盛之以登貴其質也鉶羹肉汁之有菜和者也盛之鉶器故曰鉶羹大房半體之俎足下有跗如堂房也萬舞名震騰驚動也三壽未詳鄭氏曰三卿也或曰願公壽與岡陵等而爲三也

○公車千乘。去聲叶神陵反朱英綠縢。音滕二矛重平聲弓。叶姑弘反公徒三萬。貝冑朱綅。音纖叶息稜反烝徒增增。戎狄是膺。荊舒是懲。則莫我敢承。俾爾昌而熾。俾爾壽而富。叶方未反黃髮台背。叶蒲寐反壽胥與試。俾爾昌而大。叶特計反俾爾耆而艾。叶五計反萬有千歲。眉壽無有害。叶暇憩反○賦也千乘大國之賦也成方十里出革車一乘甲士三人左持弓右持矛中人御步卒七十二人將重車者二十五人千乘之地則三百十六里有奇也朱英所以飾矛綠縢所以約弓也二矛夷矛酋矛也重弓備折壞也徒步卒也三萬舉成數也車千乘法當用十萬人而爲步卒者七萬二千人然大國之賦適滿千乘苟盡用之是舉國而行也故其用之大國三軍而已三軍謂車三百七十五乘三萬七千五百人其爲步卒不過二萬七千人舉其中而以成數言故曰三萬也貝冑貝飾冑也朱綅所以綴也增增衆也戎西戎狄北狄膺當也荊楚之別號舒其與國也懲艾承禦也僖公嘗從齊桓公伐楚故

以此矣之而祝其昌大壽考也壽胥與試之義未詳王氏曰壽考者相與爲公用也蘇氏曰願其壽而相與試其才力以爲用也

○泰山巖巖。叶魚咸反 魯邦所詹。奄有龜蒙。遂荒大東。至于海邦。叶卜工反 淮夷來同。莫不率從。魯侯之功。賦也泰山魯之望也詹與瞻同龜蒙二山名荒奄也大東極東也海邦近海之國也

○保有鳧繹。叶弋灼反 遂荒徐宅。叶達各反 至于海邦。淮夷蠻貊。叶莫博反 及彼南夷。莫不率從。莫敢不諾。魯侯是若。賦也鳧繹二山名宅居也謂徐國也諸[illegible]順也○泰山龜蒙鳧繹魯之所有其餘則國之東南勢相連屬可以服從之國也

○天錫公純嘏。叶果五反 眉壽保魯。居常與許。復周公之宇。魯侯燕喜。令妻壽母。叶滿委反 宜大夫庶士。邦國是有。叶羽已反 既多受祉。黃髮兒齒。賦也常或作嘗在薛之旁許許田也魯朝宿之邑也皆魯之故地見侵於諸侯而未復者故魯人以是願僖公也令妻令善之妻聲姜也壽母壽考之母成風也閔公八歲被弒必是未娶其母叔姜亦應未老此言令妻壽母又可見公爲僖公無疑也有常有也兒齒齒落更生細者亦壽徵也

○徂來之松。新甫之柏。叶逋莫反 是斷音短 是度。入聲 是尋是尺。叶尺約反 松桷音角 有舃。叶七約反 路寢孔碩。叶常約反 新廟奕奕。叶弋灼反 奚斯所作。孔曼音萬 且碩。同上 萬民是若。賦也徂來新甫二山名八尺曰尋舃大貌路寢正寢也新廟僖公所脩之廟奚斯公子魚也作者教護屬功課章程也曼長碩大也萬民是若順萬民之望也

閟宮九章。五章章十七句。內第四章脫一句 二章章八句。二章章十句。舊說八章二章章十七句一章十二句一章三十八句二章章八句二章章十句多寡不均雜亂無次蓋不知第四章有脫句而然今正其誤

魯頌四篇。二十四章。二百四十三句。

商頌四之五。契爲舜司徒而封於商傳十四世而湯有天下其後三宗迭興及紂無道爲武王所滅封其庶兄微子啓於宋脩其禮樂以奉商後其地在禹貢徐州泗濱西及豫州盟豬之野其後政衰商之禮樂日以放失七世至戴公時大夫正考甫得商頌十二篇於周大師歸以祀其先王至孔子編詩而又亡其七篇然其存者亦多闕文疑義今不敢強通也商都亳宋都商丘皆在今應天府亳州界

猗音醫與音余那與。置我鞉音桃鼓。奏鼓簡簡。衎我烈祖。賦也猗歎辭那多置陳也簡簡和大也衎樂也烈祖湯也記曰商人尚聲臭味未成滌蕩其聲樂三闋然後出迎牲卽此是也舊說以此爲祀成湯之樂也 湯孫奏假。綏我思成。鞉鼓淵淵。叶於巾反 嘒嘒管聲。既和且平。依我磬聲。於音烏 赫湯孫。叶思倫反 穆穆厥聲。湯孫主祀之時王也假與格同言奏樂以格於祖考也綏安也思成未詳鄭氏曰安我以所思而成之人謂神明來格也禮記曰齊之日思其居處思其笑語思其志意思其所樂思其所嗜齊三日乃見其所爲齊者祭之日入室僾然必有見乎其位周旋出戶肅然必有聞乎其容聲出戶而聽愾然必有聞乎其歎息之聲此之謂思成蘇氏曰其所見聞本非有也生於思耳此二說近是蓋齊而思之祭而如有見聞則成此人矣鄭注頗有脫誤今正之淵淵深遠也嘒嘒清亮也磬玉磬也堂上升歌之樂非石磬也穆穆美也

庸鼓有斁。萬舞有奕。我有嘉客。亦不夷懌。庸鏞通斁斁然盛也奕奕然有次序也蓋上文言鞉鼓管籥作於堂下其聲依堂上之玉磬無相奪倫者至於此則九獻之後鐘鼓交作萬舞陳於庭而祀事畢矣嘉客先代之後來助祭者也夷悅也亦不夷懌者言皆悅懌也 自古在昔。先民有作。溫恭朝夕。執事有恪。恪敬也言恭敬之道古人所行不可忘也閔馬父曰先聖王之傳恭猶不敢專稱曰自古古曰在昔昔曰先民 顧予烝嘗。湯孫之將。將奉也言湯其尙顧我烝嘗哉此湯孫之所奉者致其丁寧之意庶幾其顧之也

那一章。二十二句。閔馬父曰正考甫校商之名頌以那爲首其輯之亂曰云云卽此詩也

嗟嗟烈祖。有秩斯祜。音戶 申錫無疆。及爾斯所。賦也烈祖湯也秩常申重也爾主祭之君蓋自歌者指之也斯所猶言此處也〇此亦祀成湯之樂言嗟嗟烈祖有秩秩無窮之福可以申錫於無疆是以及於爾今王之所而脩其祭祀如下所云也 既載清酤。叶侯五反 賚我思成。叶音常 亦有和羹。叶音郎 既戒既平。叶音旁 鬷音奏假音格無言。叶音昂 時靡有爭。叶音章 綏我眉壽。黃耇無疆。酤酒賚與也思成義見上篇和羹味之調節也戒夙戒也平猶和也儀禮於祭祀燕享之始每言羹定蓋以羹熟爲節然後行禮定卽戒平之謂也鬷中庸作奏正與上篇義同蓋古聲奏族相近族聲轉平而爲鬷耳無言無爭肅敬而齊一也言其載清酤而既與我以思成矣及進和羹而肅敬之至則又安我以眉壽黃耇之福也 約軝音祈錯衡。叶戶郎反 八鸞鶬鶬。音搶 以假音格以享。叶虛良反 我受命溥將。自天降康。豐年穰穰。來假來饗。叶虛良反 降福無疆。約軝錯衡八鸞見采芑篇

篇見載見篇言助祭之諸侯乘是車以假以享於祖宗之廟也溥將大也穰穰多也言我受命既廣大而天降以豐年黍稷之多使得以祭也假之而祖考來假享之而祖考來饗則降福無疆矣顧予烝嘗。湯孫之將。說見前篇

烈祖一章二十二句。

天命玄鳥。降而生商。宅殷土芒芒。古帝命武湯。正域彼四方。賦也玄鳥鳦也春分玄鳥降高辛氏之妃有娀氏女簡狄祈於郊禖鳦遺卵簡狄吞之而生契其後世遂爲有商氏以有天下事見史記宅居也殷地名芒芒大貌古猶昔也帝上帝也武湯以其有武德號之也正治也域封境也○此亦祭祀宗廟之樂而追敘商人之所由生以及其有天下之初也方命厥后。奄有九有。叶羽巳反商之先后。受命不殆。叶養里反在武丁孫子。叶獎里反○方命厥后四方諸侯無不受命也九有九州也武丁高宗也言商之先后受天命不危殆故今武丁孫子猶賴其福武丁孫子。武王靡不勝。音升龍旂十乘。大糦音熾是承。武王湯號而其後世亦以自稱也龍旂諸侯所建交龍之旂也大糦黍稷也承奉也○言武丁孫子今襲湯號者其武無所不勝於是諸侯無不奉黍稷以來助祭也

邦畿千里。維民所止。肇域彼四海。叶虎洧反○止居肇開也言王畿之內民之所止不過千里而其封域則極乎四海之廣也四海來假。音格來假祁祁。景員維河。殷受命咸宜。叶牛何反百祿是何。音荷叶如字○假與格同祁祁衆多貌景員維河之義未詳或曰景山名商所都也見殷武卒章春秋傳亦曰商湯有景亳之命是也員與下篇幅隕義同蓋言周也河大河也言景山四周皆大河也何任也春秋傳作荷

玄鳥一章二十二句。

濬哲維商。長發其祥。洪水芒芒。禹敷下土方。外大國是疆。幅隕音員既長。有娀音嵩方將。帝立子生商。賦也濬深哲知長久也方四方也外大國遠諸侯也幅猶言邊幅也隕讀作員謂周也有娀契之母家也將大也○言商世世有濬哲之君其受命之祥發見也久矣方禹治洪水以外大國爲中國之境而幅員廣大之時有娀氏始大故帝立其女之子而造商室也蓋契於是時始爲舜司徒掌布五教於四方而商之受命實基於此　○玄王桓撥。叶必烈反受小國是達。叶他悅反受大國是達。率履不越。遂視既發。叶方月反相土烈烈。海外

有截。賦也玄王契也玄者深微之稱或曰以玄鳥降而生也王者追尊之號桓武撥治達通也受小國大國無所不達言其無所不宜也率循履禮越過發應也言契能循禮不過越遂視其民則既發以應之矣相土契之孫也截整齊也至是而商益大四方諸侯歸之截然整齊矣其後湯以七十里起豈嘗中衰也與 ○帝命不違。至于湯齊。湯降不遲。聖敬日躋。音齎 昭假遲遲。上帝是祗。帝命式于九圍。賦也湯齊之義未詳蘇氏曰至湯而王業成與天命會也降猶生也遲遲久也祗敬式法也九圍九州也○商之先祖既有明德天命未嘗去之以至於湯湯之生也應期而降適當其時其聖敬又日躋升以至昭假于天久而不息惟上帝是敬故帝命之使為法於九州也 ○受小球音求 大球。為下國綴音贅 旒。音流 何音賀 天之休。不競不絿。音求 不剛不柔。敷政優優。百祿是遒。音囚○賦也小球大球之義未詳或曰小國大國所贄之玉也鄭氏曰小球鎮圭尺有二寸大球大圭三尺也皆天子之所執也下國諸侯也綴猶結也旒旗之垂者也言為天子而為諸侯所係屬如旗之縿為旒所綴著也何荷競強絿緩也優優寬裕之意遒聚也 ○受小共音恭叶居勇反 大共。為下國駿音峻 厖。音忙叶莫孔反 何天之龍。叶丑勇反 敷奏其勇。不震不動。叶德總反 不戁音赧 不竦。音聳 百祿是總。賦也小共大共駿厖之義未詳或曰小國大國所共之貢也鄭氏曰共執也猶小球大球也蘇氏曰共珙通合珙之玉也傳曰駿大也厖厚也董氏曰齊詩作駿駹謂馬也龍寵也敷奏其勇猶言大進其武功也戁恐竦懼也 ○武王載旆。有虔秉鉞。音越 如火烈烈。則莫我敢曷。音遏叶何竭反 苞有三蘖。叶五竭反 莫遂莫達。叶他悅反 九有有截。韋顧既伐。叶房越反 昆吾夏桀。賦也武王湯也虔敬也言恭行天討也曷遏通或曰曷誰何也苞本也蘖旁生萌蘖也言一本生三蘖也本則夏桀蘖則韋也顧也昆吾也皆桀之黨也鄭氏曰韋彭姓顧昆吾己姓○言湯既受命載旆秉鉞以征不義桀與三蘖皆不能遂其惡而天下截然歸商矣初伐韋次伐顧次伐昆吾乃伐夏桀當時用師之序如此 ○昔在中葉。有震且業。允也天子。叶奬里反 降于卿士。實維阿衡。叶戶郎反 實左音佐 右音又 商王。賦也葉世震懼業危也承上文而言昔在則前乎此矣豈謂湯之前世中衰時與允也天子指湯也降言天賜之也卿士則伊尹也言至於湯得伊尹而有天下也阿衡伊尹官號也

長發七章。一章八句。四章章七句。一章九句。一章六句。序以此為大禘之詩蓋祭其祖之所出而以其祖配也蘇氏曰大禘之祭所及者遠故其詩歷言商之先后又及其卿士伊尹蓋與祭於禘者也商書曰茲予大享于先王爾祖其從與享之是禮也豈其起於商之世歟今按大禘不及羣廟之主此宜為

祫祭之詩然經無明文不可考也

撻彼殷武。奮伐荊楚。罙面規反入其阻。裒音抔荊之旅。有截其所。湯孫之緒。音序○賦也撻疾貌殷武殷王之武也罙冒裒聚湯孫謂高宗○舊說以此爲祀高宗之樂蓋自盤庚沒而殷道衰楚人叛之高宗撻然用武以伐其國入其險阻以致其衆盡平其地使截然齊一皆高宗之功也易曰高宗伐鬼方三年克之蓋謂此歟

○維女音汝荊楚。居國南鄉。昔有成湯。自彼氐音堤羌。莫敢不來享。叶虛良反莫敢不來王。曰商是常。賦也氐羌夷狄國在西方享獻也世見曰王○蘇氏曰既克之則告之曰爾雖遠亦居吾國之南耳昔成湯之世雖氐羌之遠猶莫敢不來朝曰此商之常禮也況汝荊楚曷敢不至哉

○天命多辟。音璧設都于禹之績。歲事來辟。勿予禍適。音謫稼穡匪解。音懈叶訖力反○賦也多辟諸侯也來辟來王也適謫通○言天命諸侯各建都邑於禹所治之地而皆以歲事來至於商以祈王之不譴曰我之稼穡不敢解也庶可以免咎矣言荊楚既平而諸侯畏服也

○天命降監。下與濫叶下民有嚴。叶剡剛反不僭不濫。不敢怠遑。命于下國。叶越逼反封建厥福。叶筆力反○賦也監視嚴威也僭賞之差也濫刑之過也遑暇封大也○言天命降監不在乎他皆在民之視聽則下民亦有嚴矣惟賞不僭刑不濫而不敢怠遑則天命之以天下而大建其福此高宗所以受命而中興也

○商邑翼翼。四方之極。赫赫厥聲。濯濯厥靈。壽考且寧。以保我後生。叶桑經反○賦也商邑王都也翼翼整敕貌極表也赫赫顯盛也濯濯光明也言高宗中興之盛如此壽考且寧云者蓋高宗之享國五十有九年我後生謂後嗣子孫也

○陟彼景山。叶所旃反松柏丸丸。叶胡員反是斷音短是遷。方斲音卓是虔。松桷音角有梴。五連反旅楹有閑。叶胡田反寢成孔安。叶於連反○賦也景山名商所都也丸丸直也遷徙方正也虔亦截也梴長貌旅衆也閑閑然而大也寢廟中之寢也安所以安高宗之神也此蓋特爲百世不遷之廟不在三昭三穆之數既成始祔而祭之之詩也然此章與閟宮之卒章文意略同未詳何謂

殷武六章。三章章六句。二章章七句。一章五句。

商頌五篇。十六章。一百五十四句。

國學叢書 N001

詩經集註（仿古字版）

編　　者 朱　熹
責任編輯　吳家嘉

發 行 人　林慶彰
總 經 理　梁錦興
總 編 輯　張晏瑞
編 輯 所　萬卷樓圖書(股)公司
排　　版　浩瀚電腦排版(股)公司
印　　刷　百通科技(股)公司
封面設計　林錦芳

發　　行　萬卷樓圖書(股)公司
臺北市羅斯福路二段 41 號 6 樓之 3
電話 (02)23216565
傳真 (02)23218698
電郵 SERVICE@WANJUAN.COM.TW
大陸經銷
香港經銷
香港聯合書刊物流有限公司
電話 (852)21502100
傳真 (852)23560735

ISBN 957-739-156-7
2020 年 3 月初版九刷

定價：新臺幣 200 元

如何購買本書：
1. 劃撥購書，請透過以下帳號
帳號：15624015
戶名：萬卷樓圖書股份有限公司
2. 轉帳購書，請透過以下帳戶
合作金庫銀行　古亭分行
戶名：萬卷樓圖書股份有限公司
帳號：0877717092596
3. 網路購書，請透過萬卷樓網站
網址　WWW.WANJUAN.COM.TW
大量購書，請直接聯繫，將有專人為您服務。(02)23216565 分機 610

如有缺頁、破損或裝訂錯誤，請寄回更換

版權所有·翻印必究
Copyright©1991 by WanJuanLou Books CO., Ltd. All Right Reserved
Printed in Taiwan

國家圖書館出版品預行編目資料

詩經集註（仿古字版）／朱熹集註.
-- 再版. -- 臺北市：萬卷樓發行,
民 95
面；　公分
ISBN 957-739-156-7(平裝)
1.詩經-註釋
831.12　　85011296